Fundação
E IMPÉRIO

ISAAC ASIMOV

Fundação e Império

Tradução
Fábio Fernandes

ALEPH

FUNDAÇÃO E IMPÉRIO

TÍTULO ORIGINAL:
Foundation and Empire

COPIDESQUE:
Carlos Orsi
Marcelo Barbão

REVISÃO:
Ana Luiza Candido
Sérgio Motta

ILUSTRAÇÃO DE CAPA:
Michael Whelan

CAPA:
Giovanna Cianelli

PROJETO GRÁFICO E DIAGRAMAÇÃO:
Desenho Editorial

DIREÇÃO EXECUTIVA:
Betty Fromer

DIREÇÃO EDITORIAL:
Adriano Fromer Piazzi

DIREÇÃO DE CONTEÚDO:
Luciana Fracchetta

EDITORIAL:
Daniel Lameira
Andréa Bergamaschi
Débora Dutra Vieira
Luiza Araujo
Renato Ritto*

COMUNICAÇÃO:
Nathália Bergocce
Júlia Forbes

COMERCIAL:
Giovani das Graças
Lidiana Pessoa
Roberta Saraiva
Gustavo Mendonça
Pâmela Ferreira

FINANCEIRO:
Roberta Martins
Sandro Hannes

*Equipe original à época do lançamento.

DADOS INTERNACIONAIS DE CATALOGAÇÃO NA PUBLICAÇÃO (CIP) DE ACORDO COM ISBD

A832f Asimov, Isaac
Fundação e império / Isaac Asimov ; traduzido por Fábio Fernandes. – 2. ed. - São Paulo, SP : Editora Aleph, 2020.
320 p. ; 14cm 21cm.

Tradução de: Foundation and empire
ISBN: 978-85-7657-484-2

1. Literatura americana. 2. Ficção científica. I. Fernandes, Fábio. II. Título.

2020-771 CDD 813.0876
CDU 821.111(73)-3

ELABORADO POR VAGNER RODOLFO DA SILVA - CRB-8/9410

ÍNDICES PARA CATÁLOGO SISTEMÁTICO:
1. Literatura americana: ficção científica 813.0876
2. Literatura americana: ficção científica 821.111(73)-3

EDITORA ALEPH
Rua Tabapuã, 81 - cj. 134
04533-010 – São Paulo – SP – Brasil
Tel.: [55 11] 3743-3202
www.editoraaleph.com.br

Em memória de meu pai
(1896-1969)

PRÓLOGO

O Império Galáctico estava caindo.

Era um império colossal, que se estendia ao longo de milhões de mundos de um braço a outro da poderosa multiespiral que era a Via Láctea. Sua queda também foi colossal – e demorada, pois tinha um grande caminho a percorrer.

Ele vinha caindo havia séculos antes que um homem realmente se desse conta da queda. Esse homem era Hari Seldon, o homem que representou a única fagulha de esforço criativo deixada em meio à decadência que se acumulava. Ele desenvolveu e refinou ao máximo a ciência da psico-história.

A psico-história lidava não com o homem, mas com as massas humanas. Era a ciência das multidões; multidões compostas por bilhões. Ela poderia prever reações a estímulos com a precisão com que uma ciência menor poderia prever o ricochete de uma bola de bilhar. A reação de um só homem não poderia ser prevista por nenhuma matemática conhecida; mas a reação de um bilhão é outra coisa.

Hari Seldon traçou as tendências sociais e econômicas da época, alinhou sua visão com o formato das curvas e previu a aceleração continuada da queda da civilização e o intervalo de trinta mil anos que deveria se passar antes que um novo império pudesse lentamente emergir por entre as ruínas.

Era tarde demais para impedir essa queda, mas não tarde demais para reduzir o intervalo de barbárie. Seldon estabeleceu duas Fundações em "extremidades opostas da Galáxia", e sua localização foi projetada de tal forma que em um rápido milênio os acontecimentos formariam uma trama que acabaria extraindo delas um Segundo Império mais forte, mais permanente, mais benevolente.

Fundação contou a história de uma dessas Fundações durante os primeiros dois séculos de vida.

Ela começou como uma colônia de cientistas de ciências exatas em Terminus, um planeta no extremo de um dos braços espirais da Galáxia. Separados do turbilhão do Império, eles trabalharam como compiladores do compêndio universal de conhecimentos, a ENCICLOPÉDIA GALÁCTICA, inconscientes do papel mais complexo planejado para eles por Seldon, já morto.

Enquanto o Império apodrecia, as regiões externas caíam nas mãos de "reis" independentes. A Fundação foi ameaçada por eles. Entretanto, jogando um governante mesquinho contra outro, sob a liderança de seu primeiro prefeito, Salvor Hardin, eles mantiveram uma independência precária. Como únicos detentores da energia nuclear em meio a mundos que estavam perdendo suas ciências e voltando a usar carvão e petróleo, eles chegaram a estabelecer uma ascendência. A Fundação se tornou o centro "religioso" dos reinos vizinhos.

Lentamente, a Fundação desenvolveu uma economia comercial enquanto a Enciclopédia recuava para segundo plano. Seus comerciantes, que lidavam com dispositivos nucleares tão compactos que nem mesmo o Império, em seu auge, poderia tê-los duplicado, penetraram centenas de anos-luz Periferia adentro.

Sob o comando de Hober Mallow, o primeiro dos príncipes mercadores da Fundação, eles desenvolveram a técnica de guerra econômica a ponto de derrotar a República de Korell, muito embora esse mundo estivesse recebendo apoio de uma das províncias externas do que havia restado do Império.

Ao fim de duzentos anos, a Fundação era o Estado mais poderoso da Galáxia, a não ser pelos restos do Império, que, concentrados no terço interior da Via Láctea, ainda controlavam três quartos da população e da riqueza do universo.

Parecia inevitável que o próximo perigo que a Fundação teria de enfrentar seria o último ataque do Império moribundo.

O caminho devia ser aberto para a batalha entre Fundação e Império.

PARTE 1

O GENERAL

—— Bel Riose...

Em sua carreira relativamente curta, Riose ganhou o título de "o último dos imperiais", e o mereceu. Um estudo de suas campanhas revela que ele podia ser comparado a Peurifoy em habilidade estratégica e talvez fosse até superior a ele em sua capacidade de lidar com homens. O fato de ter nascido nos dias do declínio do Império tornou impossível para ele igualar a marca de Peurifoy como conquistador. Mas teve sua chance quando – e foi o primeiro dos generais do Império a fazer isso –, enfrentou a Fundação diretamente...

ENCICLOPÉDIA GALÁCTICA*

* Todas as citações da *Enciclopédia Galáctica* aqui reproduzidas foram retiradas da 116ª edição, publicada em 1 020 e.f. pela Companhia Editora Enciclopédia Galáctica Ltda., Terminus, com permissão dos editores.

1.

Em busca de mágicos

Bel Riose viajava sem escolta, o que não era o que a etiqueta da corte prescrevia para o chefe de uma frota estacionada num sistema estelar ainda escondido nos confins do Império Galáctico.

Mas Bel Riose era jovem e cheio de energia – enérgico o suficiente para ser enviado até quase o fim do universo por uma corte fria, calculista… e curiosa, além disso. Histórias estranhas e improváveis, repetidas com volubilidade por centenas de pessoas e conhecidas de modo apenas nebuloso por milhares, intrigavam esta última faculdade; a possibilidade de uma empreitada militar atiçou as outras duas. A combinação era devastadora.

Ele desceu do deselegante carro terrestre do qual havia se apropriado e foi até a porta da mansão decadente que era seu destino. Esperou. O olho fotônico que varria a porta estava funcionando, mas quando a porta se abriu, foi de forma manual.

Bel Riose sorriu para o velho.

– Eu sou Riose…

– Eu o reconheço – o velho permanecia rígido em seu lugar, sem aparentar surpresa. – O que deseja?

Riose recuou um passo em um gesto de submissão.

– Desejo paz. Se o senhor é Ducem Barr, peço o favor de uma conversa.

Ducem Barr deu um passo para o lado e, no interior da casa, as paredes se iluminaram. O general entrou para a luz do dia.

Ele tocou a parede do estúdio e olhou para as pontas dos próprios dedos.

– Vocês têm isto em Siwenna?

Barr deu um sorriso fraco.

– Não em outros lugares, acredito. Faço a manutenção da melhor forma que posso, eu mesmo. Preciso me desculpar por tê-lo feito esperar à porta. O dispositivo automático registra a presença de um visitante, mas não abre mais a porta.

– Sua manutenção não é suficiente? – A voz do general tinha um leve tom de zombaria.

– Não há mais peças de reposição. Sente-se, por favor, senhor. O senhor bebe chá?

– Em Siwenna? Meu bom senhor, é uma impossibilidade social não beber chá aqui.

O velho patrício se afastou sem fazer ruído, com uma mesura lenta que fazia parte do legado cerimonioso deixado pela aristocracia dos dias melhores do século anterior.

Riose olhou a figura de seu anfitrião que se afastava, e sua urbanidade estudada sofreu uma pequena hesitação. A educação dele fora puramente militar; sua experiência, idem. Ele havia, como dizia o clichê, enfrentado a morte muitas vezes. Mas sempre morte de uma natureza muito familiar e tangível. Consequentemente, não há inconsistência no fato de que o idolatrado Leão da Vigésima Frota sentisse um calafrio na atmosfera subitamente sombria de um salão antigo.

O general reconheceu as pequenas caixas de plástico preto imitando marfim alinhadas nas prateleiras: eram livros.

Os títulos não lhe eram familiares. Ele supôs que a grande estrutura numa das extremidades do salão fosse o receptor que transmutava os livros em som e imagem sob demanda. Ele nunca vira um desses em funcionamento; mas já havia ouvido falar neles.

Um dia lhe haviam dito que, há muito tempo, durante os anos dourados em que o Império se estendera por toda a Galáxia, nove em cada dez residências tinham tais receptores – e tais fileiras de livros.

Mas, agora, havia fronteiras a vigiar; livros eram para os idosos. E metade das histórias contadas sobre os velhos tempos era mito, de qualquer maneira. Mais da metade.

O chá chegou e Riose se sentou. Ducem Barr ergueu sua xícara.

– À sua honra.

– Obrigado. À sua.

Ducem Barr disse deliberadamente:

– Dizem que o senhor é jovem. Trinta e cinco?

– Quase. Trinta e quatro.

– Neste caso – disse Barr, com ênfase suave –, eu não poderia começar de melhor maneira do que informando ao senhor, com pesar, que não tenho poções, amuletos ou filtros do amor. E tampouco sou capaz de influenciar os favores de qualquer moça que possa agradá-lo.

– Não tenho necessidade de ajudas artificiais quanto a isso, senhor. – A complacência inegavelmente presente na voz do general vinha misturada com divertimento. – O senhor recebe muitos pedidos para esse tipo de mercadoria?

– O bastante. Infelizmente, um público desinformado tende a confundir erudição com magicatura, e a vida amorosa parece ser aquele fator que requer a maior quantidade de intervenção mágica.

– O que me parece bastante natural. Mas discordo. Não ligo a erudição a nada além de um meio de responder a perguntas difíceis.

O siwenniano retrucou com seriedade:

– O senhor pode estar tão errado quanto eles!

– Pode ser que sim, pode ser que não. – O jovem general encaixou a xícara em seu revestimento térmico e ela foi novamente preenchida. Ele jogou a cápsula de sabor oferecida dentro da xícara com um pequeno *splash*. – Diga-me então, patrício, quem são os mágicos? Os verdadeiros.

Barr pareceu espantado com o título que há tanto tempo não era usado.

– Não existem mágicos – respondeu.

– Mas as pessoas falam deles. Siwenna está cheia de histórias sobre eles. Existem cultos sendo criados com base nesses homens. Existe alguma estranha conexão entre isso e os grupos de seus conterrâneos que sonham e deliram com dias antigos e o que chamam de liberdade e autonomia. Essa questão poderá acabar se tornando um perigo para o Estado.

O velho balançou a cabeça.

– Por que me pergunta? O senhor está sentindo cheiro de alguma revolta encabeçada por mim?

Riose deu de ombros.

– Nunca. Nunca. Ah, mas não é um pensamento completamente ridículo. Seu pai foi um exilado no tempo dele; você mesmo foi um patriota e chauvinista no seu tempo. É indelicado da minha parte, como hóspede, mencionar isso, mas meus negócios aqui assim o exigem. E, no entanto, uma conspiração agora? Duvido. Nas últimas três gerações, Siwenna foi espancada até perder a coragem.

O velho respondeu com dificuldade.

– Deverei ser tão indelicado como anfitrião assim como o senhor o foi como hóspede. Devo lembrá-lo de que, certa vez, um vice-rei pensou como o senhor sobre os siwennianos covardes. Pelas ordens desse vice-rei, meu pai se tornou um mendigo fugitivo; meus irmãos, mártires e minha irmã, uma suicida. Mas esse vice-rei sofreu uma morte suficientemente horrível nas mãos desses mesmos abjetos siwennianos.

– Ah, sim, e aí o senhor toca num assunto que eu gostaria de comentar. Há três anos que a morte misteriosa desse vice-rei não representa mais um mistério para mim. Havia um jovem soldado de sua guarda pessoal cujas ações foram bastante interessantes. O senhor era esse soldado, mas não há necessidade de detalhes, penso eu.

Barr ficou em silêncio.

– Nenhuma. O que o senhor propõe?

– Que responda às minhas perguntas.

– Não sob ameaça. Estou velho demais para que a vida me signifique grande coisa.

– Meu bom senhor, estes são tempos difíceis – disse Riose, e acreditava no que estava falando –, e o senhor tem filhos e amigos. O senhor tem um país pelo qual pronunciou palavras de amor e loucura no passado. Vamos lá, se eu decidisse usar a força, minha mira não seria tão ruim a ponto de atingi-lo.

– O que você quer? – Barr perguntou, friamente.

Riose levantou a xícara vazia ao falar.

– Patrício, ouça-me. Estes são dias em que os soldados mais bem-sucedidos são aqueles cujas funções se resumem a liderar as paradas em traje de gala no terreno do palácio imperial, nos dias de festa, e a escoltar as reluzentes naves de prazer que transportam Sua Esplendecência Imperial para os planetas de verão. Eu... eu sou um fracasso. Sou um fracasso aos trinta e quatro anos e continuarei sendo um fracasso. Porque, o senhor entende, eu gosto de lutar. Foi por isso que me enviaram para cá. Sou muito complicado na corte. Não me encaixo na etiqueta. Ofendo os dândis e os lordes almirantes, mas sou bom demais como líder de naves e de homens para que se livrem de mim simplesmente lançando-me ao vácuo. Então, Siwenna é o substituto. É um mundo de fronteira; uma província estéril e rebelde. Fica muito longe, longe o bastante para satisfazer a todos. E assim eu vou apodrecendo. Não há rebeliões para esmagar e os vice-reis da fronteira não têm se revoltado ultimamente; pelo menos, não desde que o falecido pai de Sua Majestade Imperial, de gloriosa memória, fez de Mountel de Paramay um exemplo.

– Um imperador forte – murmurou Barr.

– Sim, e precisamos de mais desses. Ele é meu senhor; lembre-se disso. São os interesses dele que defendo.

Barr deu de ombros, despreocupado.

– E como isso tudo se liga ao assunto em questão?

– Mostrarei a você em duas palavras. Os mágicos que mencionei vêm de além... além dos guardas de fronteira, onde as estrelas são mais dispersas...

– "Onde as estrelas são mais dispersas" – citou Barr – "e o frio do espaço penetra."

– Isso é poesia? – Riose franziu a testa. Versos pareciam coisas frívolas naquele momento. – De qualquer maneira, eles vêm da Periferia: do único local onde sou livre para lutar pela glória do imperador.

– E, assim, servir aos interesses de Sua Majestade Imperial e satisfazer seu próprio desejo de um bom combate.

– Exatamente. Mas preciso saber o que vou combater, e nisso você pode ajudar.

– Como o senhor sabe?

Riose mordiscou um bolinho casualmente.

– Porque, por três anos, eu rastreei cada rumor, cada mito, cada suspiro a respeito dos mágicos... e de toda a biblioteca de informação que coletei, apenas dois fatos isolados são unânimes, e portanto certamente verdadeiros. O primeiro é que os mágicos vieram da borda da Galáxia voltada para Siwenna; o segundo é que seu pai encontrou um mágico certa vez, vivo e verdadeiro, e conversou com ele.

O siwenniano envelhecido ficou olhando para ele sem piscar, e Riose continuou:

– É melhor você me contar o que sabe...

Barr disse, pensativo:

– Seria interessante lhe contar certas coisas. Seria o meu próprio experimento psico-histórico.

– Que tipo de experimento?

– Psico-histórico. – O velho sorriu com um quê desagradável. Então, ríspido: – É melhor você tomar mais um pouco de chá. Vou fazer um discurso razoavelmente longo.

Ele se recostou nos almofadões macios de sua poltrona. As luzes das paredes haviam se reduzido em intensidade até se tornarem um leve brilho rosa-marfim, que suavizou até mesmo o perfil duro do soldado.

Ducem Barr começou:

– Meu próprio conhecimento é o resultado de dois acidentes; o acidente de haver nascido filho de meu pai, e o de ter nascido nativo de meu país. Tudo começou há mais de quarenta anos, pouco depois do Grande Massacre, quando meu pai era fugitivo nas florestas do sul, ao passo que eu era um artilheiro na frota pessoal do vice-rei. Esse mesmo vice-rei, a propósito, que havia ordenado o Massacre, e que teve uma morte tão cruel depois.

Barr deu um sorriso cruel e continuou:

– Meu pai era um patrício do Império e senador de Siwenna. Seu nome era Onum Barr.

Riose interrompeu, impaciente:

– Conheço muito bem as circunstâncias do exílio dele. Não precisa detalhar.

O siwenniano o ignorou e prosseguiu, sem se desviar.

– Durante seu exílio, um viajante perdido o procurou; um mercador dos limites da Galáxia; um jovem que falava com um sotaque estranho, que nada conhecia da história imperial recente e que estava protegido por um escudo de força individual.

– Um escudo de força individual? – Riose fez uma careta. – Você está falando extravagâncias. Que gerador poderia ser poderoso o bastante para condensar um escudo do tamanho de um único homem? Pela Grande Galáxia, ele carregava cinco mil miriatons de fonte de energia nuclear num carrinho de mão?

Barr disse baixinho:

– Este é o mágico de quem você ouve sussurros, histórias e mitos. O nome "mágico" não é conquistado com facilidade. Ele não levava consigo nenhum gerador grande o bastante para ser visto, mas a arma mais pesada que você pudesse carregar sozinho não teria nem sequer deixado uma marca no escudo que ele usava.

– Mas a história é só essa? Os mágicos então nasceram das alucinações de um velho marcado pelo sofrimento e pelo exílio?

– A história dos mágicos antecede até mesmo meu pai, senhor. E a prova é mais concreta. Depois de deixar meu pai, esse mercador que os homens chamam de mágico visitou um técnico na cidade, para onde meu pai o havia guiado, e lá ele deixou um gerador de escudo do mesmo tipo que usava. Esse gerador foi recuperado por meu pai após seu retorno do exílio, quando da execução do maldito vice-rei. Ele demorou muito para encontrar... O gerador está pendurado na parede atrás do senhor. Não funciona. Nunca funcionou a não ser nos primeiros dois dias; mas, se olhar para ele, verá que ninguém no Império foi responsável por sua construção.

Bel Riose estendeu a mão para pegar o cinturão de elos de metal pendurado na parede curva, que se soltou com um pequeno som de ventosa quando o minúsculo campo adesivo se rompeu ao toque da mão. O elipsoide no ápice do cinto chamou a sua atenção. Tinha o tamanho de uma noz.

– Isto... – ele disse.

– Era o gerador – concordou Barr. – Mas *era* o gerador. O segredo de seu funcionamento está além de qualquer possibilidade de descoberta agora. Investigações subeletrônicas demonstraram que está fundido em um bloco compacto de metal, e nem mesmo o estudo mais cuidadoso dos padrões de difração foram capazes de distinguir as peças individuais que existiam antes da fusão.

– Então sua "prova" ainda não passa de uma fronteira porosa de palavras, sem nenhuma evidência concreta para defender a retaguarda.

Barr deu de ombros.

– O senhor exigiu meu conhecimento e ameaçou tirá-lo de mim à força. Se o senhor escolhe vê-lo com ceticismo, o que posso fazer? Quer que eu pare?

– Continue! – o general disse, com rispidez.

– Eu continuei as pesquisas de meu pai após sua morte e então o segundo acidente que mencionei veio em meu socorro, pois Siwenna era bastante conhecida de Hari Seldon.

– E quem é Hari Seldon?

– Hari Seldon foi um cientista do reinado do imperador Daluben IV. Ele era um psico-historiador. O último e o maior de todos. Ele visitou Siwenna uma vez, quando Siwenna era um grande centro comercial, rico em artes e ciências.

– Humf – Riose murmurou com acidez. – Qual o planeta estagnado que não diz ter sido uma terra de grande riqueza nos dias de outrora?

– Os dias de que falo são os dias de dois séculos atrás, quando o imperador ainda reinava até a mais distante estrela; quando Siwenna era um mundo do interior e não uma província semibárbara de fronteira. Naqueles dias, Hari Seldon previu o declínio do poder imperial e a barbarização final de toda a Galáxia.

Riose soltou uma gargalhada repentina.

– Ele previu isso? Então ele previu errado, meu bom cientista. Suponho que você se considere um. Ora, o Império está mais poderoso agora do que há um milênio. Seus olhos velhos estão cegos pela fria desolação da fronteira. Venha aos mundos interiores um dia; venha para o calor e a riqueza do centro.

O velho balançou a cabeça, com ar sombrio.

– A circulação cessa primeiro nas bordas exteriores. Ainda levará um tempo para que o apodrecimento chegue ao coração. Isto é, o apodrecimento aparente, óbvio para todos, tão distinto da podridão interna, que já é uma velha história de cerca de quinze séculos.

– E então esse Hari Seldon previu uma Galáxia de barbárie uniforme – disse Riose, bem-humorado. – E daí, hein?

– Então ele criou duas Fundações em extremidades opostas da Galáxia... Fundações dos melhores, mais jovens e mais fortes, ali para crescer, se multiplicar e se desenvolver. Os mundos nos quais elas foram colocadas foram escolhidos cuidadosamente, assim como as épocas e os arredores. Tudo foi arranjado de modo que o futuro, conforme previsto pela matemática inalterável da psico-história, envolvesse o isolamento deles, desde o começo, do corpo principal da civilização imperial e seu lento crescimento nos germes do Segundo Império Galáctico, cortando um inevitável interregno bárbaro de trinta mil anos para cerca de mil anos.

– E onde você descobriu isso tudo? Você parece saber tudo em detalhes.

– Não sei e nunca soube – o patrício disse, com compostura. – Isso é o resultado doloroso de juntar as peças de evidências descobertas por meu pai e mais algumas descobertas por mim mesmo. A base é tênue e a superestrutura foi romanceada para preencher as lacunas imensas. Mas estou convencido de que, em essência, é verdade.

– Você se deixa convencer facilmente.

– Mesmo? Isso me tomou quarenta anos de pesquisa.

– Humf. Quarenta anos! Eu poderia ter resolvido a questão em quarenta dias. Na verdade, acredito que devo. Seria... diferente.

– E como o senhor faria isso?

– Da maneira óbvia. Eu poderia me tornar um explorador. Poderia encontrar essa Fundação de que você fala e observá-la com meus olhos. Você diz que existem duas?

– Os registros falam de duas. Evidências de apoio foram encontradas apenas para uma, o que é compreensível, pois a outra fica na outra extremidade do eixo maior da Galáxia.

– Bem, vamos visitar a que fica mais perto. – O general se levantou, ajustando o cinto.

– O senhor sabe para onde ir? – perguntou Barr.

– De certa forma. Nos registros do penúltimo vice-rei, aquele que você assassinou com tanta eficiência, há histórias suspeitas de bárbaros vindos de fora. Na verdade, uma das filhas dele foi dada em casamento a um príncipe bárbaro. Eu vou encontrar o caminho.

Estendeu a mão.

– Agradeço-lhe a hospitalidade.

Ducem Barr tocou a mão com os dedos e fez uma mesura formal.

– Sua visita foi uma grande honra.

– Quanto às informações que você me deu – continuou Bel Riose –, eu saberei como agradecer quando retornar.

Ducem Barr acompanhou, submisso, seu hóspede até a porta externa e disse, baixinho, para o carro terrestre que sumia na distância:

– *Se* o senhor retornar.

— Fundação...

Com quarenta anos de expansão por trás de si, a Fundação enfrentou a ameaça de Riose. Os dias épicos de Hardin e Mallow haviam acabado, e com eles desaparecera certa firmeza, ousadia e resolução...

ENCICLOPÉDIA GALÁCTICA

2.

Os mágicos

Havia quatro homens na sala, que estava localizada num ponto distante, do qual ninguém podia se aproximar. Os quatro homens olharam uns para os outros rapidamente e depois, demoradamente, para a mesa que os separava. Havia quatro garrafas sobre a mesa e a mesma quantidade de copos cheios, mas ninguém havia tocado em nada.

E então o homem mais próximo da porta esticou um braço e começou a batucar um ritmo lento e constante sobre a mesa.

Ele disse:

– Vocês vão ficar sentados pensando para sempre? Faz alguma diferença quem vai falar primeiro?

– Então fale você primeiro – disse o homem grande logo em frente a ele. – Você é quem deveria estar mais preocupado.

Sennett Forell deu um risinho sem som e sem humor.

– Porque você acha que sou o mais rico. Ora… ou será que espera que continue como comecei? Acho que não deve ter se esquecido de que foi minha própria frota comercial que capturou essa nave batedora deles.

– Você tinha a frota maior – disse um terceiro – e os melhores pilotos; o que é outra maneira de dizer que é o mais rico. Era um risco temerário; e teria sido maior para qualquer outro de nós.

Sennett Forell tornou a rir.

– Há uma certa facilidade em aceitar riscos que herdei de meu pai. Afinal de contas, o ponto essencial em correr um risco é que os lucros o justifiquem. E, quanto a esse ponto, testemunhem o fato de que a nave inimiga foi isolada e capturada sem baixas para nós ou aviso para os outros.

O fato de que Forell era um parente colateral distante do grande Hober Mallow, já falecido, era reconhecido abertamente por toda a Fundação. O fato de que ele era filho ilegítimo de Mallow era aceito discretamente na mesma extensão de espaço.

O quarto homem piscou seus olhinhos sorrateiramente. As palavras saíam arrastadas dos lábios finos.

– Essa apreensão de navezinhas não é motivo para dormir sobre louros. O mais provável é que isso vá irritar mais ainda aquele jovem.

– E você acha que ele precisa de motivo? – Forell perguntou, com escárnio.

– Eu acho, e isso pode, ou irá, poupá-lo do vexame de ter de inventar um – o quarto homem falava devagar. – Hober Mallow trabalhava diferente. E Salvor Hardin também. Eles deixavam os outros tomarem os caminhos incertos da força, enquanto manobravam de maneira silenciosa e certeira.

Forell deu de ombros.

– Esta nave provou seu valor. Motivos são baratos e este aqui nós vendemos com lucro. – Havia a satisfação de um comerciante nato nessas palavras. Ele continuou: – O jovem é do antigo Império.

– Nós sabíamos disso – disse o segundo homem, o grandão, resmungando seu descontentamento.

– Nós suspeitávamos disso – Forell corrigiu educadamente. – Se um homem aparece com naves e riqueza, com propostas de amizade e ofertas de comércio, é apenas sensato evitar antagonizá-lo até termos certeza de que a máscara lucrativa não é, afinal, um rosto. Mas, agora...

A voz do terceiro homem saiu ligeiramente esganiçada.

– Poderíamos ter sido ainda mais cuidadosos. Poderíamos tê-lo encontrado primeiro. Poderíamos ter descoberto isso antes de permitir que ele partisse. Teria sido a atitude verdadeiramente mais sábia.

– Isso já foi discutido e descartado – disse Forell. Ele dispensou o assunto com um gesto peremptório.

– O governo é molenga – reclamou o terceiro homem. – O prefeito é um idiota.

O quarto homem olhou para os outros três, um de cada vez, e tirou a ponta de um charuto da boca. Jogou-a casualmente no slot à sua direita, onde ela desapareceu, com um flash rápido de desintegração.

Ele disse com sarcasmo:

– Confio que o cavalheiro que falou por último esteja falando apenas por força do hábito. Podemos nos dar ao luxo de lembrar que *nós somos* o governo.

Houve um murmúrio geral de concordância.

Os olhinhos do quarto homem fitavam a mesa.

– Então, vamos deixar as políticas governamentais de lado. Esse jovem... esse estranho poderia ter sido um cliente em potencial. Já houve casos assim. Vocês três tentaram convencê-lo a assinar um contrato adiantado. Temos um acordo... um acordo de cavalheiros... contra isso, mas vocês tentaram.

– Você também – resmungou o segundo homem.

– Eu sei – o quarto disse com calma.

– Então, vamos esquecer o que deveríamos ter feito antes – Forell interrompeu, impaciente – e continuar com o que devemos fazer agora. De qualquer maneira, e se o tivéssemos aprisionado, ou matado, e aí? Ainda não temos certeza das intenções dele e, na pior das hipóteses, não poderíamos destruir um império encurtando a vida de um homem. Pode haver frotas e mais frotas aguardando logo do outro lado, no ponto de onde ele não voltará.

– Exatamente – aprovou o quarto homem. – Agora, o que você conseguiu tirar da nave capturada? Estou velho demais para toda essa conversa.

– Isso pode ser contado em poucas palavras – Forell disse, de mau humor. – Ele é um general imperial ou seja lá qual for a patente que corresponde a isso por lá. É um jovem que provou seu brilhantismo militar, pelo menos foi o que me disseram, e que é ídolo de seus homens. Uma carreira bem romântica. As histórias que eles contam são sem dúvida meias-verdades, mas mesmo isso o torna uma espécie de prodígio.

– Quem são "eles"? – O segundo homem quis saber.

– A tripulação da nave capturada. Escutem, eu tenho todos os depoimentos gravados em microfilme, que guardei em lugar seguro. Mais tarde, se desejarem, podem vê-los. Podem até falar com os próprios homens, se acharem necessário. O essencial eu já lhes contei.

– Como foi que você arrancou isso deles? Como sabe que estão dizendo a verdade?

Forell franziu a testa.

– Não fui gentil, bom senhor. Eu os espanquei, droguei e usei a Sonda sem dó nem piedade. Eles falaram. Pode acreditar neles.

– Nos velhos tempos – disse o terceiro homem, com súbita irrelevância –, eles teriam usado pura psicologia. Indolor, sabe, mas muito eficiente. Sem chance de engodos.

– Bem, eles tinham muitas coisas antigamente – Forell disse, secamente. – Estes são os novos dias.

– Mas – disse o quarto homem – o que ele quer aqui, esse general, esse prodígio romântico? – Sua persistência era a de um homem cansado.

Forell olhou-o com rispidez.

– Você acha que ele confia os detalhes da política de Estado à tripulação? Eles não sabiam. Não havia nada a obter nesse aspecto, e eu tentei, a Galáxia sabe.

– O que nos leva...

– A tirar nossas próprias conclusões, obviamente. – Os dedos de Forell batucavam baixinho, outra vez. – O jovem é um líder militar do Império, mas fingiu ser um príncipe menor de um punhado de estrelas espalhadas num canto qualquer da Periferia. Só isso nos garantiria que seus verdadeiros motivos são de tal ordem que ele não se beneficiaria caso descobríssemos. Combine a natureza da profissão dele com o fato de que o Império já subsidiou um ataque contra nós no tempo de meu pai, e as possibilidades se tornam sombrias. Aquele primeiro ataque falhou. Duvido que o Império nos ame de paixão por isso.

– Não há nada nas suas descobertas – questionou o quarto homem, cauteloso – que confirme isso com certeza? Você não está escondendo nada?

Forell respondeu com sinceridade:

– Não posso esconder nada. Daqui por diante não pode haver questão de rivalidade comercial. Estamos sendo forçados a nos unir.

– Patriotismo? – Havia um quê de desdém na voz fina do terceiro homem.

– O patriotismo que se dane – Forell disse baixinho. – Você pensa que eu dou duas baforadas de emanação nuclear para o futuro Segundo Império? Você pensa que arriscaria uma única missão comercial para amaciar esse caminho? Mas... você supõe que a conquista imperial ajudará meus negócios ou os seus? Se o Império vencer, não faltarão corvos para a carniça.

– E a carniça somos nós – o quarto homem acrescentou, secamente.

O segundo homem quebrou subitamente o silêncio e remexeu irritado o peso do corpo, fazendo a cadeira gemer.

– Mas por que falar disso? O Império não pode vencer, pode? Seldon garantiu que nós formaremos o Segundo Império no fim. Esta é apenas outra crise. Aconteceram três antes.

– Apenas outra crise, sim! – Forell fez uma cara melancólica. – Mas, no caso das duas primeiras, nós tínhamos Salvor Hardin para nos guiar; na terceira, tivemos Hober Mallow. Quem temos agora?

Ele olhou para os outros, sombrio, e continuou:

– As regras da psico-história de Seldon, nas quais é tão confortável confiar, provavelmente têm, como uma das variáveis que entram no cálculo, certa iniciativa normal da parte do povo da própria Fundação. As leis de Seldon ajudam a quem se ajuda.

– Os tempos fazem o homem – disse o terceiro homem. – Olhe aí outro provérbio para você.

– Vocês não podem contar com isso, não com certeza absoluta – grunhiu Forell. – Agora, para mim, as coisas estão do seguinte jeito: se esta é a quarta crise, então Seldon a previu. Se previu, então ela pode ser superada, e deve haver um jeito de fazer isso. Agora, o Império é mais forte do que nós, sempre foi. Mas esta é a primeira vez que corremos o perigo de um ataque direto, por isso essa força se torna terrivelmente ameaçadora. Se a situação puder ser superada, deverá ser novamente, como em todas as crises anteriores, por um outro método que não a pura força. Precisamos encontrar o lado fraco de nosso inimigo e atacá-lo ali.

– E que lado fraco é esse? – perguntou o quarto homem. – Você tem alguma teoria?

– Não. Esta é a questão a que estou querendo chegar. Nossos maiores líderes do passado sempre viram os pontos fracos de seus inimigos e miraram neles. Mas agora…

Havia em sua voz um tom de desamparo, e por um momento ninguém se atreveu a fazer um comentário.

Então, o quarto homem falou:

– Precisamos de espiões.

Forell se virou para ele, ansioso.

– Exato! Não sei quando o Império irá atacar. Ainda pode haver tempo.

– O próprio Hober Mallow penetrou nos domínios imperiais – sugeriu o segundo homem.

Mas Forell balançou a cabeça.

– Nada tão direto. Nenhum de nós é exatamente jovem; e todos estamos enferrujados de tanta burocracia e detalhes administrativos. Precisamos de jovens que estejam em campo agora…

– Os comerciantes independentes? – perguntou o quarto homem.

E Forell balançou a cabeça afirmativamente e sussurrou:

– Se ainda houver tempo…

3.

A mão morta

Bel Riose interrompeu seu andar irritado de um lado para o outro para levantar a cabeça, esperançoso, quando seu assessor entrou.

– Alguma notícia da *Starlet*?

– Nenhuma. O grupo de batedores adentrou o quadrante, mas os instrumentos não detectaram nada. O comandante Yume relatou que a frota está pronta para um ataque imediato em retaliação.

O general balançou a cabeça.

– Não, não por uma nave de patrulha. Ainda não. Diga a ele para dobrar… Espere! Eu vou escrever a mensagem. Codifique-a e transmita-a em um feixe estreito.

Ele escreveu enquanto falava e jogou o papel para o oficial que aguardava.

– O siwenniano já chegou?

– Ainda não.

– Bem, faça com que seja trazido para cá assim que chegar.

O assessor prestou continência e saiu. Riose retomou seu caminhar de animal aprisionado.

Quando a porta se abriu pela segunda vez, era Ducem Barr quem estava no limiar. Lentamente, seguindo os passos do assessor que o conduzia, entrou no aposento vistoso, cujo teto era um modelo holográfico ornamentado da Galáxia, no centro do qual Bel Riose encontrava-se em pé, usando seu uniforme de campo.

– Bom dia, patrício! – O general empurrou uma cadeira com o pé e fez um gesto para o assessor que significava "essa porta deverá permanecer fechada até que eu mesmo a abra".

Ele ficou em pé diante do siwenniano, as pernas afastadas, a mão segurando o pulso às costas, equilibrando-se devagar, pensativamente, sobre os calcanhares.

Então, com rispidez, disse:

– Patrício, você é um súdito leal do imperador?

Barr, que havia mantido um silêncio indiferente até então, arqueou uma sombrancelha, sem se comprometer.

– Não tenho motivo para amar o governo imperial.

– O que é muito diferente de dizer que você seria um traidor.

– É verdade. Mas o mero ato de não ser um traidor também é muito diferente de concordar em ajudar ativamente.

– Normalmente, isso também seria verdade. Mas recusar-se a ajudar neste momento – Riose disse, deliberadamente – será considerado traição e tratado de acordo.

Barr juntou as sobrancelhas.

– Poupe sua clava verbal para seus subordinados. Uma simples declaração de seus desejos e necessidades me será suficiente aqui.

Riose se sentou e cruzou as pernas.

– Barr, nós tivemos uma conversa anterior, há meio ano atrás.

– Sobre seus mágicos?

– Sim. Você se lembra do que eu disse que faria.

Barr assentiu. Seus braços repousavam, murchos, sobre o colo.

– Você iria visitá-los nos lugares que eles frequentam, e ficou fora por quatro meses. Você os encontrou?

– Se os encontrei? Encontrei, sim – gritou Riose. Seus lábios estavam rígidos. Parecia exigir esforço para evitar ranger os dentes. – Patrício, eles não são mágicos; são demônios. Acreditar nisso é tão difícil quanto seria viajar daqui para as galáxias externas. Imagine! É um mundo do tamanho de um lenço, de uma unha; com recursos tão limitados, um poder tão minúsculo, uma população tão microscópica que nunca seria suficiente para os mundos mais atrasados das prefeituras empoeiradas das Estrelas Escuras. E, no entanto, um povo tão orgulhoso e ambicioso a ponto de sonhar, de forma silenciosa e metódica, com o domínio galáctico. Ora, eles têm tanta segurança que sequer têm pressa. Eles se movem lentamente, fleumaticamente; falam de séculos necessários. Eles engolem mundos à vontade; arrastam-se por sistemas com lentidão e complacência. E tiveram sucesso. Não há ninguém que os detenha. Construíram uma comunidade comercial imunda que curva seus tentáculos sobre os sistemas ainda mais distantes do que suas naves de brinquedo podem alcançar. Por parsecs, seus comerciantes, que é como seus agentes chamam a si mesmos, penetram.

Ducem Barr interrompeu o fluxo, irritado.

– Quanto dessa informação é confirmada, e quanto é simples fúria?

O soldado prendeu a respiração e ficou mais calmo.

– Minha fúria não me cega. Eu lhe digo que estive em mundos mais próximos a Siwenna do que a Fundação, onde o Império era um mito distante, e onde os comerciantes eram verdades vivas. Nós mesmos fomos confundidos por comerciantes.

– A própria Fundação lhe disse que seu objetivo era o domínio da Galáxia?

– Dizer-me! – Riose tornou a ficar violento. – Não foi uma questão de dizer. Os representantes oficiais nada disseram. Falaram exclusivamente de negócios. Mas conversei com homens comuns. Absorvi as ideias da gente comum; seu "destino manifesto", sua calma aceitação de um grande futuro. É uma coisa que não pode ser escondida; um otimismo universal que eles não tentam sequer esconder.

O siwenniano exibia abertamente uma certa satisfação silenciosa.

– Você irá notar que, até agora, parece sustentar, de forma muito precisa, a reconstrução dos eventos que fiz a partir dos poucos dados sobre o assunto que coletei.

– Não há dúvida – replicou Riose com irritação e sarcasmo – de que isso é um tributo aos seus poderes analíticos. E também é um comentário sincero e incisivo sobre o perigo cada vez maior para os domínios de Sua Majestade Imperial.

Barr deu de ombros, para demonstrar sua falta de preocupação, e Riose se inclinou subitamente para a frente, para segurar os ombros do velho e olhar, com uma curiosa gentileza, dentro de seus olhos.

– Agora, patrício – ele disse –, nada disso. Não tenho desejo algum de ser bárbaro. De minha parte, o legado de hostilidade siwenniana para com o Império é um fardo odioso, e um fardo que faria tudo em meu poder para erradicar. Mas minha província são as forças armadas e a interferência em assuntos civis é impossível. Isso provocaria uma ordem de regresso e arruinaria minha utilidade imediatamente. Percebe isso? Eu sei que percebe. Entre mim e você, então, deixe que a atrocidade de quarenta anos atrás seja compensada por sua vingança contra o autor e, assim, esquecida. Preciso de sua ajuda. Admito isso com franqueza.

Havia todo um mundo de urgência na voz do jovem, mas a cabeça de Ducem Barr balançou de modo leve e deliberado, em um gesto negativo.

– Você não entende, patrício – disse Riose, implorando –, e duvido de minha capacidade de fazê-lo compreender. Não posso argumentar no seu território. Você é o erudito, eu não. Mas uma coisa posso lhe dizer. Seja o que for que pensa do Império, você admitirá seus grandes serviços. As forças armadas cometeram crimes isolados mas, no todo, elas têm sido uma força de paz e de civilização. Foi a marinha imperial que criou a *Pax Imperium* que governou a Galáxia por milhares de anos. Compare os milênios de paz sob o símbolo da Espaçonave-e-Sol do Império aos milênios de anarquia interestelar que os precederam. Considere as guerras e a devastação dos velhos dias e me diga se, com todos os seus erros, não vale a pena preservar o Império. Considere – ele continuou enérgico – ao que se reduziu a fronteira exterior da Galáxia nesses dias de ruptura e independência e pergunte a si mesmo se, por causa de uma vingança mesquinha, você reduziria Siwenna, de sua condição de província sob a proteção de uma poderosa marinha, a um mundo bárbaro numa galáxia bárbara, toda imersa em independência fragmentada e degradação e miséria comuns.

– Ficou tão ruim... tão rápido? – murmurou o siwenniano.

– Não – admitiu Riose. – Nós estaríamos seguros, sem dúvida, mesmo que vivêssemos quatro vezes mais. Mas é pelo Império que luto; isso, e uma tradição militar que é só minha, e que não posso transferir para você. É uma tradição militar construída sobre a instituição imperial à qual sirvo.

– Você está ficando místico, e sempre achei difícil entender o misticismo de outra pessoa.

– Não importa. Você entende o perigo dessa Fundação.

– Fui eu quem apontou o que chama de perigo, antes mesmo que você saísse de Siwenna.

– Então percebe que ela deve ser detida no embrião, ou talvez nunca seja. Você conhecia essa Fundação antes que qualquer um tivesse ouvido falar nela. Você sabe mais sobre ela do que qualquer pessoa no Império. Provavelmente sabe o melhor modo de atacá-la; e provavelmente pode me avisar com antecedência de suas contramedidas. Vamos, sejamos amigos.

Ducem Barr se levantou. Disse sem emoção na voz:

– Essa ajuda que eu poderia lhe dar nada significa. Então o livrarei dela, em face de sua exigência extenuante.

– Eu julgarei o significado disso.

– Não, estou falando sério. Nem todo o poder do Império poderia conseguir esmagar esse mundo minúsculo.

– Por que não? – Os olhos de Bel Riose reluziram ferozes. – Não, fique onde está. Eu lhe digo quando você pode ir embora. Por que não? Se pensa que estou subestimando este inimigo que descobri, está enganado. Patrício – ele disse, com relutância –, perdi uma nave no meu retorno. Não tenho provas de que caiu nas mãos da Fundação; mas não foi localizada desde então, e, se fosse apenas um acidente, seu casco certamente teria sido encontrado ao longo da rota que tomamos. Não é uma perda importante; menos de um décimo de uma mordida de pulga, mas pode significar que a Fundação já abriu as hostilidades. Essa disposição e desconsideração pelas consequências podem significar forças secretas das quais nada conheço. Você poderia me ajudar, então, respondendo a uma questão específica? Qual é o poderio militar deles?

– Não faço ideia.

– Então, explique-se em seus próprios termos. Por que você diz que o Império não pode derrotar este pequeno inimigo?

O siwenniano se sentou mais uma vez e desviou os olhos do olhar fixo de Riose. Falou pesadamente:

– Porque tenho fé nos princípios da psico-história. Ela é uma ciência estranha. Atingiu a maturidade matemática com um homem, Hari Seldon, e morreu com ele, pois nenhum homem desde então foi capaz de manipular suas complexidades. Mas, nesse curto período, ela provou ser o instrumento mais poderoso jamais inventado para o estudo da humanidade. Sem fingir prever as ações de indivíduos, ela formulou leis definitivas capazes de análise e extrapolação matemática para governar e prever a ação em massa de grupos humanos.

– Então...

– Seldon e o grupo com o qual ele trabalhou aplicaram a psico-história com força total para criar a Fundação. O lugar, o tempo e as condições, tudo isso conspira matematicamente e, portanto, inevitavelmente, para a criação de um Segundo Império Galáctico.

A voz de Riose tremia de indignação.

– Você quer dizer que essa arte dele prevê que eu atacaria a Fundação e perderia tais e tais batalhas por tais e tais motivos? Você está tentando dizer que sou um tolo robotizado, seguindo um curso predeterminado para a destruição?

– Não – respondeu o velho patrício com seriedade. – Eu já disse que a ciência nada tem a ver com ações individuais. É o pano de fundo maior que foi previsto.

– Então continuamos presos à mão da deusa da necessidade histórica.

– Da necessidade *psico*-histórica – provocou Barr, baixinho.

– E se eu exercer minha prerrogativa de livre-arbítrio?

Se eu escolher atacar no ano que vem ou não atacar? Quão flexível é essa Deusa? Que recursos tem?

Barr deu de ombros.

– Ataque agora ou nunca; com uma única nave, ou com toda a força do Império; pela força militar ou por pressão econômica; por uma declaração de guerra honesta e aberta ou por emboscada traiçoeira. Faça o que desejar, no mais amplo exercício de livre-arbítrio. Você ainda perderá.

– Por causa da mão morta de Hari Seldon?

– Por causa da mão morta da matemática do comportamento humano, que não pode ser detida, desviada nem atrasada.

Os dois se encararam em um impasse, até que o general recuou.

– Vou aceitar esse desafio – disse, simplesmente. – É uma mão morta contra uma vontade viva.

—— Cleon II...

Normalmente chamado "O Grande". O último imperador forte do Primeiro Império, ele é importante pelo renascimento político e artístico que ocorreu durante seu longo reinado. É mais conhecido na ficção, entretanto, por sua ligação com Bel Riose, e para o homem comum é simplesmente "O Imperador de Riose". É importante não permitir que os eventos do último ano de seu reinado se sobreponham a quarenta anos de...

ENCICLOPÉDIA GALÁCTICA

4.

O imperador

Cleon II era o Senhor do Universo. Cleon II também sofria de uma doença dolorosa e não diagnosticada. Pelos estranhos caminhos tortuosos das questões humanas, essas duas declarações não são mutuamente exclusivas, nem sequer particularmente incongruentes. A história comporta um número exaustivamente grande de precedentes.

Mas Cleon II não se importava em nada com esses precedentes. Meditar sobre uma lista longa de casos semelhantes não reduziria o sofrimento pessoal um elétron sequer. Ele se acalmava um pouco quando pensava que, se seu bisavô havia sido o governante pirata de um planetinha que era um grão de poeira, ele próprio dormia no palácio do prazer de Ammenetik, o Grande, como herdeiro de uma linha de governantes galácticos que se estendia até um passado tênue. No momento, não o consolava saber que os esforços de seu pai haviam limpado o reino dos fragmentos leprosos de rebelião e restauraram a paz e a unidade que ele havia desfrutado sob o reinado de Stanel VI; que, como consequência, nos vinte e cinco anos de seu reinado, nem uma nuvem de revolta havia nublado o brilho de sua glória.

O Imperador da Galáxia e Senhor de Tudo gemeu ao balançar a cabeça para trás no revigorante plano de força sobre seus travesseiros. Este cedia com uma suavidade que não tocava, e, com o comichão agradável, Cleon relaxou um pouco. Sentou-se com dificuldade e ficou olhando, plácido, para as paredes distantes da grande câmara. Era um quarto ruim para se ficar sozinho. Grande demais. Todos os quartos eram grandes demais.

Mas melhor ficar sozinho durante esses ataques agonizantes do que suportar os cuidados dos cortesãos, a simpatia exagerada, a postura suave e condescendente. Melhor estar sozinho do que ficar olhando essas máscaras insípidas por trás das quais giravam as tortuosas especulações sobre as chances de morte e as fortunas da sucessão.

Seus pensamentos o apressavam. Havia seus três filhos; três jovens de espinha ereta, virtuosos e promissores. Onde estariam nesses dias ruins? Estavam esperando, sem dúvida. Um vigiando o outro; e todos a vigiá-lo.

Ele se mexeu, desconfortável. E agora Brodrig ansiava por uma audiência. O fiel Brodrig, nascido fora da nobreza; fiel porque era odiado com um ódio unânime e cordial; o único ponto de acordo entre a dúzia de partidos em que se dividia a corte.

Brodrig – o fiel favorito, que tinha de ser fiel, já que, a menos que tivesse a mais veloz nave de corrida da Galáxia e entrasse nela no dia da morte do imperador, estaria na câmara de radiação no dia seguinte.

Cleon tocou a alavanca suave no braço de seu grande divã e a imensa porta no final do quarto se dissolveu em transparência.

Brodrig avançou ao longo do tapete rubro e se ajoelhou para beijar a mão flácida do imperador.

– Sua saúde, senhor? – perguntou o secretário particular em um tom baixo de adequada apreensão.

– Estou vivo – o imperador retrucou, exasperado. – Se é que você pode chamar de vida, quando cada canalha capaz de ler um livro de medicina me usa como uma tábula rasa e receptiva para seus débeis experimentos. Se existe um remédio concebível, químico, físico ou nuclear, que ainda não foi experimentado, ora, então alguma besta culta dos cantos mais distantes do Império chegará amanhã para tentar. E ainda mais um livro recém-descoberto, ou mais provavelmente uma falsificação, será usado como autoridade. Pela memória de meu pai – ele murmurou selvagemente –, parece que não existe um bípede que não esteja extinto que seja capaz de estudar a doença diante de seus olhos com os próprios olhos. Não há um que consiga medir a pulsação sem um livro dos Anciãos à frente. Eu estou doente e eles dizem que a doença é "desconhecida". Os idiotas! Se, no decorrer de milênios, os corpos humanos tiverem encontrado novos meios de funcionar mal, esses meios não estão cobertos pelos estudos dos antigos e ficam para sempre incuráveis. Os antigos deviam estar vivos agora, ou eu, na época deles.

O imperador soltou um palavrão baixinho enquanto Brodrig aguardava, diligentemente. Cleon II disse, irritado:

– Quantos estão esperando lá fora?

Ele sacudiu a cabeça na direção da porta.

Brodrig disse, paciente:

– O Grande Salão contém o número de costume.

– Bem, que esperem. Questões de Estado me ocupam. Mande o capitão da guarda anunciar isso. Ou, espere, esqueça as questões de Estado. Apenas mande anunciar que não darei audiências, e deixe o capitão da guarda com cara de tacho.

Os chacais entre eles que se traiam uns aos outros. – O imperador fez uma cara de desgosto.

– Há um boato, senhor – Brodrig disse, mansinho –, de que é o seu coração que o perturba.

O sorriso do imperador pouco mudou da careta anterior.

– Ele irá magoar outras pessoas mais do que a mim se alguém agir prematuramente com base nesse boato. Mas o que é que *você* quer? Vamos acabar logo com isso.

Brodrig se levantou de sua postura ajoelhada ao receber um gesto de permissão e disse:

– Tem a ver com o general Bel Riose, governador militar de Siwenna.

– Riose? – Cleon II franziu bem a testa. – Não estou ligando o nome à pessoa. Espere, é o tal que enviou aquela mensagem quixotesca há alguns meses? Sim, eu me lembro. Pediu permissão para entrar numa trilha de conquistas pela glória do Império e do imperador.

– Exatamente, senhor.

O imperador deu uma risada curta.

– Você achava que eu ainda tinha generais assim comigo, Brodrig? Ele me parece um curioso atavismo. Qual foi a resposta? Acredito que foi você quem cuidou disso.

– Fui eu, sim, senhor. Ele foi instruído a fornecer informações adicionais e não efetuar nenhum ato envolvendo ação naval sem ordens do Império.

– *Humf.* Seguro o bastante. Quem é esse Riose? Ele já esteve na corte alguma vez?

Brodrig assentiu, e sua boca se retorceu um pouco.

– Ele começou a carreira como cadete nas guardas, há dez anos. Tomou parte naquele caso no Aglomerado de Lemul.

– O Aglomerado de Lemul? Você sabe que minha memória não é mais... Não foi a vez em que um jovem soldado salvou duas naves da linha de uma colisão frontal com... ah... uma coisa ou outra? – Ele fez um gesto impaciente com a mão. – Não me lembro dos detalhes. Foi uma coisa heroica.

– Esse soldado era Riose. Ele recebeu uma promoção por isso – Brodrig disse, seco. – E uma promoção de campo a comandante de nave.

– E agora é governador militar de um sistema de fronteira, ainda jovem. É um homem capaz, Brodrig!

– Arriscado, senhor. Vive no passado. Sonha com tempos antigos, ou melhor, com os mitos do que os tempos antigos costumavam ser. Esse tipo de homem é inofensivo em si, mas sua estranha falta de contato com a realidade faz com que seja tolo para outros. – E acrescentou: – Seus homens, ao que sei, estão completamente sob seu controle. Ele é um de seus generais *populares*.

– É mesmo? – devaneou o imperador. – Ora, vamos, Brodrig. Eu não gostaria de ter apenas incompetentes a meu serviço. Eles em si certamente não estabelecem um padrão invejável de fidelidade.

– Um traidor incompetente não é perigoso. São os homens capazes que devem ser vigiados.

– E você entre eles, Brodrig? – Cleon II riu e, depois, fez uma careta de dor. – Bem, então, você pode esquecer o sermão por ora. Que novos desenvolvimentos existem na questão desse jovem conquistador? Espero que você não tenha vindo apenas para relembrar os velhos tempos.

– Outra mensagem, senhor, foi recebida do general Riose.

– Ah, é? E por que motivo?

– Ele espionou a terra daqueles bárbaros e solicita uma expedição maciça. Sua argumentação é longa e um tanto tediosa. Não vale a pena aborrecer Vossa Majestade Imperial com isso no momento, durante sua indisposição. Particularmente porque isso será discutido à exaustão durante a sessão do Conselho dos Lordes. – Ele olhou de banda para o imperador.

Cleon II franziu a testa.

– Os lordes? É um assunto para eles, Brodrig? Isso vai significar mais pedidos de uma interpretação mais ampla da Convenção. A coisa sempre dá nisso.

– Não dá para evitar, senhor. Poderia ter sido melhor se seu augusto pai tivesse sufocado a última rebelião sem outorgar a Convencão. Mas, já que ela está aqui, precisamos aguentá-la por enquanto.

– Acho que você tem razão. Então, que sejam os lordes. Mas por que toda essa solenidade, homem? Afinal de contas, é uma questão menor. O sucesso numa fronteira distante com poucas tropas dificilmente pode ser considerado assunto de Estado.

Brodrig deu um sorriso estreito. Disse, friamente:

– É o assunto de um idiota romântico; mas até mesmo um idiota romântico pode ser uma arma mortal quando um rebelde nada romântico o utiliza como instrumento. Senhor, o homem era popular aqui, e é popular lá. Ele é jovem. Se anexar um ou dois planetas bárbaros quaisquer, será um conquistador. Agora, um jovem conquistador que se provou capaz de levantar o entusiasmo de pilotos, mineradores, comerciantes e da ralé em geral é perigoso a qualquer momento. Mesmo que ele não tivesse o desejo de fazer com o senhor o que seu augusto pai fez com o usurpador Ricker, um de nossos fiéis lordes governantes pode decidir usá-lo como arma.

Cleon II moveu um braço, apressado, e ficou rígido de dor. Aos poucos, conseguiu relaxar, mas seu sorriso era fraco e sua voz, um sussurro.

– Você é um súdito valioso, Brodrig. Sempre suspeita bem mais do que o necessário, e só preciso adotar metade das precauções que sugere para estar totalmente seguro. Vamos levar isso aos lordes. Veremos o que dizem e agiremos de acordo. Esse jovem, suponho, ainda não fez nenhum movimento hostil.

– Ele não relata nenhum. Mas já pede reforços.

– Reforços! – Os olhos do imperador se estreitaram de surpresa. – Qual a força com ele?

– Dez naves da linha, senhor, com um complemento inteiro de naves auxiliares. Duas das naves estão equipadas com motores que foram recuperados da velha Grande Frota, e uma tem uma bateria de artilharia energética da mesma fonte. As outras naves são recentes, dos últimos cinquenta anos, mas ainda assim funcionam bem.

– Dez naves parecem adequadas para qualquer atividade razoável. Ora, com menos de dez naves, meu pai conquistou suas primeiras vitórias contra o usurpador. *Quem são* esses bárbaros que ele está combatendo?

O secretário particular ergueu um pedante par de sobrancelhas.

– Ele se refere a eles como "a Fundação".

– A Fundação? O que é isso?

– Não há registro, senhor. Procurei cuidadosamente nos arquivos. A área da Galáxia indicada cai na antiga província de Anacreon, que há dois séculos se entregou à barbárie, à pirataria e à anarquia. Não há planeta conhecido como Fundação na província, entretanto. Havia uma referência vaga a um grupo de cientistas que partiu para aquela província logo antes de sua separação de nossa proteção. Eles iam preparar uma Enciclopédia. – Ele sorriu de leve. – Acho que a chamavam de Enciclopédia Fundação.

– Bem – o imperador pensou, sombrio –, isso parece uma conexão muito tênue sobre a qual avançar.

– Não estou avançando, senhor. Nenhuma palavra jamais foi recebida dessa expedição depois do crescimento da anarquia naquela região. Se seus descendentes ainda vivem e conservam o nome, então quase que certamente reverteram à barbárie.

– Então, ele quer reforços. – O imperador olhou feroz para seu secretário. – Isso é muito peculiar; propor enfrentar selvagens com dez naves e pedir mais antes de desferir o primeiro golpe. E, no entanto, começo a me lembrar desse Riose; ele era um garoto bem-apessoado, de família leal. Brodrig, há complicações nisso que não entendo. Pode haver mais importância do que parece.

Os dedos dele brincavam distraídos com o lençol reluzente que cobria suas pernas endurecidas. Ele disse:

– Preciso de um homem lá fora; um que tenha olhos, cérebro e lealdade. Brodrig...

O secretário baixou uma cabeça submissa.

– E as naves, senhor?

– Ainda não! – o imperador gemeu baixinho e se ajeitou aos poucos, com calma. Apontou um dedo fraco. – Não até sabermos mais. Reúna o Conselho dos Lordes para esta semana. Será uma boa oportunidade para a nova apropriação, também. *Isso* eu vou aprovar ou cabeças rolarão.

Reclinou a cabeça que doía sobre a comichão suave do travesseiro de campo de força.

– Vá agora, Brodrig, e mande entrar o médico. Ele é a pior besta de todas.

5.

Começa a guerra

Do ponto de irradiação de Siwenna, as forças do Império se estenderam cuidadosamente para a escuridão desconhecida da Periferia. Naves gigantes cruzaram as vastas distâncias que separavam as estrelas errantes na borda da Galáxia, e foram tateando o caminho em torno da borda mais externa da influência da Fundação.

Mundos isolados em sua nova barbárie de dois séculos sentiram mais uma vez a sensação dos senhores imperiais sobre seu solo. Juramentos de fidelidade foram realizados em face da artilharia maciça que cobria capitais inteiras.

Guarnições foram deixadas; guarnições de homens vestindo o uniforme imperial com a insígnia da Espaçonave-e-Sol no ombro. Os velhos notavam isso e se lembravam mais uma vez das histórias esquecidas dos pais de seus avós, dos tempos em que o universo era grande, rico e pacífico e que essa mesma Espaçonave-e-Sol a tudo dominava.

Então, as grandes naves passaram a tecer sua linha de bases avançadas ao redor da Fundação. E, a cada mundo que era costurado em seu devido lugar no tecido, um relatório seguia para Bel Riose no quartel-general que ele havia estabelecido no terreno árido e rochoso de um planeta errante sem sol.

Agora Riose relaxava e sorria, cínico, para Ducem Barr.

– E então, o que *você* acha, patrício?

– Eu? De que valem meus pensamentos? Não sou militar. – Ele contemplou, com um olhar desgostoso e cansado, a desordem atulhada da sala de pedra que fora escavada na parede de uma caverna de ar, luz e calor artificiais que marcavam uma única bolha de vida na vastidão de um planeta morto. – Pela ajuda que eu poderia lhe dar – ele resmungou –, ou gostaria de lhe dar, você poderia me levar de volta a Siwenna.

– Ainda não. Ainda não. – O general virou sua cadeira para o canto que continha a esfera enorme, transparente e brilhante que mapeava a antiga Prefeitura Imperial de Anacreon e setores vizinhos. – Mais tarde, quando tudo isso acabar, você voltará aos seus livros e a mais do que isso. Providenciarei para que as propriedades de sua família lhe sejam devolvidas e aos seus filhos, pela eternidade.

– Obrigado – disse Barr, com uma leve ironia –, mas não compartilho de sua fé num final feliz para isso tudo.

Riose deu uma risada ríspida.

– Não comece com resmungos proféticos outra vez. Este mapa fala mais alto que todas as suas teorias lamurientas. – Ele acariciou a curva de seu contorno invisível gentilmente. – Você sabe ler um mapa em projeção radial? Sabe? Bem, aqui, veja por si mesmo. As estrelas douradas representam os territórios imperiais. As estrelas vermelhas são as que estão sujeitas à Fundação e as rosadas são provavelmente as que estão dentro da esfera econômica de influência dela. Agora, observe...

A mão de Riose cobriu uma alavanca redonda e, lentamente, uma área de pontos brancos sólidos mudou para um azul bem escuro. Como uma xícara invertida, elas envolviam os vermelhos e os rosados.

– Essas estrelas azuis foram tomadas pelas minhas forças – disse Riose, com uma satisfação silenciosa – e ainda avançam. Nenhuma oposição apareceu em parte alguma. Os bárbaros estão quietos. E, em particular, nenhuma oposição veio das forças da Fundação. Elas dormem bem e em paz.

– Você espalhou suas forças de modo tênue, não foi? – perguntou Barr.

– Na verdade – disse Riose –, apesar das aparências, não foi o que eu fiz. Os pontos-chave, onde coloquei guarnições e fortificações, são relativamente poucos, mas foram escolhidos cuidadosamente. O resultado é que a força despendida é pequena, mas o resultado estratégico, grande. Existem muitas vantagens, mais do que parece para qualquer pessoa que não tenha feito um estudo cuidadoso de táticas espaciais, mas é aparente para qualquer um, por exemplo, que posso lançar um ataque a partir de qualquer ponto em uma esfera fechada, e que quando eu tiver terminado será impossível para a Fundação atacar no flanco ou na retaguarda. Com relação a eles, não terei flanco nem retaguarda. Essa estratégia do cerco antecipado foi tentada antes, notadamente nas campanhas de Loris VI, há cerca de dois mil anos, mas sempre de modo imperfeito; sempre com o conhecimento e a tentativa de interferência do inimigo. Isto é diferente.

– O caso ideal dos manuais? – A voz de Barr era lânguida e indiferente.

Riose ficou impaciente.

– Você ainda acha que minhas forças fracassarão?

– Elas devem.

– Você compreende que não existe caso na história militar em que um cerco tenha sido completado sem que as forças de ataque não tenham vencido no final, a não ser onde há uma marinha externa com força suficiente para romper o cerco?

– Se o senhor diz.

– E, ainda assim, você persiste em sua fé.

– Sim.

Riose deu de ombros.

– Então, persista.

Barr permitiu que o silêncio irritado prosseguisse por um momento e então perguntou, baixinho:

– Já recebeu resposta do imperador?

Riose tirou um cigarro de um receptáculo na parede atrás de sua cabeça, colocou uma piteira na boca e acendeu o cigarro com cuidado.

– Você está se referindo ao meu pedido de reforços? – disse. – Ela veio, mas foi só isso. Apenas a resposta.

– Nada de naves.

– Nada. Eu meio que já esperava isso. Francamente, patrício, eu nunca deveria ter me permitido ser atropelado por suas teorias, solicitando-as em primeiro lugar. Isso me colocou em uma falsa luz.

– É mesmo?

– Definitivamente. As naves são material raro. As guerras civis dos últimos dois séculos destruíram mais da metade da Grande Frota e o que sobrou está em péssima condição. Você sabe que não é que as naves que construímos hoje em dia não valham nada. Não acho que exista um homem na Galáxia, hoje, que consiga construir um motor hipernuclear de primeira qualidade.

– Eu já sabia disso – disse o siwenniano. Seus olhos eram pensativos e introspectivos. – Eu não sabia era que *você* sabia. Então, Sua Majestade Imperial não pode desperdiçar naves. A psico-história poderia ter previsto isso; na verdade, ela provavelmente previu. Eu devia dizer que a mão morta de Hari Seldon ganha a rodada de abertura.

Riose respondeu rispidamente:

– Eu já tenho naves suficientes. Seu Seldon não ganha nada. Se a situação ficar mais séria, então mais naves *estarão* disponíveis. O imperador ainda não sabe toda a história.

– É mesmo? O que você não lhe contou?

– Suas teorias, obviamente – Riose lançou-lhe um olhar sarcástico. – A história é, com todo respeito a você, inerentemente improvável. Se os desenvolvimentos permitirem, e se os eventos me fornecerem provas, então, mas somente então, eu pleitearei o caso de perigo mortal. E, além disso – Riose continuou, informal –, a história, sem fatos que a comprovem, na verdade, tem um sabor de *lesa-majestade* que dificilmente poderia ser agradável para Sua Majestade Imperial.

O velho patrício sorriu.

– Você quer dizer que contar a ele que seu augusto trono está em perigo de subversão por um grupo de bárbaros esfarrapados dos confins do universo não é um aviso de que ele vá gostar ou no qual irá acreditar. Então, você nada espera dele.

– A menos que você conte um enviado especial como alguma coisa.

– E por que um enviado especial?

– É um velho costume. Uma representação direta da coroa está presente em todas as campanhas militares que estão sob auspícios do governo.

– É mesmo? Por quê?

– É um meio de preservar o símbolo da liderança imperial pessoal em todas as campanhas. Ele ganhou uma função secundária de assegurar a fidelidade dos generais. Nem sempre é bem-sucedido nesse ponto.

– Você vai achar isso inconveniente, general. Uma autoridade externa, quero dizer.

– Não duvido – Riose ficou levemente vermelho –, mas não se pode evitar...

O receptor na mão do general emitiu um brilho quente, e, com uma vibração sutil, o cilindro de comunicações caiu em seu slot. Riose desenrolou-o.

– Ótimo! É *isso*!

Ducem Barr levantou uma sobrancelha levemente questionadora.

– Você sabe que capturamos um desses comerciantes – disse Riose. – Vivo... e com sua nave intacta.

– Ouvi falar.

– Bem, eles acabaram de trazê-lo, e ele estará aqui em um minuto. Continue sentado, patrício. Quero você aqui quando eu for interrogá-lo. Foi por isso que o chamei aqui, em primeiro lugar. Você poderá compreendê-lo, enquanto posso deixar passar pontos importantes.

A campainha da porta soou e um toque do pé do general fez a porta se abrir. O homem que estava no limiar era alto e barbado, vestia uma túnica curta de plástico-couro fino, com um capuz preso à nuca. Suas mãos estavam livres, e se ele reparou que os homens ao seu redor estavam armados, não se deu ao trabalho de indicar.

Entrou casualmente e olhou ao redor com olhos calculistas. Cumprimentou o general com um aceno rudimentar de mão e um meio aceno de cabeça.

– Seu nome? – Riose exigiu saber, com rispidez.

– Lathan Devers. – O comerciante enfiou os polegares no cinturão grande e enfeitado. – Você é o chefe aqui?

– Você é comerciante da Fundação?

– É isso mesmo. Escute, se você é o chefe, é melhor dizer aos seus empregados aqui para liberar minha carga.

O general levantou a mão e olhou friamente para o prisioneiro.

– Responda às perguntas. Não ouse dar ordens.

– Tudo bem. Concordo. Mas um dos seus rapazes abriu um buraco de sessenta centímetros no próprio peito enfiando os dedos onde não devia.

Riose desviou o olhar para o tenente de serviço.

– Este homem está dizendo a verdade? Seu relatório, Vrank, era de que nenhuma vida havia sido perdida.

– E nenhuma tinha sido, senhor – o tenente respondeu duro, apreensivo. – Até então. Posteriormente, houve uma certa disposição para efetuar uma busca na nave, pois surgiu um rumor de que havia uma mulher a bordo. Em vez disso, senhor, muitos instrumentos de natureza desconhecida foram localizados, instrumentos que o prisioneiro afirma ser sua carga comercial. Um deles emitiu um relâmpago ao ser manipulado e o soldado que o segurava morreu.

O general se voltou para o comerciante.

– Sua nave carrega explosivos nucleares?

– Pela Galáxia, não. Para quê? O idiota agarrou um golpeador nuclear com a ponta errada para a frente e ajustado para dispersão máxima. Isso é uma coisa que não se faz. É a mesma coisa que apontar uma arma de nêutrons para a cabeça. Eu o teria detido, se não tivesse cinco homens sentados em cima de mim.

Riose fez um gesto para o guarda que esperava.

– Pode ir. A nave capturada deverá ser lacrada contra qualquer intrusão. Sente-se, Devers.

O comerciante obedeceu, no ponto indicado, e suportou, corajoso, o escrutínio duro do general do Império e o olhar curioso do patrício siwenniano.

Riose disse:

– Você é um homem sensato, Devers.

– Obrigado. Está impressionado com a minha cara ou

quer alguma coisa? Já lhe adianto uma coisa. Sou um ótimo homem de negócios.

– É quase a mesma coisa. Você entregou sua nave, quando poderia ter decidido desperdiçar sua munição e acabar reduzido a poeira de elétrons. Isso poderá resultar num bom tratamento para você, se mantiver esse tipo de atitude.

– Um bom tratamento é o que eu mais anseio, chefe.

– Ótimo, e cooperação é o que eu mais anseio – Riose sorriu, e disse em voz baixa para Ducem Barr: – Espero que a palavra "anseio" signifique o que eu acho que significa. Já ouviu um jargão tão bárbaro?

Devers disse, tranquilo:

– Certo. Já chequei você. Mas de que tipo de cooperação você está falando, chefe? Para ser sincero, não sei onde estou. – Ele olhou ao redor. – Onde fica este lugar, por exemplo, e qual é a ideia?

– Ah, esqueci a outra metade das apresentações. Peço desculpas. – Riose estava de bom humor. – Este cavalheiro é Ducem Barr, patrício do Império. Eu sou Bel Riose, par do Império e general de terceira classe das forças armadas de Sua Majestade Imperial.

O queixo do comerciante caiu.

– O Império? – ele disse. – Quero dizer, o velho Império sobre o qual nos ensinaram na escola? Ha! Engraçado! Eu sempre imaginei que ele não existisse mais.

– Olhe ao seu redor. Ele existe – Riose disse, sério.

– Mas era de se esperar – e Lathan Devers apontou a barba para o teto. – Minha banheira foi abordada por um conjunto de naves bem bonito, todo polido. Nenhum reino da Periferia poderia ter criado aquilo – franziu a testa. – Então, qual é a jogada, chefe? Ou chamo você de general?

– O jogo se chama guerra.

– Império *versus* Fundação, é isso?

– Exato.

– Por quê?

– Acho que você sabe por quê.

O comerciante olhou firme e balançou a cabeça.

Riose deixou o outro deliberar, então disse, baixinho:

– Tenho certeza de que você sabe por quê.

– Aqui está quente – Lathan Devers murmurou, e se levantou para tirar a jaqueta com capuz. Então voltou a se sentar e esticou as pernas à sua frente.

– Sabem – ele disse, confortavelmente –, acho que vocês estão pensando que eu devia pular com um grito e atacar vocês. Posso pegar você antes que possa se mover, se escolher bem o momento, e esse sujeito velho que está sentado ali e não fala nada não poderia fazer muita coisa pra me impedir.

– Mas você não vai fazer isso – Riose disse, confiante.

– Não vou – Devers concordou, amigável. – Primeiro, matá-lo não impediria a guerra, suponho. Existem mais generais de onde você veio.

– Calculado com muita precisão.

– Além do mais, eu provavelmente seria derrubado cerca de dois segundos depois de pegar você, e rapidamente morto, ou lentamente, dependendo. Mas eu estaria morto, e nunca gosto de contar com isso quando estou fazendo planos. Não compensa.

– Eu disse que você era um homem sensato.

– Mas há uma coisa de que eu gostaria, chefe. Gostaria que me dissesse o que quer dizer quando fala que sei por que o senhor está nos atacando. Não sei, e jogos de adivinhação me aborrecem profundamente.

– É? Já ouviu falar de Hari Seldon?

– Não. Eu *disse* que não gosto de jogos de adivinhação.

Riose deu uma olhada de esguelha para Ducem Barr, que sorriu com uma gentileza comedida e voltou à expressão de sonho interior.

Riose disse com uma careta:

– *Você* não deve brincar, Devers. Há uma tradição, ou fábula, ou história exagerada, não me interessa o quê, sobre sua Fundação: que vocês, um dia, fundarão o Segundo Império. Conheço uma versão bastante detalhada da bobagem psico-histórica de Hari Seldon e os planos de vocês para, um dia, lançar uma agressão contra o Império.

– É mesmo? – Devers assentiu pensativo. – E quem lhe contou isso tudo?

– Faz diferença? – perguntou Riose, com uma suavidade perigosa. – Você não está aqui para questionar nada. Eu quero o que você sabe sobre a Fábula de Seldon.

– Mas se é uma fábula...

– Não brinque com as palavras, Devers.

– Não estou brincando. Na verdade, eu conto tudo direto pra você. Você sabe tudo o que sei sobre isso. É bobagem, coisa de mentirinha. Todo mundo tem seu folclore; não dá pra fugir disso. Sim, eu já ouvi esse tipo de conversa; Seldon, Segundo Império etc. etc. Eles colocam crianças para dormir à noite contando essas coisas. Os moleques se reúnem em salas vazias com seus projetores de bolso e ficam babando e vendo thrillers de Seldon. Mas são coisas completamente infantis. Ou para adultos não inteligentes, de qualquer maneira. – O comerciante balançou a cabeça.

Os olhos do general imperial estavam sombrios.

– É mesmo? Você desperdiça suas mentiras, homem. Eu estive no planeta Terminus. Conheço a sua Fundação. Eu a olhei nos olhos.

– E você vem me perguntar isso? Eu, que não fico num mesmo lugar por mais de dois meses há dez anos. *Você* é quem está perdendo seu tempo. Mas vá em frente, se está atrás de fábulas.

E Barr falou pela primeira vez, manso:

– Você está tão confiante, então, de que a Fundação vai ganhar?

O comerciante se virou. Enrubesceu ligeiramente, e uma velha cicatriz numa das têmporas ficou branca.

– Hummmm, o parceiro silencioso. Como você tirou *isso* do que eu disse, velhinho?

Riose assentiu muito rapidamente para Barr, e o siwenniano continuou, em voz baixa.

– Porque a ideia o *incomodaria* se você achasse que seu mundo poderia perder a guerra, e sofrer a colheita amarga da derrota, eu sei. *Meu* mundo um dia fez isso, e ainda faz.

Lathan Devers mexeu na barba, olhou de um de seus oponentes para o outro e então deu uma risada.

– Ele sempre fala assim, chefe? Escutem – ele começou a ficar sério –, o que é a derrota? Já vi guerras e já vi derrotas. E se o vencedor assume o poder? Quem se incomoda? Eu? Caras como eu? – Ele balançou a cabeça.

– Entendam uma coisa – o comerciante falou num tom sério e honesto. – Existem cinco ou seis maiorais gordos que costumam dominar um planeta médio. Eles é que ficam com a parte do leão, mas não perco o meu sono por causa deles. Entenderam? As pessoas? O povo? Claro, alguns morrem e o resto paga impostos extras por um tempo. Mas tudo se acerta; a coisa se esgota. E então é a antiga situação novamente, com cinco ou seis outros.

As narinas de Ducem Barr se inflamaram e os tendões de sua mão direita velha sofreram um espasmo; mas ele não disse nada.

Os olhos de Lathan Devers estavam fixos nele. Não perdiam nada.

– Escute – ele falou –, passei a vida no espaço pelas minhas tranqueiras baratinhas e a gorjeta para a cerveja que recebo dos monopólios. Tem gente grande lá – ele fez um gesto com o polegar sobre o ombro –, que fica sentada em casa e recolhe, a cada minuto, o que eu ganho por ano... tirando isso da minha margem e de outros como eu. Suponha que *vocês* dirigissem a Fundação. Ainda precisariam de nós. Precisariam de nós mais do que dos monopólios, porque não saberiam por onde começar e nós poderíamos trazer o dinheiro vivo. Faríamos um negócio melhor com o Império. Sim, faríamos; e sou um homem de negócios. Se a coisa levar a lucro, estou dentro.

E ficou olhando para os dois com uma beligerância sarcástica.

O silêncio permaneceu por minutos sem ser quebrado, e então um cilindro chacoalhou em seu slot. O general o abriu, viu sua impressão perfeita e olhou rapidamente as imagens.

– Preparar plano indicando a posição de cada nave em ação. Espere ordens com a defensiva em armamento total.

Ele estendeu a mão para pegar a capa. Quando a prendeu nos ombros, murmurou para Barr, num tom monocórdico, mal abrindo a boca:

– Estou deixando esse homem com você. Espero resultados. Isto é guerra e eu posso ser cruel com fracassos. Lembre-se disso! – E saiu, com um cumprimento dirigido a ambos.

Lathan Devers olhou para ele.

– Bem, mexeram na ferida dele. O que é que houve?

– Uma batalha, obviamente – Barr disse mal-humorado. – As forças da Fundação estão vindo para sua primeira batalha. É melhor você vir junto.

Havia soldados armados no aposento. A postura deles era respeitosa, e o rosto, rígido. Devers seguiu o orgulhoso patriarca siwenniano para fora do aposento.

O aposento para o qual foram levados era menor e menos mobiliado. Continha dois leitos, uma visitela, um chuveiro e instalações sanitárias. Os soldados se afastaram marchando, e a porta grossa se fechou com um estrondo.

– *Humf*? – Devers olhou ao redor com desaprovação. – Isto aqui parece permanente.

– E é – Barr disse, rapidamente. O velho siwenniano lhe deu as costas.

– Qual é o seu jogo, velhinho? – o comerciante perguntou, irritado.

– Eu não tenho jogo nenhum. Você está sob meus cuidados, é só.

O comerciante se levantou e avançou. Seu corpo maciço assomou sobre o patrício, que não se moveu.

– É mesmo? Mas você está dentro desta cela comigo e, quando foi trazido para cá, as armas estavam apontadas tanto para você quanto para mim. Escute, você ficou todo irritadinho com minhas ideias sobre guerra e paz.

Ele esperou infrutiferamente.

– Tudo bem, deixe-me perguntar uma coisa. Você disse que o *seu* país foi atacado uma vez. Por quem? O povo-cometa das nebulosas exteriores?

Barr levantou a cabeça.

– Pelo Império.

– É mesmo? Então, o que você está fazendo aqui?

Barr manteve um silêncio eloquente.

O comerciante esticou um lábio inferior e fez um gesto lento com a cabeça. Retirou o bracelete de elos achatados que estava preso a seu pulso direito e o estendeu.

– O que você acha disso? – Usava um idêntico no esquerdo.

O siwenniano pegou o ornamento. Respondeu devagar para o gesto do comerciante e o colocou. O estranho formigamento no pulso passou rapidamente.

A voz de Devers mudou imediatamente.

– Certo, velhinho, agora você entendeu. É só falar normalmente. Se este aposento estiver grampeado, eles não vão captar nada. Você está usando agora um Distorcedor de Campo; genuíno design de Mallow. Vale vinte e cinco créditos em qualquer mundo, daqui até a borda exterior. Esse eu lhe dou de graça. Não mexa os lábios ao falar e fique relaxado. Você pega o jeito disso rapidinho.

Ducem Barr se sentiu subitamente cansado. Os olhos penetrantes do comerciante eram luminosos e urgentes. Ele não se sentia à altura do que lhe era exigido.

– O que você quer? – perguntou Barr. As palavras saíam de lábios que não se moviam.

– Já lhe falei. Você se exprime como o que chamamos de um patriota. Mas seu próprio mundo foi esmagado pelo Império, e aqui está você, brincando com o general lourinho do Império. Não faz sentido, faz?

– Eu fiz minha parte – disse Barr. – Um vice-rei imperial conquistador está morto por minha causa.

– É mesmo? Recentemente?

– Quarenta anos atrás.

– Quarenta... anos... atrás? – as palavras pareciam fazer sentido para o comerciante. Ele franziu a testa. – É muito tempo para se viver de memórias. Esse jovem pomposo em uniforme de general sabe disso?

Barr assentiu.

Os olhos de Devers nublaram quando ele começou a pensar.

– Você quer que o Império ganhe?

E o velho patrício siwenniano irrompeu numa fúria súbita e profunda.

– Que o Império e todas as suas obras pereçam numa catástrofe universal. Toda Siwenna reza por isso, diariamente. Eu já tive irmãos um dia, uma irmã, um pai. Mas tenho filhos agora e netos. O general sabe onde encontrá-los.

Devers aguardou.

Barr continuou num sussurro.

– Mas isso não me deteria se os resultados valessem o risco. Eles saberiam como morrer.

O comerciante disse gentilmente:

– Você matou um vice-rei uma vez, hein? Sabe, estou reconhecendo algumas coisas. Um dia tivemos um prefeito, Hober Mallow era o nome dele. Visitou Siwenna; é o seu mundo, não é? Ele conheceu um homem chamado Barr.

Ducem Barr olhou duro e desconfiado.

– O que você sabe sobre isso?

– O que todo comerciante da Fundação sabe. Você pode ser um velhote inteligente, colocado aqui para ficar do meu lado. Claro, eles apontariam armas em sua direção e você odiaria o Império, e defenderia até o fim sua destruição. Então eu me apaixonaria por você e confessaria tudo e, ora, o general não ficaria feliz com isso? Não há muita chance de isso acontecer, velhinho. Mas, mesmo assim, eu gostaria que você provasse que é filho de Onum Barr de Siwenna... o sexto e mais jovem, que escapou do massacre.

A mão de Ducem Barr tremeu quando ele abriu a caixa de metal achatada em um recesso da parede. O objeto de metal que retirou chacoalhava suavemente quando ele o enfiou nas mãos do comerciante.

– Olhe isto – ele disse.

Devers olhou. Ele segurou o elo central maior da corrente perto dos olhos e soltou um palavrão baixinho.

– É o monograma de Mallow ou eu sou um novato no espaço, e o design tem cinquenta anos de idade, não menos.

Ele levantou a cabeça e sorriu.

– Aperte aqui, velhinho. Um escudo nuclear para um homem só é toda a prova de que preciso – disse, e estendeu sua mão enorme.

6.

O favorito

As minúsculas naves haviam aparecido das profundezas vazias e entraram em disparada no meio da armada. Sem um disparo ou raio de energia, elas abriram caminho pela área lotada de naves e começaram a ir e vir, enquanto os vagões imperiais se voltaram para elas como feras desajeitadas. Viram-se duas explosões sem ruído que marcaram o espaço enquanto dois dos pequenos mosquitos murchavam em desintegração atômica, e o resto desapareceu.

As grandes naves vasculharam, e então retornaram à sua tarefa original, e, mundo a mundo, a grande teia do cerco continuou.

O uniforme de Brodrig era majestoso; cuidadosamente talhado e cuidadosamente vestido. Sua caminhada por entre os jardins do obscuro planeta Wanda, agora quartel-general temporário do Império, era despreocupada; sua expressão era sombria.

Bel Riose caminhava com ele, o uniforme de campo aberto no colarinho, e melancólico em seu preto-cinza monótono.

Riose indicou o banco preto liso sob a perfumada árvore-samambaia, cujas folhas grandes em forma de espátula se erguiam, achatadas, contra o sol branco.

– Veja isto, senhor. É uma relíquia do Império. Os bancos ornamentais, construídos para amantes, continuam frescos e úteis, enquanto as fábricas e os palácios desabam em ruínas esquecidas.

Ele se sentou, enquanto o secretário particular de Cleon II permaneceu em pé, ereto ao seu lado, e cortou as folhas acima com movimentos precisos de sua bengala de marfim.

Riose cruzou as pernas e ofereceu um cigarro para o outro. Ele próprio ficou rolando um entre os dedos enquanto falava:

– É o que se esperaria da sabedoria esclarecida de Sua Majestade Imperial, enviar um observador tão competente quanto o senhor. Alivia qualquer ansiedade que eu pudesse ter de que a pressão de negócios mais importantes e mais imediatos pudesse, talvez, obscurecer uma pequena campanha na Periferia.

– Os olhos do imperador estão em toda parte – Brodrig disse, mecanicamente. – Não subestimamos a importância da campanha, mas parece que uma ênfase grande demais está sendo dada à sua dificuldade. Certamente, as minúsculas naves deles não são uma barreira tão grande para que devamos passar pela intricada manobra preliminar de um cerco.

Riose ficou vermelho, mas manteve o equilíbrio.

– Não posso arriscar as vidas de meus homens, que são poucos, ou a destruição de minhas naves, que são insubstituíveis, num ataque muito arriscado. O estabelecimento de um cerco reservará minhas baixas para o último ataque, por mais difícil que ele seja. As razões militares para isso, tomei a liberdade de explicar ontem.

– Bem, bem, eu não sou militar. Nesse caso, você me assegura de que o que parece patente e obviamente certo é, na verdade, errado. Vamos aceitar isso. Mas sua cautela vai bem além. Em sua segunda comunicação, você solicitou reforços. E isso contra um inimigo pobre, pequeno e bárbaro, com o qual você não havia tido uma escaramuça sequer até então. Desejar mais forças sob tais circunstâncias teria um cheiro quase de incapacidade ou coisa pior, se sua carreira pregressa não tivesse dado prova suficiente de sua ousadia e imaginação.

– Eu lhe agradeço – o general disse com frieza –, mas lembraria ao senhor que existe uma diferença entre ousadia e cegueira. Há lugar para uma aposta decisiva quando se conhece o inimigo e pode-se calcular os riscos, pelo menos minimamente; mas mover-se contra um inimigo *desconhecido* é ousadia suficiente. Você poderia perguntar, também, por que o mesmo homem salta em segurança por obstáculos numa corrida durante o dia e tropeça em seus móveis à noite.

Brodrig dispensou as palavras do outro com um gesto curto dos dedos.

– Dramático, mas não satisfatório. Você mesmo já esteve nesse mundo bárbaro. Além disso, tem esse prisioneiro inimigo que fica paparicando, esse comerciante. Não existe nenhuma barreira separando-o do prisioneiro.

– Não? Rogo que o senhor se lembre de que um mundo que se desenvolveu em isolamento por dois séculos não pode ser interpretado, sob a perspectiva de ataque inteligente, a partir de uma visita de um mês. Eu sou um soldado, não um herói musculoso e de covinha no queixo de algum thriller tridimensional subetérico. Tampouco um único prisioneiro, e que é um membro obscuro de um grupo econômico que não tem ligação próxima com o mundo inimigo, me traria todos os segredos interiores da estratégia inimiga.

– Você o interrogou?

– Sim.

– E?

– Foi útil, mas não vital. A nave dele é minúscula, não conta. Ele vende brinquedinhos que são divertidos, e nada mais. Tenho alguns dos mais sofisticados, que pretendo enviar ao imperador como curiosidade. Naturalmente, há muita coisa sobre a nave e seu funcionamento que não compreendo, mas não sou técnico.

– Mas você tem técnicos entre os seus – Brodrig ressaltou.

– Também estou ciente disso – o general respondeu, num tom de voz levemente cáustico. – Mas os idiotas têm muito o que aprender antes de conseguirem atender às minhas necessidades. Eu já pedi homens mais inteligentes, que possam entender os estranhos circuitos de campo nuclear que a nave contém. Não recebi resposta.

– Homens desse tipo não podem ser desperdiçados, general. Certamente deve haver, em sua vasta província, um homem que entenda nucleônica.

– Se existisse um homem assim, ele já estaria consertando os motores quebrados e inválidos de duas naves da minha pequena frota. Duas naves do meu magro contingente de dez, que não podem lutar uma grande batalha por falta de suprimento de energia suficiente. Um quinto da minha força condenado à atividade carniceira de consolidar posições atrás das linhas.

Os dedos do secretário se moviam impacientes.

– Sua posição não é a única nesse aspecto, general. O imperador tem problemas semelhantes.

O general jogou fora seu cigarro, amassado e não acendido, acendeu um outro e deu de ombros.

– Bem, não é a questão mais importante agora, essa falta de técnicos de primeira classe. Só que poderia ter feito mais progresso com meu prisioneiro se minha Sonda Psíquica estivesse funcionando.

O secretário ergueu as sobrancelhas.

– Você tem uma Sonda?

– Uma antiga. Superutilizada, que me falha toda vez que preciso. Eu a montei durante o sono do prisioneiro, mas não recebi nada. A Sonda, portanto, de nada valeu. Experimentei-a em meus próprios homens e a reação é bastante adequada, mas, mais uma vez, não existe um entre os técnicos de minha equipe que saiba me dizer por que, com o prisioneiro, ela fracassa. Ducem Barr, que é um teórico, embora não seja mecânico, diz que a estrutura psíquica do prisioneiro pode não ser afetada pela Sonda, já que, desde a infância, ele tem sido submetido a ambientes e estímulos neurais alienígenas. Não sei. Mas ele ainda pode ser útil. Tenho essa esperança com ele.

Brodrig apoiou-se em sua bengala.

– Verei se um especialista está disponível na capital. Enquanto isso, e esse outro homem que você acabou de mencionar, esse siwenniano? Você mantém inimigos demais em suas boas graças.

– Ele conhece o inimigo. Eu também o estou guardando para referência futura e pela ajuda que poderá me dar.

– Mas é um siwenniano, e filho de um rebelde proscrito.

– Ele é velho e indefeso, e sua família está como refém.

– Sei. Mas acho que eu devia falar pessoalmente com esse comerciante.

– Certamente.

– Sozinho – o secretário acrescentou, frio, deixando sua intenção clara.

– Certamente – Riose respondeu, neutro. – Como súdito leal do imperador, eu aceito seu representante pessoal como meu superior. Entretanto, como o comerciante está na base permanente, o senhor terá de deixar as áreas do front num momento conveniente.

– É mesmo? Conveniente de que maneira?

– Conveniente porque o cerco se completa hoje. Conveniente porque, em uma semana, a Vigésima Frota de Fronteira avançará na direção do núcleo interno da resistência. – Riose sorriu e lhe deu as costas.

De um jeito vago, Brodrig se sentiu ferido.

7.

Suborno

O SARGENTO MORI LUK DAVA um soldado ideal nas fileiras. Vinha dos imensos planetas agrícolas das Plêiades, onde somente a vida no exército conseguia romper os laços com o solo e a vida de trabalho duro e sem recompensas; e ele era típico daquela realidade. Suficientemente sem imaginação para enfrentar o perigo sem medo, era forte e ágil o bastante para enfrentá-lo com sucesso. Aceitava ordens no mesmo instante, comandava seus homens de forma inflexível e tinha uma adoração inabalável por seu general.

E, mesmo assim, era de natureza alegre. Se matava um homem na linha de combate sem um mínimo de hesitação, era também sem um mínimo de animosidade.

Que o sargento Luk avisasse à porta antes de entrar era um sinal de tato, pois estaria bem dentro de seus direitos entrar sem avisar.

Os dois que estavam dentro levantaram a cabeça da refeição noturna, e um deles estendeu o pé para cortar a voz rachada que saía, vívida, do transmissor de bolso depauperado.

– Mais livros? – perguntou Lathan Devers.

O sargento estendeu o cilindro apertado de filme e coçou o pescoço.

– Ele pertence ao engenheiro Orre, mas precisa ser devolvido. Ele vai enviá-lo aos filhos, sabem, como o que vocês poderiam chamar de lembrancinha, sabem.

Ducem Barr revirou o cilindro nas mãos, com interesse.

– E onde foi que o engenheiro conseguiu isso? Ele também não tinha um transmissor?

O sargento balançou a cabeça enfaticamente. Apontou para o remanescente amassado ao pé da cama.

– Este é o último do lugar. Esse camarada Orre, agora, conseguiu o livro de um desses mundos-chiqueiro que capturamos aqui fora. Eles o mantinham num grande prédio só para ele, e foi preciso matar alguns dos nativos, que tentaram impedi-lo de pegá-lo.

Ele olhou para o objeto com apreciação.

– É uma bela lembrancinha... para crianças.

Fez uma pausa e depois disse, discretamente:

– Grandes novidades flutuando por aí, a propósito. São só rumores, mas, mesmo assim, é bom demais para não contar. O general conseguiu novamente. – E ele assentiu de modo grave e solene.

– É mesmo? – perguntou Devers. – E o que foi que ele conseguiu?

– Terminou o cerco, ora – o sargento riu, com um orgulho paternal. – Ele não é o máximo? Não fez tudo certinho? Um dos camaradas que gosta de falar difícil diz que tudo correu suave e tranquilo como a música das esferas, seja lá o que for isso.

– A grande ofensiva começa agora? – Barr perguntou, de mansinho.

– Espero que sim – foi a resposta firme. – Quero voltar à minha nave, agora que meu braço está inteiro novamente. Estou cansado de ficar sentado aqui, sem fazer nada.

– Eu também – resmungou Devers, de modo súbito e selvagem. Teve de se segurar para não falar mais nada.

O sargento olhou desconfiado para ele e disse:

– É melhor eu ir agora. A ronda do capitão é daqui a pouco e prefiro que ele não me pegue aqui.

Fez uma pausa à porta.

– A propósito, cavalheiro – disse, com uma súbita e estranha timidez para o comerciante. – Tive notícias de minha esposa. Ela disse que o pequeno freezer que você me deu para mandar pra ela funciona bem. Não custa nada a ela, e está sendo capaz de conservar o suprimento de um mês de comida completamente congelado. Muito obrigado.

– Tudo bem. Imagine.

A porta se fechou sem ruído atrás do sargento sorridente. Ducem Barr se levantou da cadeira.

– Bem, ele nos dá um retorno justo pelo freezer. Vamos dar uma olhada neste novo livro. Ahh, o título sumiu.

Ele desenrolou cerca de um metro de filme e o olhou contra a luz. Então murmurou:

– Ora, raios que me partam, como diz o sargento. Este é o "Jardim da Suma", Devers.

– É mesmo? – perguntou o comerciante, sem interesse. Ele pôs de lado o que restou de seu jantar. – Sente-se, Barr. Escutar essa literatura antiga não está me fazendo bem algum. Você ouviu o que o sargento falou?

– Ouvi, sim. E daí?

– A ofensiva vai começar. E nós sentados aqui!

– Onde você quer se sentar?

– Você entendeu o que eu quis dizer. Não adianta ficar só esperando.

– Não? – Barr estava retirando cuidadosamente o filme velho do transmissor e instalando o novo. – Você me contou muito sobre a história da Fundação no último mês, e parece que os grandes líderes das crises passadas pouco fizeram além de sentar... e esperar.

– Ah, Barr, mas eles sabiam para onde estavam indo.

– Será mesmo? Suponho que tenham dito isso depois que tudo acabou e, até onde sei, talvez soubessem de fato. Mas não há provas de que as coisas não teriam funcionado tão bem quanto, ou melhor, se não soubessem para onde estavam indo. As forças econômicas e sociológicas mais profundas não são dirigidas por homens individuais.

Devers fez cara de desdém.

– Também não há como saber se as coisas não teriam sido piores. Seu argumento também funciona ao contrário. – Os olhos dele se perderam no espaço. – E se eu o desintegrasse?

– Quem? Riose?

– Isso.

Barr deu um suspiro. Os olhos envelhecidos estavam preocupados com uma reflexão do passado longínquo.

– Assassinato não é a saída, Devers. Eu tentei uma vez, sob provocação, quando tinha vinte anos... mas não resolveu nada. Removi um vilão de Siwenna, mas não o jugo imperial; e era o jugo imperial, e não o vilão, que importava.

– Mas Riose não é apenas um vilão, velhinho. Ele é todo o maldito exército. O exército desmoronaria sem ele. Todos estão apegados a ele como bebês. O sargento lá fora baba toda vez que fala no homem.

– Mesmo assim. Existem outros exércitos e outros líderes. Você precisa ir mais fundo. Existe esse tal de Brodrig, por exemplo... ninguém mais do que ele pode influenciar o imperador. Ele poderia exigir centenas de naves onde Riose deve pelejar com dez. Conheço a reputação dele.

– É mesmo? E quanto a ele? – Os olhos do comerciante perderam em frustração o que ganharam em interesse aguçado.

– Quer um resumo? É um canalha de baixa extração que, graças à bajulação descarada, mexeu com os caprichos do imperador. É muito odiado pela aristocracia da corte, que também não passa de um bando de vermes pois não tem família nem humildade. É o conselheiro do imperador em todas as coisas e seu instrumento nas piores. É infiel por escolha, mas leal por necessidade. Não há um homem no Império tão sutil em vilania ou tão cru em seus prazeres. E dizem que não há como conseguir os favores do imperador senão por meio dele; e não há como conseguir os favores dele senão por meio da infâmia.

– Uau! – Devers puxou pensativo a barba bem aparada. – E ele é o velho moleque de recados que o imperador mandou para cá para ficar de olho em Riose. Sabe que tive uma ideia?

– Agora, sei.

– Suponha que este Brodrig passe a não gostar de nosso menino-prodígio do exército?

– Provavelmente já não gosta. Ele não é famoso pela capacidade de gostar das coisas.

– Suponha que a coisa fique ruim mesmo. O imperador poderia ouvir falar nisso e Riose poderia ter problemas.

– Sim, é bem provável. Mas como você propõe que isso aconteça?

– Não sei. Ele poderia ser subornado, talvez?

O patrício riu gentilmente.

– Sim, de certa forma, mas não da maneira como você subornou o sargento; não com um freezer portátil. E mesmo que você alcance a escala dele, não valeria a pena. Provavelmente não há ninguém que seja tão fácil de subornar, mas ele não tem sequer a honestidade fundamental da corrupção honrada. Ele não *permanece* subornado; por nenhuma quantia. Pense em outra coisa.

Devers cruzou as pernas e ficou balançando o dedão rapidamente e inquieto.

– Mas é um começo...

Ele parou; o sinal da porta estava piscando de novo e o sargento encontrava-se na entrada mais uma vez. Ele estava empolgado, e seu rosto largo estava vermelho e sério.

– Senhor – ele começou, numa tentativa agitada de deferência. – Sou-lhe muito grato pelo freezer e o senhor sempre falou comigo com muita educação, embora eu seja apenas o filho de um fazendeiro e os senhores sejam grandes lordes.

Seu sotaque das Plêiades havia ficado mais forte, quase forte demais para que fosse entendido com facilidade e, com a empolgação, o peso de sua origem camponesa apagou completamente a postura militar que ele cultivara por tanto tempo, e com tanto cuidado.

Barr perguntou suavemente:

– O que foi, sargento?

– Lorde Brodrig está vindo para ver os senhores. Amanhã! Eu sei disso porque o capitão mandou preparar meus homens para revista em uniforme completo amanhã para... para ele. Eu pensei... que poderia avisar vocês.

– Obrigado, sargento – disse Barr –, nós agradecemos. Mas está tudo certo, homem. Não há necessidade de...

Mas a expressão no rosto do sargento Luk agora era, inconfundivelmente, de medo. Ele falou, num sussurro rouco:

– Os senhores não ouviram as histórias que os homens contam a respeito dele. De que se vendeu para o demônio do espaço. Não, não riam. Existem histórias terríveis sobre ele.

Dizem que tem homens com desintegradores que o seguem por toda parte, e, quando quer prazer, simplesmente manda que desintegrem qualquer um que encontrem. E fazem isso... e ele ri. Dizem que até mesmo o imperador tem pavor dele, que ele força o imperador a aumentar os impostos e não deixa que ouça as reclamações do povo. E ele odeia o general, é o que dizem. Dizem que adoraria matar o general, porque o nosso general é grande e sábio. Mas não pode, porque nosso general é páreo para qualquer um e sabe que lorde Brodrig é gente ruim.

O sargento piscou; sorriu, com uma timidez incongruente, de seu próprio desabafo. Recuou para a porta. Balançou a cabeça, nervoso.

– Prestem atenção. Olho nele.

E saiu rápido.

Devers levantou a cabeça, o olhar duro.

– Isso facilita as coisas para nós, não é, velhinho?

– Depende – Barr disse, seco – de Brodrig, não é?

Mas Devers não estava ouvindo, estava pensando.

Pensando furiosamente.

Lorde Brodrig abaixou a cabeça ao entrar nos aposentos da tripulação da nave comercial, e seus dois guardas armados o acompanharam rapidamente, com armas fora dos coldres e as caretas duras profissionais dos capangas contratados.

O secretário particular tinha pouco do olhar de alma perdida que lhe era atribuído. Se o demônio do espaço o havia comprado, não havia deixado nenhuma marca visível de posse. Em vez disso, Brodrig poderia ser visto como um sopro de frescor de moda da corte que chegara para aliviar a feiura dura e básica de uma base do exército.

As linhas duras e rígidas de seu traje brilhante e imaculado lhe davam a ilusão de altura, do topo da qual olhos frios e sem emoção miravam o comerciante por sobre um nariz longo. Os finos babados de madrepérola em seus pulsos borboletearam quando ele levou a bengala de marfim para o chão à sua frente e se inclinou sobre ela.

– Não – ele disse, com um pequeno gesto. – Você, fique aí. Esqueça seus brinquedos, não estou interessado neles.

Puxou uma cadeira, limpou-a cuidadosamente com o quadrado iridescente de tecido preso no alto da bengala branca e se sentou. Devers olhou de relance para a segunda cadeira, mas Brodrig disse, preguiçoso:

– Você ficará em pé na presença de um dos pares do Reino.

Ele sorriu.

Devers deu de ombros.

– Se não está interessado em meu estoque, para que estou aqui?

O secretário particular esperou friamente e Devers acrescentou, devagar, um "senhor".

– Por privacidade – disse o secretário. – Agora, é provável que eu viesse duzentos parsecs através do espaço para inspecionar badulaques? É *você* que quero ver. – Extraiu um minúsculo tablete rosado de uma caixa marchetada e colocou-o delicadamente entre os dentes. Chupou-o lentamente, com apreciação.

– Por exemplo – disse ele. – Quem é você? Você é mesmo um cidadão desse mundo bárbaro que está provocando toda essa fúria de frenesi militar?

Devers assentiu gravemente.

– E você foi realmente capturado *depois* do início dessa escaramuça que ele chama de guerra? Estou me referindo a nosso jovem general.

Devers assentiu novamente.

– Certo! Muito bem, meu valioso Forasteiro. Vejo que sua fluência na fala é mínima. Vou facilitar as coisas para você. Parece que nosso general aqui está lutando uma guerra aparentemente sem sentido, com transportes horrendos de energia, e isso tem a ver com um mundinho vagabundo no fim do nada que, para um homem de lógica, não pareceria valer sequer um único disparo de arma. Mas o general não é um homem ilógico. Pelo contrário, eu diria que foi extremamente inteligente. Está me entendendo?

– Não acho que eu esteja, senhor.

O secretário inspecionou as unhas e disse:

– Então, escute melhor. O general não desperdiçaria seus homens e naves em um feito estéril de glória. Eu sei que ele *fala* de glória e de honra imperial, mas está bastante óbvio que a afetação de ser um dos temíveis antigos semideuses da Era Heroica não convence. Existe algo além de glória aqui... e ele toma cuidados estranhos e desnecessários com você. Agora, se você fosse *meu* prisioneiro e *me* dissesse o pouco que disse ao nosso general, eu abriria seu abdômen e o estrangularia com seus próprios intestinos.

Devers permaneceu paralisado como pedra. Os olhos dele se moveram ligeiramente, primeiro para um dos seguranças fortes do secretário, e depois, para o outro. Eles estavam preparados, ansiosamente preparados.

O secretário sorriu.

– Ora, ora, você é mesmo um sujeito silencioso. Segundo o general, nem mesmo uma Sonda Psíquica arrancou alguma coisa, e esse foi um erro da parte dele, a propósito, pois me convenceu de que nosso jovem prodígio militar estava mentindo. – Ele parecia de bom humor.

– Meu honesto comerciante – continuou –, eu tenho uma Sonda Psíquica própria, uma sonda que deverá ser bastante adequada para você. Veja isto...

E entre o polegar e o indicador, seguros de um modo negligente, estavam retângulos rosa e amarelos de design intricado, cuja identidade era definitivamente óbvia.

E Devers disse isso.

– Parece dinheiro – ele disse.

– E é dinheiro: o melhor dinheiro do Império, pois é patrocinado por minhas propriedades, que são mais extensas que as do próprio imperador. Cem mil créditos. Tudo aqui! Entre dois dedos! Tudo seu!

– Pelo quê, senhor? Eu sou um bom comerciante, mas todos os negócios têm mão dupla.

– Pelo quê? Pela verdade! Do que o general está atrás? Por que ele está lutando esta guerra?

Lathan Devers deu um suspiro e amaciou a barba, pensativo.

– Do que ele está atrás? – Seus olhos seguiam os movimentos das mãos do secretário enquanto ele contava o dinheiro devagar, nota por nota. – Numa palavra, do Império.

– *Humf*. Que comum! As coisas sempre se resumem a isso, no fim das contas. Mas como? Qual é a estrada que leva da fronteira da Galáxia ao pico do Império de maneira tão ampla e convidativa?

– A Fundação – Devers disse, amargo – tem segredos. Eles possuem livros, livros antigos... tão antigos que a linguagem em que estão escritos é conhecida apenas por alguns dos homens de cargos mais altos. Mas os segredos estão guardados por rituais e religião, e ninguém pode usá-los. Eu tentei, e agora estou aqui... e existe uma sentença de morte esperando por mim, lá.

– Compreendo. E esses segredos antigos? Vamos, por cem mil eu mereço os detalhes mais secretos.

– A transmutação dos elementos – Devers disse, curto e grosso.

Os olhos do secretário se estreitaram e perderam um pouco de seu distanciamento.

– Disseram-me que a transmutação prática é impossível pelas leis da nucleônica.

– E é, se forem usadas forças nucleares. Mas os antigos eram rapazes espertos. Existem fontes de energia maiores que os núcleos, e mais fundamentais. Se a Fundação usou essas fontes, como sugeri...

Devers teve uma sensação suave de arrepio no estômago. A isca estava pendurada; o peixe estava quase mordendo.

– Continue – disse o secretário subitamente. – O general, tenho certeza, está ciente disso tudo. Mas o que ele pretende fazer, assim que terminar essa ópera-bufa?

Devers manteve a voz firme como rocha.

– Com a transmutação, ele controla a economia de toda a estrutura de seu Império. Recursos minerais não valerão nada quando Riose conseguir transformar alumínio em tungstênio e ferro em irídio. Todo um sistema de produção baseado na escassez de certos elementos e na abundância de outros será inteiramente desequilibrado. Haverá o maior desequilíbrio que o Império já viu e somente Riose será capaz de detê-lo. *E* há a questão dessa nova fonte de energia, que mencionei, e que Riose não terá escrúpulos religiosos em usar. Não há nada que possa detê-lo agora. Ele pegou a Fundação pelo pescoço, e assim que terminar com ela, será imperador em dois anos.

– Então – Brodrig riu baixinho. – Ferro em irídio, foi o que você disse, não foi? Vou lhe contar um segredo de Estado.

Você sabia que a Fundação já está se comunicando com o general?

Devers ficou rígido.

– Você parece surpreso. Por que não? Agora, parece lógico. Eles lhe ofereceram cem toneladas de irídio por ano, por um acordo de paz. Cem toneladas de *ferro* convertido para irídio em violação de seus princípios religiosos para salvar o pescoço deles. Muito justo, mas não é de se espantar que nosso general rígido e incorruptível tenha recusado... quando pode ter o irídio e, também, o Império. E o pobre Cleon, que o considera seu único general honesto. Meu comerciante atordoado, você fez por merecer seu dinheiro.

Ele o jogou e Devers correu atrás das notas voadoras.

Lorde Brodrig parou na porta e se virou.

– Um lembrete, comerciante. Meus colegas com as armas aqui não têm ouvidos, línguas, instrução nem inteligência. Eles não podem ouvir, falar, escrever e nem sequer conseguem fazer sentido para uma Sonda Psíquica. Mas são bastante experientes em execuções interessantes. Eu comprei você, homem, pelo preço de cem mil créditos. Você será uma mercadoria boa e valiosa. Caso se esqueça de que foi comprado e tente... digamos... repetir nossa conversa para Riose, você será executado. Mas executado à minha maneira.

E, naquele rosto delicado, subitamente se formaram linhas duras de crueldade ansiosa que transformaram o sorriso estudado em uma careta de lábios vermelhos. Por um breve segundo, Devers viu o demônio do espaço que havia comprado seu comprador espreitando por trás dos olhos dele.

Silenciosamente, ele precedeu as duas armas desintegradoras dos "colegas" de Brodrig até seus aposentos.

E, quando Ducem Barr perguntou, ele disse, com satisfação e mau humor:

– Não, esta é a parte mais estranha. *Ele* me subornou.

Dois meses de uma guerra difícil haviam deixado sua marca em Bel Riose. Uma gravidade pesada o cercava; e ele estava de pavio curto.

Foi com impaciência que se dirigiu ao sargento Luk, que o venerava.

– Espere do lado de fora, soldado, e conduza estes homens de volta aos seus aposentos quando eu tiver acabado. Ninguém deve entrar até que eu chame. Ninguém, entendeu?

O sargento prestou continência, rígido, do lado de fora do aposento e Riose, resmungando seu desgosto, recolheu os papéis em sua mesa, jogou-os na gaveta de cima e fechou-a com um estrépito.

– Sentem-se – ele disse, austero, para os dois que aguardavam. – Não tenho muito tempo. Estritamente falando, não deveria estar aqui, mas era necessário vê-los.

Virou-se para Ducem Barr, cujos dedos longos acariciavam com interesse o cubo de cristal onde estava embutido o simulacro do rosto enrugado e austero de Sua Majestade Imperial, Cleon II.

– Em primeiro lugar, patrício – disse o general –, seu Seldon está perdendo. Na verdade, ele batalha bem, mas esses homens da Fundação enxameiam como abelhas sem rumo e lutam como loucos. Cada planeta é defendido ferozmente e, uma vez tomado, cada planeta é tão sacudido por rebeliões que dá tanto trabalho para manter quanto deu para conquistar. Mas eles são conquistados e são mantidos. Seu Seldon está perdendo.

– Mas ainda não perdeu – Barr murmurou, educadamente.

– A Fundação propriamente dita é menos otimista. Eles me ofereceram milhões para que eu não fizesse esse Seldon passar pelo teste final.

– É o que ouvi dizer.

– Ah, os boatos me precedem? Você também já sabe da última?

– Qual é a última?

– Ora, que lorde Brodrig, o queridinho do imperador, é agora o segundo em comando, por sua própria solicitação?

Devers falou pela primeira vez:

– Por sua própria solicitação, chefe? Como é isso? Ou o senhor está começando a gostar do sujeito? – ele riu.

– Não, não posso dizer isso – Riose disse calmamente. – É só que ele comprou o posto a um preço que considero justo e adequado.

– E que é?...

– Um pedido de reforços para o imperador.

O sorriso de desprezo de Devers aumentou.

– Ele se comunicou com o imperador, hein? E eu aposto, chefe, que o senhor só está esperando esses reforços chegarem, mas eles vão chegar a qualquer dia. Certo?

– Errado! Eles já chegaram. Cinco naves da linha; velozes e fortes, com uma mensagem pessoal de parabéns do imperador, e mais naves a caminho. O que foi, comerciante? – ele perguntou, sarcástico.

Devers falou por lábios subitamente paralisados.

– Nada!

Riose se levantou de trás da mesa e encarou o comerciante, a mão na coronha de seu desintegrador.

– Repito: o que foi, comerciante? Parece que a notícia o perturbou. Certamente, você não tem nenhum interesse súbito na Fundação.

– Não tenho.

– Sim... há algumas coisas estranhas a respeito de você.

– É mesmo, chefia? – Devers sorriu tenso e fechou as mãos em punhos dentro dos bolsos. – É só colocá-las em fila que eu derrubo uma a uma para o senhor.

– Aqui estão. Você foi apanhado facilmente. Rendeu-se no primeiro golpe, com um escudo queimado. Está pronto para desertar de seu mundo e isso sem negociar um preço. Interessante tudo isso, não é?

– Eu quero estar do lado que ganhar, chefia. Sou um homem sensato; o senhor mesmo já me chamou disso.

Riose disse, com a garganta fechada:

– É verdade! Mesmo assim, nenhum comerciante jamais foi capturado desde então. Toda nave comercial, exceto a sua, teve a velocidade para escapar, se quisesse. Toda nave comercial, exceto a sua, tinha escudos que podiam suportar a surra que um cruzador ligeiro poderia lhe dar, caso escolhesse lutar. E todo comerciante, exceto você, lutou até a morte quando a ocasião exigiu. Rastreamos os comerciantes como líderes e instigadores da guerrilha em planetas ocupados, e dos ataques aéreos no espaço ocupado. E você é o *único* homem sensato, então? Nem luta nem foge, mas vira traidor sem precisar de estímulo. Você é especial, incrivelmente especial: na verdade, especial a ponto de me fazer desconfiar.

Devers disse, baixinho:

– Eu entendi o que o senhor disse, mas não tem nada contra mim. Já estou aqui há seis meses e tenho me comportado bem.

– É verdade, e eu o recompensei, dando-lhe um bom tratamento. Deixei sua nave intacta e o tratei com toda consideração. Mas você falhou. Informações oferecidas livremente, por exemplo, sobre seus dispositivos, poderiam ter ajudado. Os princípios atômicos sobre os quais eles são construídos parecem ser usados em algumas das armas mais terríveis da Fundação. Certo?

– Eu sou apenas um comerciante – disse Devers –, e não um desses técnicos sabichões. Eu vendo coisas, não as fabrico.

– Bem, isso nós veremos em breve. Foi para isso que vim aqui. Por exemplo, sua nave será revistada em busca de um escudo de força pessoal. Você nunca usou um, mas todos os soldados da Fundação usam. Será uma prova significativa de que há informações que você optou por não me dar. Certo?

Não houve resposta. Ele continuou:

– E haverá evidências mais diretas. Eu trouxe comigo a Sonda Psíquica. Ela já falhou uma vez antes, mas o contato com o inimigo é uma boa educação.

Sua voz era suavemente ameaçadora e Devers sentiu a arma encostar com força em suas costelas – a arma do general, que até então havia ficado dentro do coldre.

O general disse baixinho:

– Você irá retirar sua pulseira e qualquer outro ornamento de metal que usa e entregá-los a mim. Devagar! Campos atômicos podem ser distorcidos, você sabe, e Sondas Psíquicas, nesse caso, só sondarão estática. Isso mesmo. Eu fico com isso.

O receptor sobre a mesa do general estava brilhando, e uma cápsula de mensagem bateu no slot com um clique, perto de onde Barr estava, ainda segurando o busto imperial tridimensional.

Riose foi para trás da mesa, a arma desintegradora ainda apontada.

– Você também, patrício – disse a Barr. – Seu bracelete o condena. Você nos ajudou antes e não sou vingativo, mas julgarei o destino de sua família feita refém pelos resultados da Sonda Psíquica.

E, quando Riose se curvou para pegar a cápsula de mensagem, Barr ergueu o busto de Cleon, envolto por cristal, e silenciosa e metodicamente bateu com ele na cabeça do general.

Tudo aconteceu rápido demais para Devers apreender. Foi como se um demônio veloz tivesse crescido, de repente, dentro do velho.

– Fora! – disse Barr, num sussurro entre dentes. – Rápido! – Ele pegou o desintegrador que Riose deixara cair e o enfiou dentro da blusa.

O sargento Luk se virou quando eles surgiram da menor abertura possível da porta.

Barr disse, tranquilo:

– Vá na frente, sargento!

Devers fechou a porta ao passar.

O sargento Luk foi em silêncio até os aposentos deles e, então, com a pausa mais breve, continuou em frente, pois sentira o cano de um desintegrador empurrá-lo nas costelas e uma voz dura em seus ouvidos, que disse:

– Para a nave comercial.

Devers deu um passo à frente para abrir a câmara de despressurização, e Barr disse:

– Fique onde está, Luk. Você foi um homem decente e não vamos matá-lo.

Mas o sargento reconheceu o monograma na arma. Ele gritou, engasgando com fúria:

– Vocês mataram o general.

Com um brado selvagem e incoerente, atacou cegamente a fúria desintegradora da arma e desabou, numa ruína desintegrada.

A nave comercial elevava-se acima do planeta morto antes que as luzes de sinalização começassem seu fantasmagórico piscar e, contra a teia cremosa da grande Lente do céu que era a Galáxia, outras formas escuras surgiram.

– Segure firme, Barr – disse Devers, sombrio –, e vamos ver se eles têm uma nave que consiga me alcançar.

Ele sabia que não!

E, uma vez no espaço aberto, a voz do comerciante parecia perdida e morta quando disse:

– A isca que joguei para Brodrig foi um pouco boa demais. Parece que ele se uniu ao general.

Rapidamente, eles correram para as profundezas da massa estelar que era a Galáxia.

8.

Para Trantor

Devers estava curvado sobre o pequeno globo morto, procurando um minúsculo sinal de vida. O controle direcional estava peneirando lenta e completamente o espaço com suas camadas finas de sinais.

Barr ficou olhando pacientemente de onde estava sentado, no catre baixo no canto.

– Não há mais sinais deles? – perguntou.

– Dos garotos do Império? Não – o comerciante grunhiu as palavras com evidente impaciência. – Despistamos os palhaços há muito tempo. Pelo espaço! Com os Saltos que demos às cegas pelo hiperespaço, temos sorte de não termos pousado na barriga de um sol. Eles não conseguiriam nos seguir mesmo se fossem mais velozes do que nós, coisa que não são.

Ele se recostou e afrouxou o colarinho com um puxão.

– Eu não sei o que aqueles garotos do Império fizeram aqui. Acho que algumas das fendas estão desalinhadas.

– Suponho, então, que você está tentando chegar à Fundação.

– Estou contatando a Associação… ou, pelo menos, tentando.

– A Associação? Quem são eles?

– A Associação de Comerciantes Independentes. Nunca ouviu falar, hein? Bem, você não é o único. Ainda não fizemos nossa grande estreia!

Durante um tempo fez-se um silêncio centrado no Indicador de Recepção inerte e Barr disse:

– Você está dentro do alcance?

– Não sei. Tenho apenas uma pequena noção de onde estamos, indo por voo cego. É por isso que tenho de usar controle direcional. Pode levar anos, sabe.

– Pode mesmo?

Barr apontou e Devers deu um pulo, ajustando seus fones de ouvido. Dentro da pequena esfera leitosa havia um minúsculo brilho branco.

Por meia hora, Devers acalentou o fio frágil de comunicação que se estendia pelo hiperespaço, para conectar dois pontos que a luz lenta levaria quinhentos anos para unir.

Então ele se recostou, sem esperanças. Levantou a cabeça e tirou os fones de ouvido.

– Vamos comer, velhinho. Há um chuveiro-agulha que você pode usar se quiser, mas maneire na água quente.

Agachou-se à frente de um dos armários que percorriam uma das paredes e começou a tatear, sentindo o conteúdo.

– Espero que você não seja vegetariano.

– Sou onívoro – disse Barr. – Mas e quanto à Associação? Você perdeu o contato com eles?

– Aparentemente, sim. Era de longo alcance, um pouco longo demais. Mas não importa. Já tenho tudo isso contado.

Ele se levantou e pôs os dois recipientes metálicos sobre a mesa.

– É só esperar cinco minutos, velhinho, depois abra apertando o contato. É prato, comida e garfo: coisas que vêm bem a calhar para quando você está com pressa, se não estiver interessado em adicionais como guardanapos. Suponho que queira saber o que consegui com a Associação.

– Se não for segredo.

Devers balançou a cabeça.

– Para o senhor, não. O que Riose disse era verdade.

– Sobre a oferta de tributos?

– Isso. Eles ofereceram *e* foi recusado. As coisas estão ruins. Há combates nos sóis exteriores de Loris.

– Loris fica perto da Fundação?

– Hein? Ah, você não sabe. É um dos Quatro Reinos originais. Você poderia dizer que faz parte da linha interna de defesa. Mas isso não é o pior. Eles têm combatido naves grandes que nunca foram vistas anteriormente. O que significa que Riose não estava nos dizendo a verdade. Ele tem recebido mais naves, *sim*. Brodrig *mudou* de lado e eu *baguncei* as coisas.

Seus olhos estavam vazios quando ele juntou os pontos de contato do recipiente de comida, que se abriu sem falhas. O prato, que lembrava um cozido, exalou um vapor cheiroso pelo aposento. Ducem Barr já estava comendo.

– Então – disse Barr –, os improvisos já eram. Não podemos fazer nada aqui; não podemos atravessar as linhas imperiais para retornar à Fundação; não podemos fazer nada a não ser o que é mais sensato: esperar pacientemente. Entretanto, se Riose tiver alcançado a linha interior, acredito que a espera não será longa.

E Devers colocou o garfo de lado.

– Esperar, é? – ele resfolegou, irritado. – Para *você* isso está muito bom. Você não tem nada a perder.

– Não tenho? – Barr deu um sorriso tênue.

– Não. Na verdade, eu vou lhe contar. – A irritação de Devers já estava passando da superfície. – Estou cansado de olhar para esse negócio todo como se fosse uma coisinha interessante numa lâmina de microscópio. Tenho amigos em algum lugar lá fora, morrendo; e um mundo inteiro lá fora, meu lar, morrendo também. Você é forasteiro. Você não sabe.

– Eu já vi amigos morrerem. – As mãos do velho estavam moles em seu colo e seus olhos estavam fechados. – Você é casado?

– Comerciantes não se casam – disse Devers.

– Bem, eu tenho dois filhos e um sobrinho. Eles foram avisados, mas, por várias razões, não conseguiram fazer nada. Nossa fuga significa a morte deles. Minha filha e meus dois netos, espero, deixaram o planeta antes disso, mas, mesmo excluindo-os, já arrisquei e perdi mais que você.

Devers estava cansado, mas irritado.

– Eu sei. Mas foi uma questão de escolha. Você poderia ter cooperado com Riose. Eu nunca lhe pedi para...

Barr balançou a cabeça.

– Não era questão de escolha, Devers. Fique com sua consciência tranquila; não arrisquei meus filhos por você. Cooperei com Riose enquanto me atrevi. Mas havia a Sonda Psíquica.

O patrício siwenniano abriu os olhos e eles estavam agudos de dor.

– Riose veio me procurar um dia; foi há mais de um ano. Ele falou de um culto centrado nos mágicos, mas não viu a verdade. Não era exatamente um culto. Sabe, faz quarenta anos que Siwenna foi apanhada no mesmo torniquete intolerável que ameaça seu mundo. Cinco revoltas foram esmagadas. Então, descobri os antigos registros de Hari Seldon... e agora este "culto" espera. Ele espera a vinda dos "mágicos" e está pronto para quando esse dia chegar. Meus filhos são líderes dos que esperam. É *esse* segredo que está na minha mente e que a Sonda jamais deverá tocar. Assim, eles deverão morrer como reféns; pois a alternativa é a morte como rebeldes, e a de metade de Siwenna com eles. Você vê? Não tive escolha! E não sou forasteiro.

Devers abaixou a cabeça e Barr continuou, suavemente:

– É de uma vitória da Fundação que as esperanças de Siwenna dependem. É por uma vitória da Fundação que meus filhos estão sendo sacrificados. E Hari Seldon não pré-calcula a salvação inevitável de Siwenna, como ele faz com a Fundação. Não tenho nenhuma certeza pelo *meu* povo... apenas esperanças.

– Mas o senhor ainda se satisfaz em esperar. Mesmo com a marinha imperial em Loris.

– Eu esperaria, com perfeita confiança – disse Barr, simplesmente –, mesmo se eles tivessem pousado no planeta Terminus.

O comerciante franziu a testa, sem esperanças.

– Eu não sei. Não consigo trabalhar assim; não como mágica. Psico-história ou não, eles são terrivelmente fortes e nós somos fracos. O que Seldon pode fazer a esse respeito?

– Não há nada a *fazer*. Já *foi feito*. Tudo está seguindo agora. O fato de você não ouvir as rodas girando e os gongos batendo não torna a coisa menos garantida.

– Talvez, mas gostaria que você tivesse rachado o crânio de Riose pra valer. Ele é mais nosso inimigo do que todo o seu exército.

– Rachado o crânio dele? Com Brodrig como segundo em comando? – O rosto de Barr ardia de ódio. – Toda Siwenna teria sido refém por minha causa. Brodrig já provou seu valor há muito tempo. Existe um mundo que há cinco anos perdeu um em cada dez homens... e simplesmente por não conseguir pagar impostos avassaladores. Esse mesmo Brodrig era o coletor de impostos. Não, Riose pode ficar vivo. Os castigos que ele impõe são atos de misericórdia, em comparação.

– Mas seis meses, *seis meses*, na base inimiga, sem nada para mostrar. – As mãos fortes de Devers agarraram uma a outra com força, tanto que os dedos estalaram. – Nada para mostrar!

– Ora, ora, espere um pouco. Você me lembrou de uma coisa... – Barr começou a mexer em seu bolso. – Talvez isto aqui valha de alguma coisa. – E jogou a pequena esfera de metal sobre a mesa.

Devers a agarrou.

– O que é isso?

– A cápsula de mensagem. Aquela que Riose recebeu logo antes de eu nocauteá-lo. Isso não conta como alguma coisa?

– Não sei. Depende do que estiver dentro dela! – Devers se sentou e começou a girá-la cuidadosamente na mão.

Quando Barr saiu de sua ducha fria e, com prazer, entrou na corrente de ar morno do secador, encontrou Devers, silencioso e absorto, na bancada de trabalho.

O siwenniano bateu em seu corpo com um ritmo abrupto e disse, por sobre o som que pontuava sua fala:

– O que é que você está fazendo?

Devers levantou a cabeça. Gotas de transpiração reluziam em sua barba.

– Vou abrir esta cápsula.

– Você *consegue* abri-la sem a característica pessoal de Riose? – Havia uma leve surpresa na voz do siwenniano.

– Se não conseguir, peço demissão da Associação e nunca mais comando uma nave na vida. Fiz uma análise eletrônica tripla do interior e tenho pequenos dispositivos dos quais o Império nunca ouviu falar, especialmente feitos para abrir cápsulas. Eu já fui um arrombador antes disso, sabe. Um comerciante tem de ser um pouco de tudo.

Curvou-se sobre a pequena esfera e um pequeno instrumento achatado sondou delicadamente, soltando fagulhas vermelhas a cada contato sutil.

– Esta cápsula é um trabalho tosco – ele disse –, de qualquer maneira. Esses garotos imperiais não conhecem os macetes do trabalho de precisão. Dá pra perceber. Já viu uma cápsula da Fundação? Ela tem metade do tamanho e é impermeável a análises eletrônicas, para começo de conversa.

E então ficou rígido, os músculos dos ombros sob a túnica enrijecendo-se visivelmente. Sua sonda minúscula pressionou lentamente...

Quando aconteceu, foi sem barulho, mas Devers relaxou e soltou um suspiro. Em sua mão estava a esfera brilhante com a mensagem desenrolada, como uma tira de pergaminho.

– É de Brodrig – ele disse. Então, com desprezo: – O meio da mensagem é permanente. Em uma cápsula da Fundação, a mensagem se oxidaria em gás num minuto.

Mas Ducem Barr fez um gesto para que se calasse. Leu a mensagem rapidamente.

DE: Ammel Brodrig, enviado extraordinário de Sua Majestade Imperial, secretário particular do Conselho e par do Reino.

PARA: Bel Riose, governador militar de Siwenna, general das forças imperiais e par do Reino. Eu o saúdo.

O planeta nº 1.120 não mais resiste. Os planos de ofensiva conforme delineados prosseguem sem problemas. O inimigo enfraquece visivelmente e os objetivos definitivos certamente serão alcançados.

Barr levantou a cabeça da escrita quase microscópica e gritou, amargo:

– O idiota! Esse calhorda maldito! *Essa* é que é a mensagem?

– Hein? – disse Devers. Estava vagamente decepcionado.

– Isso não diz nada – Barr resmungou. – Nosso cortesão puxa-saco está brincando de general. Com Riose fora, ele é o comandante de campo e precisa apaziguar o espírito cuspindo relatórios pomposos, tratando de questões militares com as quais nada tem a ver. "O planeta sei lá qual não mais resiste." "A ofensiva continua." "O inimigo enfraquece." Esse pavão de cabeça de vácuo!

– Ora, espere um minuto. Fique calmo...

– Jogue isso fora. – O velho virou de costas, mortificado. – A Galáxia sabe que nunca esperei que essa mensagem fosse incrivelmente importante, mas em tempos de guerra é razoável supor que até mesmo a ordem mais rotineira que não seja entregue possa atrasar as manobras militares e levar a complicações posteriores. Foi por isso que eu a peguei. Mas isto! Era melhor tê-la deixado lá. Teria desperdiçado um minuto do tempo de Riose que, agora, será usado de maneira mais construtiva.

Mas Devers havia se levantado.

– Quer se segurar e parar de jogar seu peso de um lado para o outro? Pelo amor de Seldon...

Ele estendeu a tira de mensagem diante do nariz de Barr.

– Agora leia isso novamente. O que ele quer dizer com "objetivos definitivos certamente serão alcançados"?

– A conquista da Fundação. Bem?

– Sim? E quem sabe ele esteja falando da conquista do Império? Você sabe que ele *acredita* que esse é o objetivo definitivo.

– E se ele acreditar?

– Se ele acreditar! – O sorriso torto de Devers se perdeu em sua barba. – Ora, veja só, eu vou lhe mostrar.

Com um dedo, a folha monogramática e rica do pergaminho da mensagem foi enfiada de volta no slot. Com uma nota suave, ela desapareceu e o globo voltou a ser um todo, liso e sem fraturas. Em algum lugar no interior havia o giro lubrificado dos controles enquanto perdiam sua configuração por movimentos aleatórios.

– Bem, não existe maneira conhecida de abrir esta cápsula sem o conhecimento da característica pessoal de Riose, existe?

– Para o Império, não – disse Barr.

– Então, a evidência que ela contém é desconhecida para nós e absolutamente autêntica.

– Para o Império, sim – disse Barr.

– E o imperador pode abrir isso, não pode? Características pessoais de funcionários do governo devem estar arquivadas. Nós mantemos registros dos *nossos* funcionários na Fundação.

– Na capital imperial também – concordou Barr.

– Então, quando você, como patrício de Siwenna e par do Reino, contar a este Cleon, esse imperador, que seu papagaio de estimação favorito e seu general mais brilhante estão se juntando para derrubá-lo, e lhe entregar a cápsula como evidência, qual *ele* achará que é o "objetivo definitivo" de Brodrig?

Barr se sentou, fraco.

– Espere, não estou entendendo. – Ele passou a mão pelo rosto magro, e disse: – Você não está falando sério, está?

– Estou – Devers estava empolgado e zangado ao mesmo tempo. – Escute, nove dos últimos dez imperadores tiveram a garganta cortada ou as entranhas desintegradas por um ou outro de seus generais com ideias grandiosas na cabeça. Você mesmo me disse isso mais de uma vez. O velho imperador acreditaria em nós tão rápido que faria a cabeça de Riose girar.

– Ele está falando sério *mesmo* – Barr murmurou mansamente. – Pelo amor da Galáxia, homem, você não pode derrotar uma crise Seldon com um esquema maluco, de livros de contos, sem o menor cabimento. Suponha que você nunca tivesse apanhado a cápsula. Suponha que Brodrig não tivesse usado a palavra "definitivo". Seldon não depende de sorte.

– Se a sorte vier em nossa direção, não existe lei de Seldon que diga que não podemos tirar vantagem.

– Certamente. Mas… mas... – Barr parou, e então falou com calma, mas com visível autocontrole. – Escute, em primeiro lugar, como é que você vai chegar ao planeta Trantor? Você não conhece a localização dele no espaço e eu certamente não me lembro das coordenadas, isso para não falar nas efemérides. Você nem sequer sabe sua própria posição no espaço.

– Não dá para se perder no espaço – sorriu Devers. Ele já estava nos controles. – Vamos descer no planeta mais próximo e voltar com provisões completas e os melhores mapas de navegação que cem mil créditos de Brodrig puderem comprar.

– *E* um tiro de desintegrador na barriga. Nossas descrições estão provavelmente em todos os planetas deste quadrante do Império.

– Velhinho – Devers disse, com paciência –, não seja estraga-prazeres. Riose disse que minha nave se rendeu muito facilmente e, irmão, ele não estava brincando. Esta nave tem poder de fogo suficiente e bastante energia em seu escudo para deter qualquer coisa que encontrarmos neste ponto da fronteira. E temos escudos pessoais também. Os garotos do Império nunca os acharam, sabe, mas eles não deveriam mesmo ser achados.

– Está certo – disse Barr. – Está certo. Suponha que cheguemos a Trantor. Como é que você vai ver o imperador, então? Acha que ele dá expediente?

– Suponha que nos preocupemos com isso quando chegarmos a Trantor – disse Devers.

E Barr resmungou, indefeso.

– Está certo novamente. Há cinquenta anos que quero mesmo ver Trantor antes de morrer. Faça como quiser.

O motor hipernuclear foi acionado. As luzes piscaram e eles sentiram aquele arranco interno leve que marcava a transição para o hiperespaço.

9.

Em Trantor

As estrelas eram tão espessas quanto arbustos num campo não cuidado e, pela primeira vez, Lathan Devers descobriu que as cifras à direita do ponto decimal eram de importância fundamental no cálculo dos Saltos entre as hiper-regiões. Havia uma sensação claustrofóbica na necessidade de Saltos de não mais de um ano-luz. Havia uma brutalidade assustadora em um céu que brilhava sem brechas em todas as direções. Era como estar perdido num mar de radiação.

E, no centro de um aglomerado aberto de dez mil estrelas, cuja luz rasgava em pedaços a fraca escuridão ao redor, circulava o imenso planeta imperial, Trantor.

Mas ele era mais que um planeta; era a pulsação viva de um Império de vinte milhões de sistemas estelares. Ele tinha apenas uma função, administração; um propósito, governo; e um bem manufaturado, a lei.

O mundo inteiro era uma distorção funcional. Não existia objeto vivo em sua superfície a não ser o homem, seus animais de estimação e seus parasitas. Nenhuma folha de relva ou fragmento de solo descoberto podia ser encontrado fora dos quase duzentos quilômetros quadrados do palácio imperial. Não havia água doce fora do terreno do palácio, a não ser nas vastas cisternas subterrâneas que continham o suprimento de água de um mundo.

O metal lustroso, indestrutível e incorruptível que compunha a superfície inteiriça do planeta era a fundação das imensas estruturas metálicas que cobriam o mundo num labirinto. Eram estruturas conectadas por passagens; entrelaçadas por corredores; fechadas por escritórios; alicerçadas pelos imensos centros varejistas que cobriam quilômetros e quilômetros quadrados; recobertas pelo reluzente mundo de diversão que brilhava e se acendia todas as noites.

Era possível caminhar por todo mundo de Trantor e nunca sair de um único prédio conglomerado, nem tampouco ver a cidade.

Uma frota de naves, maior em número do que todas as frotas de guerra que o Império já havia sustentado, pousava suas cargas em Trantor todos os dias, para alimentar os quarenta bilhões de humanos que não davam nada em troca a não ser a satisfação da necessidade de desembaraçar as miríades de fios que espiralavam para dentro da administração central do mais complexo governo que a humanidade já havia conhecido.

Vinte mundos agrícolas eram o celeiro de Trantor. Um universo era seu serviçal...

Bem presa por imensos braços metálicos em ambos os lados, a nave comercial foi baixada suavemente na rampa enorme que levava para o hangar. Devers já tinha começado a ficar irritado com as múltiplas complicações de um mundo concebido por burocracia e dedicado ao princípio do formulário em quadruplicata.

Houve a parada preliminar no espaço, onde o primeiro do que depois seria uma centena de questionários fora preenchido. Houve uma centena de interrogatórios, a administração rotineira de uma simples Sonda, a fotografia da nave, a análise de características dos dois homens e sua subsequente gravação, a busca por contrabando, o pagamento do imposto de entrada... e, finalmente, a questão dos cartões de identidade e dos vistos de visitantes.

Ducem Barr era um siwenniano súdito do Império, mas Lathan Devers era um desconhecido sem os documentos necessários. O funcionário encarregado no momento ficou devastado de tristeza, mas Devers não podia entrar. Na verdade, ele teria de ficar detido para investigação oficial.

De algum lugar, cem créditos em notas estalando de novas, com o aval das propriedades de lorde Brodrig, apareceram, e mudaram de mãos discretamente. O funcionário fez uma cara de importante e a devastação de sua tristeza foi apaziguada. Um novo formulário apareceu no buraco apropriado. Foi preenchido rápida e eficientemente, com as características de Devers formal e adequadamente vinculadas.

Os dois homens, comerciante e patrício, entraram em Trantor.

No hangar, a nave comercial era outro veículo a ser guardado, fotografado, registrado, conteúdo anotado, cartões de identidade de passageiros copiados via fac-símile, serviço pelo qual uma taxa condizente foi paga, registrada e um recibo, gerado.

E então Devers estava em um enorme terraço sob o brilhante sol branco, ao longo do qual mulheres conversavam, crianças gritavam e homens tomavam drinques languidamente e ouviam enormes televisores que ficavam dando as notícias do Império.

Barr pagou um número exigido de moedas de irídio e se apropriou do exemplar mais alto de uma pilha de jornais.

Era o *Notícias Imperiais* de Trantor, órgão oficial do governo. Nos fundos da sala de notícias, havia o ruído dos cliques suaves das edições adicionais sendo impressas em comunicação de longa distância com as máquinas operosas da sede do *Notícias Imperiais*, a mais de quinze mil quilômetros de distância pelo corredor – dez mil por máquina aérea –, exatamente como dez milhões de conjuntos de exemplares estavam sendo impressos de modo similar, naquele momento, em dez milhões de outras redações em todo o planeta.

Barr olhou de relance para as manchetes e disse baixinho:

– O que faremos primeiro?

Devers tentou se sacudir para fora da depressão em que havia entrado. Ele estava em um universo muito distante do seu próprio, num mundo que o esmagava com sua complexidade, entre pessoas cujos afazeres eram incompreensíveis e cuja linguagem era quase isso. As torres metálicas brilhantes que o cercavam e prosseguiam sempre em frente, numa multiplicidade interminável, oprimiam-no; toda a vida ocupada e indiferente de uma metrópole-mundo o lançava na penumbra horrível do isolamento e de uma importância minúscula.

– É melhor eu deixar isso por sua conta, velhinho – ele disse.

A voz de Barr estava controlada e calma.

– Eu tentei lhe dizer, mas é difícil acreditar sem ver por si próprio, eu sei disso. Você sabe quantas pessoas querem ver o Imperador todos os dias? Cerca de um milhão. Sabe quantas ele vê? Cerca de dez. Teremos de abrir caminho pelo funcionalismo público e isso torna a coisa mais difícil. Mas não teríamos como comprar a aristocracia.

– Temos quase cem mil.

– Um único par do Reino nos custaria isso, e seriam necessários pelo menos três ou quatro para formar uma ponte adequada que nos levasse ao imperador. Podem ser necessários cinquenta comissários-chefes e supervisores-seniores para fazer a mesma coisa, mas eles só nos custariam cem por cabeça, talvez. Eu me encarrego de conversar. Em primeiro lugar, eles não entenderiam seu sotaque e, em segundo, você não conhece a etiqueta do suborno imperial. É uma arte, eu lhe asseguro. Ah!

A página 3 do *Notícias Imperiais* tinha o que procurava e ele passou o jornal para Devers, que o leu devagar. O vocabulário lhe era estranho, mas ele entendia. Levantou a cabeça, e seus olhos ficaram nublados de preocupação. Ele bateu, zangado, com a mão na folha de notícias.

– Você acha que é possível confiar nisso?

– Dentro de determinados limites – Barr respondeu calmo. – É altamente improvável que a frota da Fundação tenha sido erradicada. Eles provavelmente já informaram *isso* muitas vezes, se estão usando a costumeira técnica de reportagem de guerra produzida em uma capital de mundo distante do cenário real das batalhas. O que isso significa, entretanto, é que Riose venceu mais uma batalha, o que não seria nem um pouco inesperado. Aqui diz que capturou Loris. Esse é o planeta capital do Reino de Loris?

– Sim – Devers disse, mal-humorado –, ou do que costumava ser o Reino de Loris. E não fica nem a vinte parsecs da Fundação. Velhinho, a gente precisa trabalhar rápido.

Barr deu de ombros.

– Não se pode andar rápido em Trantor. Se você tentar, o mais provável é que acabe na ponta de um desintegrador.

– Quanto tempo vai levar?

– Um mês, se tivermos sorte. Um mês e nossos cem mil créditos... se é que isso bastará. E desde que o imperador não decida, nesse meio-tempo, viajar para os Planetas de Verão, onde ele não vê nenhum solicitante.

– Mas a Fundação...

– ... cuidará de si mesma, como tem feito até o momento. Vamos, há a questão do jantar. Estou faminto. E, depois, a noite é nossa e bem que podemos usá-la. Podemos nunca mais voltar a ver Trantor ou nenhum mundo parecido, sabe.

O comissário de Interior das Províncias Exteriores abriu as mãos gordinhas, indefeso, e olhou para os solicitantes com uma miopia de coruja.

– Mas o imperador está indisposto, cavalheiros. É realmente inútil levar a questão ao meu superior. Sua Majestade Imperial não tem visto ninguém há uma semana.

– Ele nos verá – disse Barr, com uma afetação de confiança. – É apenas uma questão de vermos um membro da equipe do secretário particular.

– Impossível – o comissário disse, enfático. – Tentar isso me custaria o emprego. Agora, se o senhor puder ser mais explícito com relação à natureza de seus negócios, estarei disposto a ajudá-lo, compreenda, mas naturalmente quero alguma coisa menos vaga, algo que possa apresentar ao meu superior como motivo para levar a questão adiante.

– Se meus negócios fossem do tipo que pudessem ser confiados para alguém que não o mais elevado – sugeriu Barr suavemente –, dificilmente seriam importantes o bastante para merecer uma audiência com Sua Majestade Imperial. Proponho que o senhor se arrisque. Eu poderia lembrá-lo de que se Sua Majestade Imperial der aos nossos negócios a importância que garantimos que dará, o senhor certamente receberá as honras que merece por nos ter ajudado agora.

– Sim, mas... – E o comissário deu de ombros, sem uma palavra.

– É um risco – concordou Barr. – Naturalmente, um risco deve ter sua compensação. É, claro, um grande favor que lhe pedimos, mas já fomos grandemente agraciados com sua gentileza em nos oferecer essa oportunidade para explicar nosso problema. Mas se o senhor nos *permitisse* expressar nossa gratidão levemente...

Devers fez uma careta. Ele já havia ouvido esse discurso, com leves variações, umas vinte vezes no último mês. Ele terminava, como sempre, num rápido deslocamento das notas semiocultas. Mas ali o epílogo diferia. Normalmente as notas desapareciam de imediato; ali, elas permaneceram em plena vista, enquanto o comissário as contava lentamente, inspecionando-as dos dois lados.

Houve uma mudança súbita em sua voz.

– Com o aval do secretário particular, hein? Bom dinheiro!

– Voltando ao assunto anterior... – pediu Barr.

– Não, mas espere – interrompeu o comissário –, vamos voltar aos estágios iniciais. Eu realmente desejo saber qual poderia ser o seu negócio. Este dinheiro é novo em folha e vocês devem ter uma grande quantidade dele, porque me ocorre que viram outros funcionários antes de mim. Vamos lá, digam, o que está havendo?

– Não entendo aonde o senhor quer chegar – disse Barr.

– Ora, veja aqui, poderíamos provar que vocês estão no planeta ilegalmente, já que os cartões de identificação e entrada de seu amigo mudo certamente estão inadequados. Ele não é súdito do imperador.

– Eu nego isso.

– Não importa se você nega ou não – disse o comissário, com súbita grosseria. – O funcionário que assinou os cartões pela soma de cem créditos já confessou, sob pressão, e sabemos mais de vocês do que pensam.

– Se o senhor está insinuando que a soma que lhe pedimos para aceitar é inadequada em vista dos riscos…

O comissário sorriu.

– Pelo contrário, é mais do que adequada. – Ele jogou as notas de lado. – Para voltarmos ao que eu dizia, foi o próprio imperador que ficou interessado no caso de vocês. Não é verdade, senhores, que recentemente foram convidados do general Riose? Não é verdade que escaparam do meio do exército dele com, para usarmos um eufemismo, uma facilidade assustadora? Não é verdade que possuem uma pequena fortuna em notas com o aval das propriedades de lorde Brodrig? Resumindo, não é verdade que são uma dupla de espiões e assassinos enviados aqui para… Bem, vocês mesmos nos dirão quem lhes pagou e para quê!

– Sabe de uma coisa? – disse Barr, com raiva controlada. – Eu nego o direito de um comissariozinho nos acusar de crimes. Vamos embora.

– Vocês não vão embora. – O comissário se levantou, e seus olhos não pareciam mais míopes. – Não precisam responder questão alguma agora; isso será reservado para um momento posterior… e mais imperativo. Também não sou comissário, sou tenente da Polícia Imperial. Vocês estão presos.

Eles viram uma arma desintegradora brilhando eficientemente em sua mão quando ele sorriu.

– Homens maiores que vocês foram presos neste dia. Estamos limpando um vespeiro.

Devers grunhiu e levou a mão lentamente para sua própria arma. O tenente de polícia sorriu mais ainda e apertou os contatos. A linha de força da arma atingiu o peito de Devers numa explosão precisa de destruição – que foi defletida, sem causar dano, por seu escudo pessoal em reluzentes pontos de luz.

Então foi a vez de Devers disparar, e a cabeça do tenente caiu de um torso superior que havia desaparecido. Ela ainda sorria enquanto rolava para a faixa de luz do sol que penetrava pelo buraco recém-aberto na parede.

Saíram pela entrada dos fundos.

– Para a nave, rápido – Devers disse, sério. – Eles vão disparar o alarme daqui a pouco – soltou um palavrão num sussurro feroz. – É outro plano que saiu pela culatra. Eu podia jurar que o próprio demônio do espaço está contra mim.

Foi no espaço aberto que se deram conta das multidões que cercavam os imensos televisores. Não tinham tempo a perder; o rugido de palavras desconexas que chegava a eles foi desconsiderado. Mas Barr agarrou um exemplar do *Notícias Imperiais* antes de mergulhar no imenso celeiro do hangar, de onde a nave subiu rapidamente por uma cavidade gigantesca, queimada ferozmente no teto.

– Você consegue se livrar deles? – perguntou Barr.

Dez naves da polícia de trânsito seguiam, desesperadas, o veículo em fuga que havia irrompido para além do caminho de partida legal determinado por rádio e, depois, quebrado cada lei de velocidade estabelecida. Ainda mais para trás, veículos esguios do Serviço Secreto elevavam-se em perseguição a uma nave cuidadosamente descrita, tripulada por dois assassinos completamente identificados.

– Fique olhando – disse Devers e passou selvagemente para o hiperespaço a três mil quilômetros acima da superfície de Trantor. A transição, tão próxima de uma massa planetária, significava inconsciência para Barr e uma névoa assustadora de dor para Devers, mas, anos-luz depois, o espaço acima deles estava limpo.

O orgulho sombrio de Devers por sua nave irrompeu à superfície. Ele disse:

– Não há uma nave imperial que possa me seguir para nenhum lugar. – E então, amargo: – Mas não há nenhum lugar para onde ir agora e não podemos lutar contra tantas naves. O que vamos fazer? O que qualquer um pode fazer?

Barr se movia, fraco, em seu catre. O efeito do hiperdeslocamento ainda não tinha passado, e cada um de seus músculos doía. Ele disse:

– Ninguém tem de fazer nada. Tudo acabou. Olhe aqui!

Ele passou o exemplar do *Notícias Imperiais* que ainda tinha nas mãos e as manchetes foram suficientes para o comerciante.

– Chamados de volta e presos, Riose e Brodrig – resmungou Devers. Ficou olhando para Barr, sem expressão. – Por quê?

– A matéria não diz, mas que diferença faz? A guerra com a Fundação acabou e, neste momento, Siwenna está se rebelando. Leia a matéria e veja. – Sua voz estava morrendo. – Vamos parar em alguma das províncias e descobrir os detalhes depois. Se você não se importa, vou dormir agora.

E dormiu.

Em saltos de gafanhoto de magnitudes cada vez maiores, a nave comercial atravessou a Galáxia em seu retorno para a Fundação.

10.

Termina a guerra

Lathan Devers se sentia definitivamente desconfortável e vagamente ressentido. Ele havia recebido sua própria condecoração e suportado com estoicismo mudo a oratória túrgida do prefeito que acompanhara a fita rubra. Isso havia encerrado sua parcela de cerimônias, mas, naturalmente, a formalidade o forçou a permanecer. E foi em grande parte a formalidade – o tipo que não podia permitir que ele bocejasse fazendo muito barulho ou balançasse os pés confortavelmente sob uma cadeira – que o fez desejar estar no espaço, que era seu lugar.

A delegação siwenniana, com Ducem Barr como membro de honra, assinou a Convenção e Siwenna se tornou a primeira província a passar diretamente da esfera política do Império para a econômica da Fundação.

Cinco naves imperiais da linha – capturadas quando Siwenna se rebelou atrás das linhas da Frota de Fronteira do Império – passaram voando sobre suas cabeças, imensas e maciças, detonando uma salva tonitruante ao sobrevoar a cidade.

Nada a não ser beber, etiqueta e conversas sem importância agora…

Uma voz o chamou. Era Forell, o homem que, Devers percebeu com frieza, podia comprar vinte dele só com os lucros da manhã, mas um Forell que agora o chamava com uma condescendência amistosa.

Ele saiu para a varanda e o ar frio da noite; executou a mesura apropriada enquanto fazia uma careta por trás da barba que espetava. Barr também estava ali, sorrindo. Ele disse:

– Devers, você vai ter de vir em meu socorro. Estou sendo acusado de modéstia, um crime horrível e completamente antinatural.

– Devers – Forell retirou o charuto gordo da lateral da boca quando falou –, lorde Barr afirma que sua viagem à capital de Cleon nada teve a ver com a reconvocação de Riose.

– Absolutamente nada, senhor – Devers disse, curto e grosso. – Nós nunca vimos o imperador. Os relatórios que apanhamos no caminho de volta, relacionados ao julgamento, mostraram que tudo foi a mais pura armação. Houve uma grande confusão sobre o general estar ligado a interesses subversivos no tribunal.

– E ele era inocente?

– Riose? – Barr interrompeu. – Sim! Pela Galáxia, sim. Brodrig era um traidor por princípio, mas nunca foi culpado das acusações específicas levantadas contra ele. Aquilo foi uma farsa judicial; mas uma farsa necessária, previsível, inevitável.

– Por necessidade psico-histórica, eu presumo – Forell enrolou a frase sonoramente, com a facilidade bem-humorada da longa familiaridade.

– Exatamente. – Barr ficou sério. – Eu não tinha me dado conta disso antes, mas depois que tudo acabou e pude... bem... olhar para as respostas no fim do livro, o problema se torna simples. *Agora* nós podemos ver que o histórico social do Império torna as guerras de conquista impossíveis para ele. Sob imperadores fracos, ele é dilacerado por generais que competem por um trono sem valor e, certamente, letal. Sob imperadores fortes, o Império fica congelado num rigor paralítico no qual a desintegração aparentemente cessa por um momento, mas apenas com o sacrifício de todo o crescimento possível.

Forell grunhiu, seco, entre baforadas fortes:

– O senhor não está sendo claro, lorde Barr.

Barr sorriu devagar.

– Acho que não. É a dificuldade de não ter sido treinado em psico-história. Palavras são um substituto bastante impreciso para equações matemáticas. Mas vejamos agora…

Barr considerou, enquanto Forell relaxava, voltando a se recostar na balaustrada, e Devers olhava para o céu de veludo pensando nas maravilhas de Trantor.

Então, Barr disse:

– Mas vejam, o senhor… e Devers… e todo mundo, sem dúvida, tinha a ideia de que derrotar o Império significava primeiro afastar o imperador de seu general. O senhor, Devers e todos os outros estavam certos, certos o tempo todo, em relação ao princípio de desunião interna. Mas estavam errados em pensar que essa divisão interna era uma coisa a ser provocada por atos individuais, por inspirações do momento. Vocês tentaram subornos e mentiras. Apelaram para a ambição e para o medo. Mas não conseguiram nada, apesar de todo o esforço. Na verdade, as aparências ficavam piores após cada tentativa. E, através de todas essas pequenas ondas que fizemos, o tsunami Seldon continuou em frente, silencioso, mas irresistível.

Ducem Barr se virou e olhou por sobre a balaustrada para as luzes de uma cidade que celebrava. Ele disse:

– Havia uma mão morta nos empurrando a todos; o poderoso general e o grande imperador; meu mundo e o seu mundo... a mão morta de Hari Seldon. Ele sabia que um homem como Riose teria de fracassar, já que foi seu sucesso que provocou o fracasso; e quanto maior o sucesso, mais certo o fracasso.

– Não posso dizer que o senhor esteja sendo mais claro – Forell disse, seco.

– Um momento – Barr continuou. – Veja a situação. Um general fraco jamais poderia ter nos ameaçado, obviamente. Um general forte durante o reinado de um imperador fraco também nunca teria nos colocado em perigo, pois ele teria voltado seus exércitos na direção de um alvo muito mais frutífero. Os acontecimentos mostram que três quartos dos imperadores dos últimos dois séculos tinham sido generais rebeldes e vice-reis rebeldes antes de serem imperadores. Então é somente a combinação de um imperador forte *e* de um general forte que pode ameaçar a Fundação; pois um imperador forte não pode ser destronado com facilidade; e um general forte é forçado a se voltar para fora, passando pelas fronteiras. Mas *o que* mantém o imperador forte? O que manteve Cleon forte? É óbvio. Ele é forte porque não permite súditos fortes. Um cortesão que fica muito rico ou um general que se torna muito popular são perigosos. Toda a história recente do Império prova isso para qualquer imperador inteligente o bastante para ser forte. Riose obteve vitórias, então o imperador ficou desconfiado. Toda a atmosfera dos tempos o forçou a ter suspeitas. Riose recusou suborno? Muito suspeito; motivos ocultos. O seu cortesão mais confiável subitamente passou a ficar do lado de Riose? Muito suspeito; motivos ocultos. Não foram as ações individuais que foram dignas de desconfiança. Qualquer outra coisa teria servido – e é por isso que nossos planos individuais foram desnecessários e um tanto fúteis. Foi o *sucesso* de Riose que o tornou suspeito. Então ele foi chamado de volta e acusado, condenado, assassinado. A Fundação vence novamente. Escute, não há uma combinação concebível de acontecimentos que não resulte na vitória da Fundação. Era inevitável; o que quer que Riose fizesse, o que quer que nós fizéssemos.

O magnata da Fundação assentiu, de maneira ponderada.

– E daí? Mas e se o imperador e o general tivessem sido a mesma pessoa? Hein? E daí? Esse é um caso que você não cobriu, portanto, não provou sua questão.

Barr deu de ombros.

– Eu não posso provar nada; não tenho a matemática para isso. Mas apelo para sua razão. Com um Império no qual cada aristocrata, cada homem forte, cada pirata pode aspirar ao trono... e, como a história demonstra, frequentemente com sucesso... o que aconteceria até mesmo a um imperador forte que se preocupasse com guerras estrangeiras na ponta extrema da Galáxia? Quanto tempo ele teria para permanecer distante da capital antes que alguém erguesse o estandarte da guerra civil e o forçasse a voltar para casa? O ambiente social do Império encurtaria esse tempo. Uma vez eu disse a Riose que nem toda a força do Império poderia desviar a mão morta de Hari Seldon.

– Ótimo! Ótimo! – Forell estava expansivamente satisfeito. – Então você conclui que o Império jamais poderá nos ameaçar novamente.

– Assim me parece – concordou Barr. – Francamente, Cleon pode não viver até o final do ano e vai haver uma sucessão disputada quase como é habitual, o que pode significar a última guerra civil do Império.

– Então – disse Forell –, não existem mais inimigos.

Barr ficou pensativo.

– Existe uma Segunda Fundação.

– Na outra extremidade da Galáxia? Ainda irá demorar séculos.

Com isso, Devers se virou subitamente e seu rosto ficou sombrio quando encarou Forell.

– Talvez existam inimigos internos.

– É mesmo? – Forell perguntou, frio. – Quem, por exemplo?

– Por exemplo, pessoas que possam querer distribuir um pouco a riqueza e evitar que ela se concentre demais fora das mãos que trabalharam por ela. Entende o que eu digo?

Lentamente, o olhar de Forell perdeu seu desprezo e começou a emitir tanta raiva quanto os olhos de Devers.

PARTE 2

O MULO

—— O Mulo...

Sabe-se menos do "Mulo" do que de qualquer outro personagem de importância comparável para a história da Galáxia. Até mesmo o período de seu maior renome é conhecido para nós principalmente através dos olhos de seus antagonistas e, notadamente, dos de uma jovem recém-casada...

ENCICLOPÉDIA GALÁCTICA

11.

Recém-casados

A PRIMEIRA VISÃO QUE BAYTA teve de Refúgio foi totalmente o contrário de espetacular. Seu marido a apontou: uma estrela sem muito brilho, perdida no vazio da borda da Galáxia. Ela ficava além dos últimos aglomerados esparsos, onde pontos fracos de luz brilhavam solitários. E, mesmo entre eles, era pobre e discreta.

Toran estava ciente de que, como o primeiro prelúdio de sua vida de casados, a Anã Vermelha não era impressionante e seus lábios se curvaram numa cara meio envergonhada.

– Eu sei, Bay; não é exatamente uma mudança adequada, é? Quero dizer, da Fundação para isto.

– Uma mudança horrível, Toran. Eu nunca deveria ter me casado com você.

E quando o rosto dele assumiu momentaneamente um aspecto de mágoa, antes que se compusesse, ela disse com seu tom "aconchegante" especial:

– Tudo bem, seu bobo. Agora ajeite seu beicinho e me dê aquele olhar especial de pato morto: aquele que você costuma dar logo antes de enterrar a cabeça no meu ombro, enquanto faço carinho nos seus cabelos cheios de eletricidade estática. Você estava querendo alguma bobeira, não estava? Você esperava que eu dissesse "Eu seria feliz em qualquer lugar com você, Toran!" ou "As próprias profundezas estelares seriam meu lar, querido, se você estivesse comigo!" Confesse, vamos.

Ela apontou um dedo para ele e puxou-o um instante antes que ele o mordesse.

– Se eu me render, e confessar que você tem razão, você faz o jantar? – ele perguntou.

Ela concordou, contente. Ele sorriu, e ficou só olhando para ela.

Não era considerada linda pelos outros – isso ele admitia – mesmo que todos olhassem para ela duas vezes, quando passava. Tinha os cabelos pretos e lustrosos, ainda que lisos, e a boca era um pouco grande demais – mas suas sobrancelhas meticulosamente aparadas separavam uma testa branca e sem rugas dos olhos castanhos mais carinhosos que já se encheram de sorrisos.

E, por trás de uma fachada muito bem construída e defendida de praticidade, falta de romantismo e teimosia perante a vida, havia um minúsculo oásis de suavidade que nunca aparecia quando se procurava ativamente por ele, mas podia ser alcançado se você soubesse o jeito certo... e nunca deixasse explícito que estava atrás disso.

Toran ajustou os controles desnecessariamente e decidiu relaxar. Ele estava a um Salto interestelar e depois vários milimicroparsecs "em linha reta" antes que fosse necessário usar manualmente os controles. Recostou-se para olhar a sala de armazenamento, onde Bayta estava fazendo malabarismos com os recipientes apropriados.

Sua atitude para com Bayta era um tanto cheia de si – a emoção satisfeita que marca o triunfo de alguém que andou beirando o precipício de um complexo de inferioridade por três anos.

Afinal de contas, ele era um provinciano – e não meramente um provinciano, mas o filho de um comerciante renegado. Já ela era da própria Fundação – e, como se não bastasse, ainda descendia do próprio Mallow.

E, com tudo isso, no fundo ele tremia. Levá-la de volta a Refúgio, com seu mundo de rocha e cidades em cavernas, já era ruim o suficiente. Fazer com que ela enfrentasse a hostilidade tradicional dos comerciantes pela Fundação – nômades *versus* habitantes das cidades – era pior.

Mesmo assim... depois do jantar, o último Salto!

Refúgio era uma labareda rubra furiosa e o segundo planeta era uma mancha vermelha de luz com uma borda borrada pela atmosfera e uma meia-esfera de escuridão. Bayta se curvou sobre a imensa mesa de visualização com suas linhas cruzadas como uma teia de aranha, cujo centro se fechava exatamente sobre Refúgio II.

– Queria ter conhecido seu pai primeiro – ela disse, séria. – Se ele não gostar de mim...

– Então – Toran disse casualmente –, você teria sido a primeira garota bonita a inspirar *isso* nele. Antes de perder o braço e parar de atravessar a Galáxia, ele... Bem, se você lhe perguntar a respeito, ele falará sobre isso até suas orelhas ficarem dormentes. Depois de um tempo, comecei a pensar que ele estava inventando, porque nunca contou a mesma história duas vezes da mesma maneira...

Refúgio II estava se aproximando rápido agora. O mar interno girava majestoso abaixo deles, cinzento na penumbra cada vez maior e se perdendo de vista, aqui e ali, entre os fiapos de nuvens. Montanhas se destacavam serrilhadas ao longo da costa.

O mar ficou enrugado quando chegaram perto, e quando se voltou para o horizonte, bem no fim, houve um relance de geleiras nas margens, que desapareceram rapidamente.

Toran grunhiu sob a desaceleração violenta.

– Seu traje está fechado?

O rosto fofo de Bayta estava arredondado e vermelho na espuma esponjosa do traje colante de aquecimento interno.

A nave desceu pesadamente no campo aberto, bem perto da subida do planalto.

Eles saíram desajeitadamente para a escuridão sólida da noite extragaláctica. Bayta perdeu o fôlego com o frio súbito e o vento fino girava em redemoinhos vazios. Toran a segurou pelo cotovelo e a guiou numa corrida desajeitada sobre o terreno plano e batido na direção das luzes artificiais a distância.

Os guardas avançados os encontraram no meio do caminho e, depois de uma troca de palavras sussurradas, eles foram levados adiante. O vento e o frio desapareceram quando o portão de rocha se abriu e se fechou atrás deles. O interior quente, embranquecido pelas luzes de parede, estava cheio de um burburinho incongruente. Homens levantaram a cabeça de suas mesas e Toran apresentou documentos.

Foram empurrados para a frente depois de uma rápida olhada e Toran sussurrou para sua esposa:

– Papai deve ter acertado as preliminares. O lapso de tempo costumeiro aqui é de cerca de cinco horas.

Saíram para o espaço aberto e Bayta disse, subitamente:

– Oh, *meu*...

Era dia na cidade da caverna – o dia branco, luz de um sol jovem. Não que existisse um sol, naturalmente. O que deveria ter sido o céu perdia-se na emanação desfocada de um brilho geral. E o ar morno estava adequadamente espesso e perfumado com o cheiro de gramíneas.

– Toran, mas isso é lindo – disse Bayta.

Toran sorriu com deleite e ansiedade.

– Ora, Bay, não é nenhuma Fundação, claro, mas é a maior cidade de Refúgio II: vinte mil pessoas, sabia? Você vai gostar. Não tem nenhum palácio maravilhoso, receio, mas também não há polícia secreta.

– Oh, Torie, é igualzinho a uma cidade de brinquedo. É tudo branco e rosa... e tão limpinho.

– Bem... – Toran olhou para a cidade com ela. A maioria das casas tinha dois andares e era feita da rocha de veias suaves natural da região. Faltavam as espirais da Fundação e as colossais casas comunitárias dos antigos reinos... mas ali as coisas eram em tamanho menor e também havia individualidade; relíquias de iniciativa pessoal numa Galáxia de vida em massa.

Subitamente, ele voltou a ficar alerta.

– Bay... Olhe lá o papai! Bem ali... onde estou apontando, sua boba. Não está vendo?

Ela estava. Era apenas a impressão de um homem grande, acenando freneticamente, os dedos bem abertos como se estivesse tentando desesperadamente pegar alguma coisa no ar. O trovão profundo de um grito alto os alcançou. Bayta seguiu o marido e os dois desceram correndo até a grama cortada rente. Ela avistou um homem menor, de cabelos brancos, quase perdido de vista atrás do robusto maneta, que ainda acenava e gritava.

Toran gritou, olhando para trás.

– É o meio-irmão do meu pai. O que esteve na Fundação. Você sabe.

Encontraram-se na grama, rindo, sem falar coisa com coisa e o pai de Toran soltou um último grito de pura alegria. Ele puxou a jaqueta curta e ajustou o cinturão de metal que era sua única concessão ao luxo.

Seus olhos dançavam de um jovem para o outro e então disse, um pouco sem ar:

– Você escolheu um péssimo dia para voltar para casa, garoto!

– O quê? Ah, é aniversário de Seldon, não é?

– É. Precisei alugar um carro para fazer a viagem até aqui, e convocar Randu para dirigi-lo. Nem à mão armada se conseguiria pegar um veículo público.

Seus olhos agora estavam em Bayta e não a deixavam. Com ela, o homem falou mais suavemente.

– Eu tenho um cristal de você bem aqui... e é bom, mas dá para ver que o sujeito que o tirou era um amador.

Tirou o pequeno cubo transparente do bolso da jaqueta, e, na luz, o minúsculo rosto sorridente saltou à vida, colorido e vívido, com uma Bayta em miniatura.

– Ora, essa! – disse Bayta. – Por que será que Toran mandou ao senhor essa caricatura? Estou surpresa que o senhor tenha me deixado chegar perto.

– Está mesmo, agora? Me chame de Fran. Vamos deixar de bobagens. Acho que você pode me dar o braço e vamos para o carro. Até agora eu jamais havia pensado que meu garoto tivesse noção do que estava fazendo. Acho que vou ter de mudar de opinião. Acho que vou ter *mesmo* de mudar de opinião.

Toran disse carinhosamente para seu meio-tio:

– Como está o velho estes dias? Ele ainda fica correndo atrás de mulher?

O rosto de Randu se encheu de rugas quando ele riu.

– Quando ele pode, Toran, quando pode. Há momentos em que se lembra de que seu próximo aniversário será de sessenta anos e isso o deprime. Mas sufoca o pensamento ruim e volta a ser ele mesmo. Ele é um comerciante à moda antiga. Mas e você, Toran? Onde foi que encontrou uma esposa tão bonita?

O rapaz riu e deu o braço a ele.

– O senhor quer uma história de três anos num resumo rápido, tio?

Foi na pequena sala de estar da casa que Bayta retirou seu manto e capuz de viagem e soltou os cabelos. Sentou-se cruzando as pernas e retribuiu o olhar apreciativo do homenzarrão vermelho.

Ela disse:

– Eu sei o que o senhor está tentando estimar, e vou ajudá-lo: idade, vinte e quatro anos; altura, um metro e sessenta; peso, cinquenta quilos; especialização educacional, história. – Ela reparou que ele sempre se sentava inclinado, como se quisesse esconder o braço que faltava.

Mas agora Fran se curvou para a frente e disse:

– Já que você mencionou... peso, cinquenta e cinco quilos.

Ele gargalhou alto quando ela enrubesceu. Então disse a todos ali:

– Sempre se pode dizer o peso de uma mulher pelo braço acima do cotovelo... com a devida experiência, é claro. Quer um drinque, Bay?

– Entre outras coisas – ela disse, e os dois saíram juntos, enquanto Toran se distraía nas estantes de livros, em busca de novas aquisições.

Fran voltou sozinho e disse:

– Ela vai descer mais tarde.

Ele desabou pesadamente na grande poltrona de canto e apoiou sua perna esquerda reumática na banqueta à frente. As risadas haviam abandonado seu rosto vermelho e Toran se voltou para encará-lo.

– Bem, você está em casa, garoto – disse Fran –, e estou feliz que esteja. Gosto de sua mulher. Ela não é nenhuma chorona.

– Eu me casei com ela – Toran disse, simplesmente.

– Bem, aí já é outra coisa completamente diferente, garoto. – Seus olhos nublaram. – É um jeito tolo de amarrar o futuro. Em minha vida mais longa, e mais experiente, jamais fiz tal coisa.

Randu interrompeu do canto onde estava parado quieto em pé.

– Ora, Franssart, que tipo de comparação você está fazendo? Até seu pouso forçado há seis anos, você nunca ficou no mesmo lugar tempo suficiente para estabelecer a residência necessária para casamento. E, desde então, quem é que vai querer você?

O homem de um braço ficou ereto em sua poltrona e respondeu irritado:

– Muitas, seu esclerosado…

Toran disse rápido, com tato.

– É basicamente uma formalidade jurídica, pai. A situação tem suas conveniências.

– Em grande parte, para a mulher – Fran resmungou.

– E, mesmo assim – concordou Randu –, cabe ao rapaz decidir. Casamento é um costume antigo entre os habitantes da Fundação.

– Os habitantes da Fundação não são modelos adequados para um comerciante honesto – Fran disse, zangado.

Toran voltou a interromper.

– Minha esposa é uma habitante da Fundação. – Ele olhou de um para o outro e então disse, baixinho: – Ela está vindo.

A conversa tomou um rumo genérico depois da refeição noturna, que Fran temperou com três histórias de nostalgia compostas de partes iguais de sangue, mulheres, lucros e exagero. O pequeno televisor estava ligado e algum drama clássico estava passando num sussurro a que ninguém dava a mínima. Randu havia se colocado numa posição mais confortável no sofá baixo e olhava, por entre a fumaça lenta de seu cachimbo comprido, para onde Bayta havia se ajoelhado, sobre a maciez do tapete de pelo branco adquirido havia muito tempo, em uma missão comercial, e agora estendido somente nas ocasiões mais cerimoniosas.

– Você estudou história, minha garota? – ele perguntou, num tom agradável de voz.

Bayta assentiu.

– Eu era o desespero dos meus professores, mas até que acabei aprendendo um pouco.

– Uma recomendação de bolsa de estudos – Toran disse, orgulhoso. – Só isso!

– E o que foi que você aprendeu? – Randu prosseguiu suavemente.

– Tudo? Agora? – a garota riu.

O velho sorriu gentil.

– Ora, o que você acha da situação galáctica?

– Acho – Bayta disse concisamente – que está chegando uma crise Seldon... e se não estiver, então é melhor jogar o Plano Seldon fora completamente. É um fracasso.

("Uau", murmurou Fran, de seu canto. "Que maneira de falar de Seldon." Mas não disse nada em voz alta.)

Randu ficou fumando seu cachimbo especulativamente.

– É mesmo? Por que você diz isso? Eu estive na Fundação quando jovem, sabe, e também tive grandes pensamentos dramáticos. Mas por que você diz isso agora?

– Bem – os olhos de Bayta ficaram nublados e pensativos enquanto ela curvava os dedos nus na suavidade branca do tapete e aninhava o queixo pequeno numa mão gordinha –, me parece que toda a essência do Plano Seldon era criar um mundo melhor do que o antigo do Império Galáctico. Aquele mundo estava caindo aos pedaços havia trezentos anos, quando Seldon criou a Fundação... e, se a história é verdadeira, ele estava desabando com a doença tripla da inércia, do despotismo e da má distribuição dos bens do universo.

Randu assentiu devagar, enquanto Toran olhava para sua esposa com olhos orgulhosos e luminosos, e Fran, no canto, estalava a língua e enchia cuidadosamente seu copo.

– Se a história de Seldon for verdade – ela continuou –, ele previu o colapso completo do Império por meio de suas leis da psico-história, e foi capaz de prever os necessários trinta mil anos de barbárie antes do estabelecimento de um novo Segundo Império para restaurar a civilização e a cultura para a humanidade. Foi todo o objetivo do trabalho da vida dele estabelecer condições para assegurar um rejuvenescimento mais rápido.

A voz profunda de Fran explodiu:

– E é por isso que ele estabeleceu duas Fundações, honrado seja seu nome.

– E foi por isso que ele estabeleceu as duas Fundações – concordou Bayta. – Nossa Fundação era um ajuntamento dos cientistas do Império moribundo com a intenção de levar a ciência e o aprendizado do homem a novas alturas. E a Fundação foi situada de tal forma no espaço, e o ambiente histórico era tal que, por intermédio dos cuidadosos cálculos de seu gênio, Seldon previu que em mil anos ela se tornaria um império novo e maior.

Fez-se um silêncio reverente.

A garota disse suavemente:

– É uma história velha. Vocês a conhecem. Por quase três séculos, todos os seres humanos da Fundação souberam disso. Mas eu achava que seria apropriado passar por isso... apenas rapidamente. Hoje *é* o aniversário de Seldon, sabem, e mesmo que eu *seja* da Fundação e vocês sejam de Refúgio, isso nós temos em comum…

Ela acendeu um cigarro devagar e ficou olhando, distraída, a ponta brilhante.

– As leis da história são tão absolutas quanto as leis da física, e se as probabilidades de erro são maiores, é apenas porque a história não lida com tantos humanos quanto a física com átomos, então variações individuais contam mais. Seldon previu uma série de crises ao longo dos mil anos de crescimento, cada uma das quais forçaria uma nova virada de nossa história para um caminho previamente calculado. São essas crises que nos guiam… e, portanto, uma crise deve estar vindo agora. Agora! – ela repetiu, com força. – Já se passou quase um século desde a última, e nesse século cada um dos vícios do Império foi repetido na Fundação. Inércia! Nossa classe dominante conhece uma lei: nada de mudança. Despotismo! Eles conhecem uma regra: força. Má distribuição! Eles conhecem um desejo: manter o que é deles.

– Enquanto outros passam fome! – Fran rugiu, subitamente, com um poderoso soco no braço de sua poltrona. – Garota, suas palavras são pérolas. Os gordos, com seu dinheiro, arruínam a Fundação, ao passo que os bravos comerciantes ocultam sua pobreza em mundos arruinados, como Refúgio. É uma desgraça para Seldon, como se lhe cuspissem na cara, lhe arrancassem a barba. – Ele levantou o braço alto e então seu rosto assumiu uma expressão triste. – Se eu tivesse meu outro braço! Se… por uma vez.. eles tivessem me ouvido!

– Pai – disse Toran –, calma.

– Calma. Calma – seu pai o imitou, irritado. – Vamos viver aqui e morrer aqui para sempre… e você me diz "calma".

– Este é o nosso moderno Lathan Devers – disse Randu, fazendo um gesto com o cachimbo. – Este nosso Fran. Devers morreu nas minas de escravos há oitenta anos, com o bisavô de seu marido, porque lhe faltava sabedoria, e não lhe faltava coragem...

– Sim, pela Galáxia, eu faria o mesmo se fosse ele – Fran disse, abalado. – Devers foi o maior comerciante da história: maior que aquele janota superestimado, Mallow, que o pessoal da Fundação venera. Se os degoladores que dominam a Fundação o mataram porque ele amava a justiça, maior é a dívida de sangue que têm para conosco.

– Continue, garota – disse Randu. – Continue, ou então ele vai falar a noite toda, e amanhã também.

– Não há o que continuar – ela disse, com uma melancolia súbita. – Deve haver uma crise, mas não sei como criar uma. As forças progressistas na Fundação estão sendo oprimidas demais. Vocês, comerciantes, podem ter a disposição, mas estão sendo caçados e estão desunidos. Se todas as forças de boa vontade dentro e fora da Fundação pudessem se juntar...

A gargalhada de Fran saiu rouca e debochada.

– Ouça só ela, Randu, ouça ela. Dentro e fora da Fundação, ela diz. Garota, garota, não há esperança nos gordos flácidos da Fundação. Entre eles, alguns seguram o chicote e o resto é chicoteado... até a morte. Não sobrou coragem em todo aquele mundo podre para enfrentar um bom comerciante.

As interrupções que Bayta tentava fazer se chocavam, inúteis, contra o furacão de Fran.

Toran se inclinou para a frente e colocou uma mão sobre a boca dela.

– Pai – ele disse, frio –, você nunca esteve na Fundação. Não conhece nada a respeito. Eu lhe digo que a resistência clandestina lá é corajosa e ousada o bastante. Eu poderia lhe dizer que Bayta foi um membro...

– Tudo bem, garoto, sem ofensa. Agora, onde está o motivo dessa raiva? – Ele estava genuinamente perturbado.

Toran continuou, inflamado:

– O problema com você, pai, é que sua visão de mundo é provinciana. Você acha que, porque algumas centenas de milhares de comerciantes correm para se esconder em buracos de um planeta rejeitado no fim do nada, eles são um grande povo. Claro que qualquer coletor de impostos da Fundação que chegue aqui não volta mais, mas isso é heroísmo barato. O que você faria se a Fundação enviasse uma frota?

– Nós os destruiríamos – Fran disse, seco.

– E seriam destruídos... com o saldo a favor deles. Vocês estão em menor número, com menos armas, desorganizados... e assim que a Fundação achar que vale a pena, vão perceber isso. Então, é melhor procurar seus aliados: na própria Fundação, se puder.

– Randu – disse Fran, olhando para seu irmão como um grande touro indefeso.

Randu tirou o cachimbo dos lábios.

– O garoto tem razão, Fran. Quando você ouve os pensamentos lá no fundo, sabe que sim. Mas são pensamentos desconfortáveis, então você os afoga com esse seu rugido. Mas ainda estão lá. Toran, eu vou lhe dizer por que trouxe isso tudo à tona.

Soltou mais uma baforada, pensativo, depositou o cachimbo no descanso do cinzeiro, esperou o flash silencioso e o retirou limpo. Lentamente, tornou a enchê-lo com movimentos precisos de seu dedo mínimo.

– Sua pequena sugestão de que a Fundação estaria interessada em nós, Toran, é exata – ele disse. – Aconteceram duas visitas recentemente... por motivos de impostos. O perturbador foi que o segundo visitante veio acompanhado por uma pequena nave de patrulha. Eles pousaram na Cidade Gleiar… nos deixando em paz, para variar… e nunca mais decolaram, naturalmente. Mas, agora, certamente voltarão. Seu pai está ciente disso tudo, Toran, ele está mesmo. Olhe só para esse encrenqueiro teimoso. Ele sabe que Refúgio está em perigo e sabe que estamos indefesos, mas repete suas fórmulas. Isso o conforta e o protege. Mas, assim que diz o que quer e ruge desafiador, sente que se desobrigou de seu dever como homem e comerciante durão, ora. Ele é tão razoável quanto qualquer um de nós.

– De nós quem? – perguntou Bayta.

Ele sorriu para ela.

– Nós formamos um pequeno grupo, Bayta… bem aqui na nossa cidade. Não fizemos nada, ainda. Não conseguimos sequer entrar em contato com as outras cidades, mas já é um começo.

– Mas em direção a quê?

Randu balançou a cabeça.

– Não sabemos… ainda. Esperamos por um milagre. Decidimos que, como você diz, uma crise Seldon deve estar para acontecer. – Ele fez um gesto amplo para o alto. – A Galáxia está cheia dos destroços do Império partido. Os generais pululam. Você supõe que há de chegar o dia em que um deles vai ficar ousado?

Bayta parou para pensar e balançou a cabeça decisivamente, de modo que os longos cabelos lisos, com a única curva pra dentro perto das pontas, balançaram ao redor das orelhas.

– Não, nenhuma chance. Não há nenhum desses generais que não saiba que um ataque à Fundação é suicídio. Bel Riose, do antigo Império, era um homem melhor do que qualquer um deles, atacou com os recursos de uma galáxia e não conseguiu vencer o Plano Seldon. Existe algum general que não saiba disso?

– Mas, e se conseguirmos incitá-los?

– A quê? A pular numa fornalha atômica? Com o que você poderia incitá-los?

– Bem, existe um… um novo recurso. Nestes últimos anos, ouvimos notícias de um estranho homem a quem chamam de Mulo.

– O Mulo? – ela parou para pensar. – Já ouviu falar nele, Torie?

Toran negou com a cabeça. Ela disse:

– E o que tem ele?

– Não sei. Mas ele tem conseguido vitórias com, dizem, chances impossíveis. Os rumores podem ser exagerados, mas seria interessante, de qualquer maneira, que o conhecêssemos melhor. Nem todo homem com habilidade e ambição suficientes acreditará em Hari Seldon e suas leis da psico-história. Poderíamos incentivar essa descrença. Ele poderia atacar.

– E a Fundação venceria.

– Sim… mas não seria necessariamente fácil. Poderia ser uma crise e poderíamos tirar vantagem de uma crise dessas para forçar um acordo com os déspotas da Fundação. Na pior das hipóteses, eles nos esqueceriam por tempo o bastante para permitir que planejássemos mais adiante.

– O que você acha, Torie?

Toran deu um sorriso fraco e puxou um cacho castanho solto que caía sobre um dos olhos.

– Do jeito que ele descreve, não faria mal tentar. Mas quem é o Mulo? O que você sabe dele, Randu?

– Nada, ainda. Para isso, poderíamos usar você, Toran. E sua esposa, se ela estiver disposta. Seu pai e eu já falamos sobre isso. Falamos disso nos mínimos detalhes.

– De que maneira, Randu? O que você quer de nós? – O jovem lançou um rápido olhar inquisitivo para sua esposa.

– Vocês já tiveram uma lua de mel?

– Bem... sim... se você puder chamar a viagem da Fundação até aqui de lua de mel.

– Que tal uma melhor, em Kalgan? É semitropical... praias, esportes aquáticos, caça a pássaros... um local perfeito para férias. Fica a sete mil parsecs daqui; não é muito longe.

– O que há em Kalgan?

– O Mulo! Seus homens, pelo menos. Ele o tomou no mês passado e sem nenhuma batalha, embora o senhor da guerra de Kalgan tivesse transmitido a ameaça de explodir o planeta em poeira iônica antes de entregá-lo.

– Onde está o senhor da guerra agora?

– Não está – Randu disse, dando de ombros. – O que você diz?

– Mas o que vamos fazer?

– Não sei. Fran e eu somos velhos; somos provincianos. Os comerciantes de Refúgio são todos essencialmente provincianos. Até mesmo você diz isso. Nosso comércio é de um tipo muito restrito e não somos os aventureiros galácticos que nossos ancestrais eram. Cale a boca, Fran! Mas vocês dois conhecem a Galáxia. Especialmente Bayta, que fala com um belo sotaque da Fundação. Nós apenas desejamos o que quer que vocês consigam encontrar. Se puderem fazer contato... mas não esperamos isso. Suponha que vocês pensem a respeito. Podem conhecer todo o grupo se quiserem... ah, mas só na semana que vem. Vocês precisam de um tempo para recuperar o fôlego.

Fez-se uma pausa e depois Fran rugiu:

– Quem quer outra bebida? Digo, além de mim?

12.

Capitão e prefeito

O CAPITÃO HAN PRITCHER NÃO estava acostumado ao luxo dos aposentos em que se encontrava e não estava nem um pouco impressionado. De modo geral, ele desencorajava a autoanálise e todas as formas de filosofia e metafísica que não fossem diretamente ligadas ao seu trabalho.

Isso ajudava.

Seu trabalho consistia em grande parte no que o Departamento de Guerra chamava de "inteligência", os sofisticados, de "espionagem", e os romancistas, de "histórias de espião". E, infelizmente, apesar da propaganda luxuosa da televisão, "inteligência", "espionagem" e "histórias de espião" são, na melhor das hipóteses, um negócio sórdido de traição rotineira e má-fé. Isso é desculpado pela sociedade pois é feito "nos interesses do Estado", mas, como a filosofia parecia sempre levar o capitão Pritcher à conclusão de que, mesmo nesse interesse sacrossanto, é muito mais fácil apaziguar a sociedade que a consciência, ele não incentivava a filosofia.

E agora, no luxo da antessala do prefeito, seus pensamentos se voltavam para dentro, ainda que ele não quisesse.

Homens atrás dele na fila de promoção haviam sido promovidos primeiro várias vezes, embora tivessem menos capacidade; isso era admitido. Ele havia suportado uma chuva eterna de pontos negativos e reprimendas oficiais, e sobrevivera. E, teimosamente, continuara fazendo o que achava certo, na crença firme de que a insubordinação em nome desse mesmo sacrossanto "interesse do Estado" ainda acabaria sendo reconhecida como uma prestação de serviços.

Então ali estava ele, na antessala do prefeito, com cinco soldados como uma guarda respeitosa, e provavelmente uma corte marcial à sua espera.

As portas pesadas de mármore se afastaram de forma suave, silenciosamente, revelando paredes acetinadas, um carpete de plástico vermelho e mais duas portas de mármore com detalhes em metal, lá dentro. Dois funcionários vestindo as roupas de linhas retas de três séculos atrás saíram e chamaram:

– Uma audiência para o capitão Han Pritcher, de Informações.

Recuaram com uma mesura cerimoniosa enquanto o capitão avançava. A escolta dele parou na porta exterior e ele adentrou sozinho.

Do outro lado das portas, num grande salão estranhamente simples, atrás de uma mesa enorme estranhamente angular, sentava-se um homem pequeno, quase perdido na imensidão.

O prefeito Indbur – sucessivamente, o terceiro com aquele nome – era neto do primeiro Indbur, que fora brutal e competente; que havia exibido a primeira qualidade espetacularmente, pela forma como tomara o poder, e a segunda, pela habilidade com que dera fim aos últimos vestígios farsescos das eleições livres e a habilidade, ainda maior, com que manteve um governo relativamente pacífico.

O prefeito Indbur era também filho do segundo Indbur, que havia sido o primeiro prefeito da Fundação a ascender ao posto por direito de nascença – e que era apenas metade do pai, pois havia sido meramente brutal.

Portanto, o prefeito Indbur era o terceiro do nome e o segundo na sucessão por direito de nascença, e era o menor dos três, pois não era nem brutal nem competente: meramente um excelente contador que nascera no lugar errado.

Indbur Terceiro era uma combinação peculiar de características de qualidade inferior para todos, exceto para si mesmo.

Para ele, um amor exagerado pela disposição geométrica dos objetos era "sistema", um interesse infatigável e febril pelas facetas mais mesquinhas da burocracia cotidiana era "industriosidade", indecisão quando estava certo era "cautela" e teimosia cega quando errado, "determinação".

Apesar disso, ele não desperdiçava dinheiro, não matava nenhum homem desnecessariamente e tinha a melhor das intenções.

Se os pensamentos melancólicos do capitão Pritcher iam nessas linhas enquanto permanecia respeitosamente em seu lugar perante a mesa enorme, o arranjo pétreo de suas feições não dava a perceber nada. Ele não tossiu, deslocou seu peso ou arrastou os pés até que o rosto magro do prefeito se levantasse lentamente, enquanto o *stylus* cessava sua tarefa de notações marginais, e uma folha de papel impresso em letras minúsculas era erguida de uma pilha reta e colocada sobre outra pilha reta.

O prefeito Indbur bateu palmas cuidadosamente à sua frente, evitando de modo deliberado perturbar o caprichoso arranjo dos acessórios da mesa.

Ele disse, reconhecendo a presença do outro:

– Capitão Han Pritcher, de Informações.

E, em estrita obediência ao protocolo, o capitão Pritcher dobrou um joelho quase até ao chão e curvou a cabeça até ouvir as palavras de liberação:

– Levante-se, capitão Pritcher!

O prefeito disse, com um ar de simpatia calorosa:

– Você está aqui, capitão Pritcher, devido a certas ações disciplinares tomadas contra o senhor por seu oficial superior. Os documentos relativos a tais ações chegaram, no decorrer natural dos acontecimentos, à minha atenção, e como nenhum acontecimento na Fundação é desinteressante para mim, dei-me ao trabalho de obter mais informações sobre seu caso. Espero que não esteja surpreso.

O capitão Pritcher disse, sem emoção:

– Não, Excelência. Sua justiça é proverbial.

– É mesmo? É mesmo? – Seu tom era de agrado, e as lentes de contato escuras que usava captavam a luz de uma maneira que dava a seus olhos um brilho duro e seco. Meticulosamente, ele abriu, em leque, uma série de pastas metálicas diante de si. As folhas de pergaminho dentro estalaram quando ele as virou, seu dedo longo descendo a linha enquanto ele falava.

– Tenho sua ficha aqui, capitão... completa. Você tem quarenta e três anos e é oficial das forças armadas há dezessete. Nasceu em Loris, de pais anacreonianos, nenhuma doença séria na infância, uma crise de mio... bem, isso não importa... educação pré-militar na Academia de Ciências, formado, hipermotores, distinção acadêmica... hum-m-m, muito bom, meus parabéns... entrou no exército como suboficial no centésimo segundo dia do ano 293 da Era da Fundação.

Levantou a cabeça por um momento enquanto fechava a primeira pasta e abria a segunda.

– Sabe – disse ele –, em minha administração, nada é deixado ao acaso. Ordem! Sistema!

Ele levou um glóbulo de geleia rosado e perfumado à altura dos lábios. Era seu único vício, mas só se rendia a ele com parcimônia. Por testemunha, o fato de que a mesa do prefeito não tinha aquele quase inevitável flash atômico do dispositivo de desintegração de tabaco apagado. Pois o prefeito não fumava.

Nem, claro, seus visitantes.

A voz do prefeito continuava no mesmo tom mecânico, metódico, arrastado, resmungando... de vez em quando intercalado por comentários sussurrados de elogios ou reprovações igualmente suaves e igualmente inúteis.

Lentamente, ele recolocou as pastas na posição original, numa única pilha bem arrumada.

– Bem, capitão – ele disse, bruscamente –, sua ficha é incomum. Sua habilidade é fenomenal, ao que parece, e seus serviços valiosos além de qualquer dúvida. Notei que foi ferido na linha de frente duas vezes e que recebeu a Ordem do Mérito por bravura além do chamado do dever. Esses fatos não devem ser postos de lado assim de qualquer maneira.

O rosto sem expressão do capitão Pritcher não se suavizou. Ele permanecia ereto e duro. O protocolo exigia que um súdito que recebesse a honra de uma audiência com o prefeito não pudesse se sentar... uma questão talvez desnecessariamente reforçada pelo fato de que só existia uma cadeira na sala, a que o prefeito estava usando. Além disso, o protocolo exigia que nada fosse dito além do necessário para se responder a uma pergunta direta.

Os olhos do prefeito desceram com dureza sobre o soldado e sua voz assumiu um tom mais sério e pesado.

– Entretanto, você não é promovido há dez anos e seus superiores relatam frequentemente a teimosia inflexível de seu caráter. Você é descrito como sendo cronicamente insubordinado, incapaz de manter uma atitude correta com relação a oficiais superiores, aparentemente sem o menor interesse em evitar fricção com seus colegas e um encrenqueiro incorrigível, além de tudo. Como explica isso, capitão?

– Excelência, eu faço o que me parece certo. Meus atos em benefício do Estado e meus ferimentos por essa causa são o testemunho de que o que me parece certo também é do interesse do Estado.

– Uma declaração de soldado, capitão, mas uma doutrina perigosa. Falaremos mais sobre isso depois. Especificamente, você foi acusado de recusar uma missão três vezes, em face de ordens assinadas por meus representantes legais. O que tem a dizer em relação a isso?

– Excelência, a missão não tem significado em um momento crítico, quando questões de importância fundamental estão sendo ignoradas.

– Ah, e quem lhe diz que essas questões das quais você fala são de importância fundamental, e, se são, quem lhe diz que estão sendo ignoradas?

– Excelência, essas coisas são bastante evidentes para mim. Minha experiência e meu conhecimento dos acontecimentos... cujo valor meus superiores não negam... tornam isso claro.

– Mas, meu bom capitão, você está cego para o fato de que, arrogando-se o direito de determinar a política de Inteligência, usurpa as tarefas de seu superior?

– Excelência, meu dever é em primeiro lugar para com o Estado, e não para com meu superior.

– Falacioso, pois seu superior tem o superior dele, e esse superior sou eu, e eu sou o Estado. Mas, vamos, você não terá motivos para reclamar desta minha justiça que diz ser proverbial. Diga, com suas próprias palavras, a natureza dessa quebra disciplinar que provocou tudo isso.

– Excelência, meu dever é em primeiro lugar para com o Estado e não viver a vida de um marinheiro mercante aposentado no mundo de Kalgan. Minhas instruções eram para dirigir as atividades da Fundação no planeta, aperfeiçoar uma organização para atuar na observação das atividades do senhor da guerra de Kalgan, particularmente em relação à política externa dele.

– Disso já tenho conhecimento. Continue!

– Excelência, meus relatórios têm ressaltado continuamente as posições estratégicas de Kalgan e dos sistemas que controla. Já informei sobre a ambição do senhor da guerra, os recursos que tem, a determinação em estender os próprios domínios e a postura fundamentalmente amistosa, ou, quem sabe, neutra, dele para com a Fundação.

– Eu já li seus relatórios por inteiro. Continue!

– Excelência, voltei há dois meses. Naquela época, não havia sinal de guerra no horizonte; nenhum sinal de nada a não ser um quase excesso de capacidade de repelir qualquer ataque concebível. Há um mês, um mercenário desconhecido tomou Kalgan sem uma luta sequer. O homem que um dia foi o senhor da guerra de Kalgan aparentemente não está mais vivo. Homens não falam de traição: eles só falam do poder e da genialidade desse estranho *condottiere*; este Mulo.

– Este o quê? – O prefeito se inclinou para a frente e pareceu ofendido.

– Excelência, ele é conhecido como o Mulo. Dele pouco se fala, em um sentido factual, mas coletei fragmentos de informação e filtrei os mais prováveis. Ele aparentemente é um homem que não tem nascimento nem posição nobres. Seu pai, desconhecido. Sua mãe, morta no parto. Sua criação, a de um vagabundo. Sua instrução, a dos mundos miseráveis e dos becos afastados do espaço. Ele não tem outro nome a não ser o de Mulo, um nome que os relatos dizem ter sido dado a ele por si próprio, e que significa, pela explicação popular, sua imensa força física além de teimosia em seus objetivos.

– Qual é a força militar dele, capitão? O físico dele não interessa.

– Excelência, os homens falam de frotas imensas, mas nisso podem estar sendo influenciados pela estranha queda de Kalgan. O território que ele controla não é grande, embora não seja possível determinar definitivamente os limites exatos. Não obstante, este homem precisa ser investigado.

– Hum-m-m. Então! Então! – O prefeito entrou num devaneio e lentamente, com vinte e quatro pancadinhas de seu *stylus*, desenhou seis quadrados em arranjos hexagonais na primeira folha em branco de um bloco de notas, que rasgou, dobrou em três partes perfeitas e enfiou no slot de papel usado à sua direita. Os papéis deslizaram para uma limpa e silenciosa desintegração atômica.

– Agora me diga, capitão, qual é a alternativa? Você me contou o que "deve" ser investigado. O que você foi *ordenado* a investigar?

– Excelência, existe um buraco de rato no espaço que, ao que parece, não paga seus impostos.

– Ah, e isso é tudo? Você não está ciente e não lhe disseram que esses homens, que não pagam os impostos, são descendentes dos comerciantes selvagens de nossos primeiros dias: anarquistas, rebeldes, maníacos sociais que afirmam ter ancestralidade da Fundação e renegam sua cultura? Você não está ciente, e não lhe disseram, que esse buraco de rato no espaço não é um, mas muitos? Que esses buracos de rato são em maior número do que sabemos? Que esses buracos de rato conspiram juntos, um com o outro, e tudo isso em conjunto com os elementos criminosos que ainda existem por todo o território da Fundação? Até mesmo aqui, capitão, até mesmo aqui!

O fogo momentâneo do prefeito se apagou rapidamente.

– Você não está ciente disso, capitão?

– Excelência, tudo isso me foi dito. Mas, como servo do Estado, devo servir fielmente... e aquele que serve mais fielmente é o que serve à verdade. Sejam quais forem as implicações políticas dessa escória dos antigos comerciantes... os senhores da guerra que herdaram os fragmentos do antigo Império têm o poder. Os comerciantes não têm nem armas, nem recursos. Eles não têm sequer unidade. Eu não sou coletor de impostos para ser enviado numa tarefa infantil.

– Capitão Pritcher, você é um soldado, e calcula em termos de armas. Não é bom se permitir chegar a um ponto que envolva me desobedecer. Tome cuidado. Minha justiça não é simplesmente fraqueza. Capitão, já foi provado que os generais da Era Imperial e os senhores da guerra da presente época são igualmente impotentes contra nós. A ciência de Seldon que prevê o curso da Fundação é baseada não em heroísmo individual, como você parece crer, mas nas tendências sociais e econômicas da história. Nós já passamos com sucesso por quatro crises, não passamos?

– Passamos, Excelência. Mas a ciência de Seldon é conhecida... somente por Seldon. A nós mesmos, só nos ficou a fé. Nas três primeiras crises, como me ensinaram cuidadosamente, a Fundação foi liderada por homens sábios que previram a natureza das crises e tomaram as precauções adequadas. Caso contrário... quem pode dizer?

– Sim, capitão, mas você omite a quarta crise. Vamos, capitão, não tivemos liderança digna do nome então, e enfrentamos o oponente mais inteligente, o exército mais bem armado, a força mais forte de todas. Mas vencemos, pela inevitabilidade da história.

– Excelência, isso é verdade. Mas essa história que o senhor menciona só se tornou inevitável depois que lutamos desesperadamente por mais de um ano. A vitória inevitável nos custou quinhentas naves e meio milhão de homens. Excelência, o Plano Seldon ajuda a quem se ajuda.

O prefeito Indbur franziu a testa e ficou subitamente cansado de sua paciente exposição. Ocorreu-lhe que havia uma falácia na condescendência, já que ela estava sendo confundida com uma permissão para discutir eternamente; criar polêmica; mergulhar na dialética.

– Não obstante, capitão, Seldon garante a vitória sobre os senhores da guerra – ele disse, rígido –, e não posso, nesses tempos ocupados, me permitir uma dispersão de esforços. Esses comerciantes que você despreza são derivados da Fundação. Uma guerra com eles seria uma guerra civil. O Plano Seldon não traz garantias quanto a isso para nós... já que eles *e* nós somos da Fundação. Então, eles devem ser subjugados. Você tem suas ordens.

– Excelência...

– Não lhe foi feita nenhuma pergunta, capitão. Você tem suas ordens. Obedecerá essas ordens. Mais discordâncias de qualquer tipo, comigo mesmo ou com os que me representam, serão consideradas traição. Pode se retirar.

O capitão Han Pritcher voltou a se ajoelhar e saiu andando de costas, de frente para o prefeito, com passos lentos.

O prefeito Indbur, terceiro de seu nome e segundo prefeito na história da Fundação a ter esse título por direito de nascença, recuperou o equilíbrio e levantou outra folha de papel da pilha bem arrumada à sua esquerda. Era um relatório da economia de fundos gerada pela redução da quantidade de espuma de metal das bordas dos uniformes da força policial. O prefeito riscou uma vírgula supérflua, corrigiu um erro de digitação, fez três anotações marginais e o colocou em cima da pilha bem arrumada à sua direita. Ele levantou outra folha de papel da pilha bem arrumada à sua esquerda…

O capitão Han Pritcher, de Informações, encontrou uma Cápsula Pessoal esperando por ele quando retornou ao quartel. Ela continha ordens, secas e sublinhadas com tinta vermelha embaixo de um carimbo estampado URGENTE, o todo assinado por uma inicial, uma letra "I" maiúscula, escrita com precisão.

O capitão Han Pritcher estava recebendo ordens de ir para o "mundo rebelde chamado Refúgio" nos termos mais fortes.

O capitão Han Pritcher, sozinho em seu veículo leve de um só homem, ajustou o curso silenciosa e calmamente para Kalgan. Naquela noite, dormiu o sono de um homem teimosamente bem-sucedido.

13.

Tenente e palhaço

Se, a partir de uma distância de sete mil parsecs, a queda de Kalgan para os exércitos do Mulo havia produzido reverberações – que excitaram a curiosidade de um velho comerciante, a apreensão de um capitão obstinado e a irritação de um prefeito meticuloso –, para aqueles que viviam em Kalgan, não produziu nada e não excitou ninguém. É a invariável lição para a humanidade de que a distância no tempo, e também no espaço, dá mais foco às coisas. Falando nisso, não há registro de que a lição já tenha sido alguma vez aprendida de modo permanente.

Kalgan era… Kalgan. Ele sozinho, em todo aquele quadrante da Galáxia, parecia não saber que o Império havia caído, que os Stannell não governavam mais, que a grandeza havia acabado, e a paz, desaparecido.

Kalgan era o mundo do luxo. Com o edifício da humanidade ruindo, ele mantinha sua integridade como produtor de prazer, comprador de ouro e vendedor de diversão.

Escapara às vicissitudes mais duras da história, pois que conquistador destruiria, ou mesmo prejudicaria seriamente, um mundo tão cheio de dinheiro vivo, pronto para comprar imunidade?

Mas mesmo Kalgan havia finalmente se tornado o quartel de um senhor da guerra, e sua suavidade havia sido temperada pelas exigências da guerra.

Suas selvas domadas, suas margens modeladas suavemente e suas cidades glamorosas ecoavam com a marcha de mercenários importados e cidadãos impressionados. Os mundos de sua província haviam sido armados e seu dinheiro investido em naves de batalha, em vez de propinas, pela primeira vez em sua história. Seu governante provara, além de qualquer dúvida, que estava determinado a defender o que era dele e ansioso para tomar o que era dos outros.

Ele era um dos grandes da Galáxia, fomentador de guerra e de paz, construtor de impérios, criador de dinastias.

E um desconhecido com um apelido ridículo o havia vencido - e vencido seus exércitos - e seu império em flor - e sem lutar sequer uma batalha.

Então Kalgan estava como antes e seus cidadãos uniformizados correram de volta para sua vida antiga, enquanto os profissionais estrangeiros da guerra se misturaram facilmente com os novos bandos que chegavam.

E novamente, como sempre, havia as elaboradas caçadas luxuosas pela vida animal cultivada das selvas que jamais tomavam vidas humanas; e a caçada de pássaros com *speedsters* no ar, que era fatal apenas para os grandes pássaros.

Nas cidades, os viajantes da Galáxia podiam obter as variedades de prazer mais adequadas aos seus bolsos, desde os etéreos palácios celestiais de espetáculo e fantasia que abriam suas portas para as massas pela bagatela de meio crédito, até os lugares que não constavam em mapas, que somente os de grande riqueza conheciam.

Para essa vasta inundação, Toran e Bayta não acrescentaram nem mesmo um fiozinho. Eles registraram sua nave no imenso hangar comum da Península Oriental e gravitaram até aquele local típico das classes médias, o Mar Interior – onde os prazeres ainda eram legais e até mesmo respeitáveis, e as multidões ainda não eram insuportáveis.

Bayta usava óculos escuros contra a luz e um fino roupão branco contra o calor. Braços bronzeados, mas não muito dourados pelo sol, abraçavam os joelhos e ela olhava de forma firme e abstraída para o corpo estendido de seu marido – quase reluzente no brilho do esplendor do sol branco.

– Não exagere – ela havia dito no começo, mas Toran vinha de uma estrela vermelha moribunda. Apesar de três anos na Fundação, a luz do sol era um luxo e, por quatro dias agora, a pele dele, tratada antes para a resistência aos raios, não havia sentido a aspereza de tecidos, a não ser por um short ocasional.

Bayta se aconchegou junto a ele na areia e falaram em sussurros.

A voz de Toran tinha um tom grave, pois vinha de um rosto relaxado.

– Não, admito que não chegamos a parte alguma. Mas onde está ele? Quem é ele? Este mundo louco não diz nada sobre ele. Talvez nem exista.

– Ele existe – replicou Bayta, com lábios que não se moviam. – Ele é inteligente, apenas isso. E seu tio tem razão, ele é um homem que poderíamos usar... se houver tempo.

Uma pausa curta. Toran sussurrou:

– Sabe o que andei fazendo, Bay? Estou apenas sonhando acordado, num estupor provocado pelo sol. As coisas parecem se encaixar tão bem... tão docemente. – Sua voz quase morreu, então voltou. – Lembra de como o dr. Amann falava na faculdade, Bay? A Fundação jamais pode perder, mas isso não quer dizer que os *governantes* da Fundação não possam.

A verdadeira história da Fundação não começou quando Salvor Hardin chutou os enciclopedistas e dominou o planeta Terminus, como seu primeiro prefeito? E então, no século seguinte, Hober Mallow não ganhou poder por métodos quase tão drásticos? Foram *duas vezes* em que os governantes foram derrotados. Então, a coisa pode ser feita. Por que não por nós?

– É o argumento mais antigo dos livros, Torie. Que desperdício de um bom devaneio.

– É mesmo? Siga-me, então. O que é Refúgio? Não é parte da Fundação? Se nos tornarmos os maiorais, ainda é a Fundação vencendo, e somente os atuais governantes perdendo.

– Muitas diferenças entre "podemos" e "faremos". Você só está falando blá-blá-blá.

Toran estremeceu.

– Droga, Bay, hoje você está num dos seus humores amargos. Para que você quer estragar a minha diversão? Vou dormir, se não se importa.

Mas Bayta estava esticando a cabeça e subitamente – o que não combinava com ela – deu uma risadinha, tirando os óculos para olhar a praia com apenas a mão cobrindo os olhos.

Toran levantou a cabeça, e depois se levantou, girando os ombros para acompanhar o olhar dela.

Aparentemente, ela estava olhando uma figura magérrima, com os pés para cima, equilibrando-se nas mãos para o divertimento de uma multidão caótica. Era um daqueles mendigos acrobatas que abundavam na praia, cujas articulações flexíveis dobravam e estalavam em troca de algumas moedas jogadas.

Um guarda de praia estava gesticulando para que ele fosse embora e, com surpreendente equilíbrio numa mão só, o palhaço levou um polegar ao nariz num gesto de cabeça para baixo. O guarda avançou ameaçador e recuou, com um pé no estômago. O palhaço se endireitou sem interromper o movimento do chute inicial e foi embora, enquanto o guarda, que espumava de raiva, era detido por uma multidão hostil.

O palhaço abriu caminho praia afora. Ele passou esbarrando em muita gente, hesitou muitas vezes, mas não parou em lugar algum. A multidão original havia se dispersado. O guarda havia partido.

– Que sujeito esquisito – disse Bayta, com divertimento, e Toran concordou, indiferente. O palhaço estava perto o bastante agora para ser visto com clareza. Seu rosto magro se esticava para a frente num nariz de generosas proporções e ponta carnuda, que parecia um bulbo. Seus membros compridos e magros e o corpo aracnídeo, acentuado pelo traje, se moviam com facilidade e graça, mas com uma leve sugestão de terem sido montados aleatoriamente.

Olhar para ele era sorrir.

Subitamente, o palhaço pareceu se dar conta do olhar deles, porque parou depois de ter passado e, com uma virada súbita, se aproximou. Seus grandes olhos castanhos se fixaram em Bayta.

Ela se sentiu desconcertada.

O palhaço sorriu, mas isso só tornava seu rosto bicudo mais triste, e quando falou foi com o fraseado suave e elaborado dos setores centrais.

– Se eu usasse a inteligência que os bons Espíritos me concederam – disse ele –, então diria que esta senhora não pode existir... pois que homem são acharia que um sonho pode ser real? Mas preferia não ter sanidade e emprestar crença a olhos encantadores e encantados.

Os próprios olhos de Bayta se arregalaram e ela disse:

– Uau!

Toran riu:

– Ah, sua encantadora. Vamos, Bay, isso merece pelo menos uma moeda de cinco créditos. Dê a ele.

Mas o palhaço avançou com um salto.

– Não, minha dama, não me entenda mal. Não falei por dinheiro, mas por olhos brilhantes e por um rosto doce.

– Ora, *obrigada* – e depois, para Toran. – Nossa, você acha que o sol está batendo nos olhos dele?

– Mas não só por olhos e rosto – o palhaço balbuciava, enquanto suas palavras se atropelavam umas às outras, num frenesi –, mas também por uma mente clara e determinada... e gentil também.

Toran se levantou, estendeu a mão para pegar o roupão branco que havia carregado no braço por cerca de quatro dias e o vestiu.

– Agora, amigão – ele disse –, que tal você me dizer o que deseja e parar de perturbar a moça?

O palhaço recuou um passo, apavorado, o corpo magro estremecendo.

– Ora, eu certamente não lhe desejei mal algum. Sou um estrangeiro aqui e já foi dito que sou de miolo mole; mas há algo nos rostos que consigo ler. Por trás da beleza desta moça, há um coração gentil que me ajudaria em meu problema, e é por isso que sou tão ousado ao falar.

– Cinco créditos resolvem seu problema? – perguntou Toran, seco, e estendeu a moeda.

Mas o palhaço não se moveu para pegá-la e Bayta disse:

– Deixe-me falar com ele, Torie – ela acrescentou rapidamente e em voz baixa. – Não há motivo para nos irritarmos com a maneira boba de ele falar. Isso é só o dialeto e nossa fala é provavelmente também muito estranha para ele.

– Qual é o seu problema? – ela perguntou. – Você não está preocupado com o guarda, está? Ele não vai incomodá-lo.

– Ah, não, ele não. Ele é só um ventinho que sopra a poeira sobre meus pés. Há outro do qual eu fujo e ele é uma tempestade que varre os mundos, jogando-os uns contra os outros. Há uma semana, eu fugi, tenho dormido nas ruas e me escondi em multidões na cidade. Procurei, em muitos rostos, ajuda na necessidade. Eu a encontrei aqui. – Ele repetiu a última frase num tom mais suave e ansioso, com olhos grandes, preocupados. – Eu a encontrei aqui.

– Ora – Bayta disse, racionalmente. – Eu gostaria de ajudá-lo, mas, falando sério, meu amigo, eu não sou proteção alguma contra uma tempestade que varre mundos. Para dizer a verdade, eu poderia usar…

E então ouviram chegar uma voz alta e poderosa.

– Ora, seu calhorda filho da lama…

Era o guarda de praia, com um rosto vermelho como o fogo, a boca numa careta, que se aproximava correndo. Ele apontava uma pistola de atordoar em potência baixa.

– Segurem ele, vocês dois. Não deixem que escape. – Sua mão pesada caiu sobre o ombro fino do palhaço, que soltou um gemido fino.

– O que foi que ele fez? – perguntou Toran.

– O que ele fez? O que ele fez? Ora, escute só, essa é boa! – O guarda enfiou a mão dentro do bolso preso ao seu cinto e retirou de lá um lenço roxo, com o qual enxugou a nuca pelada. Disse com satisfação: – Eu vou lhe dizer o que foi que ele fez. Ele é um fugitivo. A notícia já correu por toda Kalgan e eu o teria reconhecido antes se não estivesse de cabeça para baixo naquela hora. – E sacudiu sua vítima com um bom humor feroz.

Bayta perguntou com um sorriso:

– E de onde ele fugiu, senhor?

O guarda levantou a voz. Uma multidão estava se reunindo, de olhos arregalados e fazendo um grande burburinho.

O senso de importância do guarda cresceu em proporção direta ao aumento da plateia.

– De onde ele fugiu? – declamou, com grande sarcasmo. – Ora, suponho que você já tenha ouvido falar no Mulo.

Todo o burburinho cessou e Bayta sentiu um fio súbito de gelo descer por seu estômago. O palhaço só tinha olhos para ela e ainda estremecia enquanto o guarda o apertava com força.

– E quem – continuou o guarda duramente – este farrapo dos infernos seria, a não ser o próprio bobo da corte de seu senhor, que fugiu? – Ele balançou o preso com força. – Você confessa, bobo?

A única resposta foi um medo surdo e o sibilar sem som da voz de Bayta perto do ouvido de Toran.

Toran deu um passo adiante para o guarda de modo amigo.

– Ora, meu camarada, suponha que você tire a mão dele só um momentinho. Esse palhaço que você está segurando estava dançando para nós e ainda não fez por merecer seu pagamento...

– Escute! – a voz do guarda subiu, subitamente preocupada. – Existe uma recompensa...

– Você pode ficar com ela, se puder provar que ele é o homem que quer. Suponha que você se afaste dele enquanto isso. Sabe que está perturbando um turista, o que pode ser sério para você.

– Mas você está perturbando seu senhor e será sério para você. – Ele balançou o palhaço mais uma vez. – Devolva o dinheiro do homem, seu pedaço de carniça.

A mão de Toran se moveu com rapidez e a pistola de atordoar do guarda foi arrancada com tanta força que um dos dedos quase foi junto. O guarda uivou de dor e de raiva. Toran lhe deu um empurrão violento e o palhaço, libertado, se escondeu atrás dele.

A multidão, cujos limites agora se perdiam de vista, não prestou muita atenção ao que aconteceu por último. Houve entre eles um virar de cabeças e um movimento centrífugo, como se muitos tivessem decidido aumentar sua distância do centro da atividade.

Então aconteceu uma confusão e um tumulto ao longe. Formou-se um corredor e dois homens passaram, chicotes elétricos de prontidão. Sobre cada blusão púrpura estava desenhado um relâmpago anguloso com um planeta rachado embaixo.

Um gigante, vestindo uniforme de tenente, os seguia; de pele negra, cabelos escuros e um humor sarcástico.

O homem negro falou com a suavidade perigosa que significava que tinha pouca necessidade de gritar para impor seus desejos.

– Você é o homem que nos notificou? – ele perguntou.

O guarda ainda estava segurando a mão machucada e, com um rosto distorcido de dor, murmurou:

– Eu peço a recompensa, poderoso, e acuso aquele homem...

– Você terá sua recompensa – disse o tenente, sem olhar para ele. Fez um gesto brusco para seus homens. – Levem-no.

Toran sentiu o palhaço agarrar-se a seu roupão, enlouquecido.

Ele levantou a voz e tentou evitar que ela tremesse.

– Desculpe, tenente, este homem é meu.

Os soldados ouviram a afirmação sem piscar. Um deles levantou o chicote displicentemente, mas uma ordem abrupta do tenente o impediu de usá-lo.

A autoridade girou para a frente e plantou as botas quadradas perante Toran.

– Quem é você?

E a resposta soou:

– Um cidadão da Fundação.

Funcionou – com a multidão, pelo menos. O silêncio acumulado irrompeu num zumbido intenso. O nome do Mulo podia dar medo, mas era, afinal de contas, um nome novo e não estava entranhado tão profundamente quanto o antigo da Fundação – que havia destruído o Império – e o medo de quem governava um quadrante da Galáxia com despotismo impiedoso.

O tenente não moveu um músculo da face.

– Está ciente da identidade do homem atrás de você? – disse.

– Foi-me dito que ele é um fugitivo da corte de seu líder, mas tudo o que sei com certeza é que ele é meu amigo. Você vai precisar de provas concretas da identidade dele para levá-lo.

Ouviram-se suspiros altos vindos da multidão, mas o tenente deixou isso passar.

– Você está com seus papéis de cidadania da Fundação?

– Na minha nave.

– Percebe que suas ações são ilegais? Eu poderia mandar executá-lo.

– Sem dúvida. Mas aí você teria executado um cidadão da Fundação e é bem provável que seu corpo fosse enviado para a Fundação... esquartejado... como parte da compensação. Isso já foi feito por outros senhores da guerra.

O tenente lambeu os lábios. Essa informação estava correta.

– Seu nome? – perguntou.

Toran decidiu manter a vantagem.

– Responderei mais perguntas em minha nave. Você pode pegar o número da célula no hangar; está registrada sob o nome “Bayta”.

– Você não entregará o fugitivo?

– Ao Mulo, talvez. Mande seu senhor!

A conversa havia degenerado em um sussurro e o tenente deu meia-volta, irritado.

– Dispersem a multidão! – ele disse a seus homens, tentando suprimir a ferocidade.

Os chicotes elétricos subiram e baixaram. Ouviram-se gritos e a multidão começou a fugir, alucinada.

Toran só interrompeu seu devaneio uma vez no caminho de volta para o hangar. Disse, quase para si mesmo:

– Pela Galáxia, Bay, como eu me diverti! Eu estava tão apavorado...

– É – ela disse, com uma voz que ainda tremia e olhos que ainda mostravam algo próximo à veneração. – Nem parecia você.

– Bem, ainda não sei o que aconteceu. Simplesmente me levantei com uma pistola de atordoar que eu nem sabia ao certo se saberia usar e o enfrentei. Não sei por que fiz isso.

Olhou para o outro lado do corredor do veículo aéreo que os levava para fora da área de praia, para o banco onde o palhaço do Mulo dormia todo enrolado e acrescentou, com desgosto:

– Foi a coisa mais difícil que já fiz.

O tenente se levantou com respeito perante o coronel da guarnição, e este olhou para ele, dizendo:

– Muito bom. Sua parte acabou agora.

Mas o tenente não se retirou imediatamente.

– O Mulo passou vexame diante de uma multidão, senhor – ele disse, sombrio. – Será necessário efetuar ações disciplinares para restaurar uma atmosfera adequada de respeito.

– Essas medidas já foram tomadas.

O tenente começou a dar meia-volta então, mas em seguida disse, quase com ressentimento:

– Estou disposto a concordar, senhor, que ordens são ordens, mas ficar em pé na frente daquele homem, com sua pistola de atordoar, e engolir sua insolência foi a coisa mais difícil que já fiz.

14.

O mutante

O "HANGAR" EM KALGAN É UMA instituição peculiar em si mesma, nascida da necessidade de arrumar o vasto número de naves trazidas pelos visitantes de fora, e a simultânea, consequente e vasta necessidade de acomodações para os ditos visitantes. O brilhante gênio original que havia pensado na solução óbvia rapidamente se tornou um milionário. Seus herdeiros – por nascimento ou por investimento – figuravam tranquilamente entre os mais ricos de Kalgan.

O "hangar" se estende por um território de quilômetros quadrados, e "hangar" não descreve suficientemente o lugar. Ele é essencialmente um hotel – para naves. O viajante paga adiantado e sua nave ganha um lugar do qual ela pode decolar para o espaço a qualquer momento. Então o visitante vive em sua nave, como de costume. Os serviços costumeiros de um hotel, como fornecimento de comida e suprimentos médicos a taxas especiais, consertos simples da nave propriamente dita e transportes especiais dentro de Kalgan por uma soma nominal são postos na conta, claro.

Como resultado, o visitante combina as contas do espaço do hangar e do hotel numa coisa só, com economia. Os donos vendem o uso temporário do espaço em solo com um lucro enorme. O governo recolhe altos impostos. Todo mundo se diverte. Ninguém perde. Simples!

O homem que desceu os corredores mal-iluminados que conectavam as múltiplas alas do "hangar" já havia, no passado, especulado sobre a novidade e a utilidade do sistema descrito, mas eram reflexões de momentos ociosos - nada adequadas ao momento presente.

As naves assomavam, colossais, ao longo das longas fileiras de células alinhadas cuidadosamente, e o homem descartou uma fila atrás da outra. Ele era um especialista no que estava fazendo agora, e se seu estudo preliminar do registro do hangar não havia conseguido lhe fornecer informações mais específicas que a indicação duvidosa de uma ala determinada - uma que continha centenas de naves -, seu conhecimento especializado poderia filtrar essas centenas numa só.

Ouviu-se o fantasma de um suspiro no silêncio quando o homem parou e desapareceu por uma das fileiras; um inseto se arrastando sem ser percebido pelos monstros arrogantes de metal que descansavam ali.

Aqui e ali o reluzir de luzes de uma escotilha indicava a presença de alguém que havia voltado cedo dos prazeres organizados para prazeres mais simples - ou mais privados - na própria nave.

O homem parou, e teria sorrido se fosse capaz de sorrir. Certamente as circunvoluções de seu cérebro executavam o equivalente mental de um sorriso.

A nave na qual ele parou era esguia e obviamente rápida. A peculiaridade de seu design era o que ele queria. Não era um modelo comum - e, naqueles dias, a maioria das naves do quadrante imitava o design da Fundação, ou era construída por técnicos da Fundação. Mas aquela nave ali era especial. Aquela era uma nave da Fundação – ainda que apenas por causa das minúsculas protuberâncias externas que eram os nós da tela protetora que somente uma nave da Fundação podia possuir. Havia outras indicações também.

O homem não sentiu nenhuma hesitação.

A barreira eletrônica estendida pela fileira das naves, como uma concessão à privacidade por parte da administração, não era nem um pouco importante para ele. Ela se abriu facilmente, sem ativar o alarme, mediante o uso da força neutralizadora muito especial que ele tinha à sua disposição.

Então, o primeiro sinal, dentro da nave, de que havia um intruso foi o som casual e quase amigável da campainha em volume baixo na sala de estar da nave, resultante de uma palma da mão colocada sobre a minúscula fotocélula bem ao lado da câmara de despressurização principal.

E enquanto essa busca bem-sucedida prosseguia, Toran e Bayta sentiam apenas a mais precária segurança dentro das paredes de aço da *Bayta*. O palhaço do Mulo, que havia relatado que, dentro do estreito perímetro de seu corpo guardava o senhorial nome de Magnífico Giganticus, sentava-se curvado à mesa, engolindo a comida posta à sua frente.

Seus olhos castanhos tristes se levantavam da refeição apenas para acompanhar os movimentos de Bayta no misto de despensa com cozinha onde ele comia.

– O agradecimento de um fraco não tem muito valor – ele murmurou –, mas você o tem, pois, verdadeiramente, nesta semana que se passou, pouca coisa a não ser restos apareceram em meu caminho... e meu corpo é pequeno, mas meu apetite parece indecorosamente grande.

– Ora, então coma! – Bayta disse com um sorriso. – Não perca seu tempo agradecendo. Não existe um provérbio da Galáxia Central sobre gratidão que ouvi uma vez?

– Verdadeiramente existe, minha dama. Pois um homem sábio, me contaram, disse certa vez: "A gratidão é melhor e mais eficiente quando não se evapora em frases vazias". Mas, ai de mim, minha dama, nada sou senão uma massa de frases vazias, ao que parece. Quando minhas frases vazias agradavam ao Mulo, isso me garantia um traje para a corte e um grande nome... pois, veja a senhora, originalmente era apenas Bobo, um nome que não o agrada... e então, quando minhas frases vazias não o agradaram mais, ele começou a bater e chicotear meus pobres ossos.

Toran entrou, vindo da cabine do piloto.

– Nada a fazer agora a não ser esperar, Bay. Espero que o Mulo seja capaz de compreender que uma nave da Fundação é território da Fundação.

Magnífico Giganticus, que um dia se chamou Bobo, arregalou os olhos e exclamou:

– Como é grande a Fundação, diante da qual até mesmo os servos cruéis do Mulo tremem.

– Você também já ouviu falar da Fundação? – Bayta perguntou, com um sorrisinho.

– E quem não ouviu falar? – A voz de Magnífico era um sussurro misterioso. – Há aqueles que dizem que é um mundo de grande magia, de fogos que podem consumir planetas e segredos poderosos de força. Dizem que nem a mais alta nobreza da Galáxia poderia alcançar a honra e a deferência próprias de um simples homem que possa dizer "sou um cidadão da Fundação"; mesmo se ele fosse apenas um catador de sucata do espaço ou um nada, como eu.

– Ora, Magnífico – disse Bayta –, você jamais vai terminar se ficar fazendo discursos. Vou pegar um pouco de leite com sabor para você. É bom.

Ela colocou uma garrafa sobre a mesa e fez um gesto para que Toran saísse do aposento.

– Torie, o que vamos fazer agora a respeito dele? – E fez um gesto na direção da cozinha.

– Como assim?

– Se o Mulo vier, vamos entregá-lo?

– Bem, o que mais, Bay? – Ele parecia incomodado e o gesto com o qual empurrou de volta o cacho úmido sobre a testa era testemunha disso.

Ele continuou, impaciente:

– Antes de eu vir para cá, tinha uma vaga ideia de que tudo o que precisávamos fazer era perguntar pelo Mulo e, em seguida, irmos logo ao que interessa: apenas negócios, você sabe, nada definido.

– Eu entendi o que você quer dizer, Torie. Não estava esperando ver o Mulo em pessoa, mas achei que poderíamos conseguir *alguma* informação em primeira mão dessa coisa toda e depois passá-la para pessoas que soubessem um pouco mais dessa intriga interestelar. Não sou espiã de romance.

– Nem eu, Bay. – Ele cruzou os braços e franziu a testa. – Que situação! Você jamais saberia que existe uma pessoa como o Mulo, a não ser por esse acontecimento estranho. Você acha que ele virá buscar o seu palhaço?

Bayta olhou para ele.

– Não sei se quero que ele faça isso. Não sei o que dizer ou fazer. Você sabe?

A campainha interna soou com seu ruído intermitente. Os lábios de Bayta se moveram sem fazer um som.

– O Mulo!

Magnífico já estava na porta, olhos arregalados; a voz, um gemido:

– O Mulo?

– Tenho de deixá-lo entrar – Toran murmurou.

Um contato abriu a comporta de ar e a porta externa se fechou atrás do recém-chegado. O escâner mostrava apenas uma única figura nas sombras.

– É apenas uma pessoa – disse Toran, com alívio estampado na cara. Sua voz estava quase tremida quando ele se curvou para falar pelo tubo do sinal. – Quem é você?

– É melhor você me deixar entrar e descobrir, não é? – as palavras soaram finas pelo receptor.

– Informo a você que esta é uma nave da Fundação e, consequentemente, território da Fundação, por tratado internacional.

– Sei disso.

– Saia com os braços à mostra ou atiro. Estou bem armado.

– Negócio fechado!

Toran abriu a porta interna e fechou o contato de sua pistola desintegradora, o polegar pairando sobre o ponto de pressão. Ouviram o som de passos. Então a porta se abriu e Magnífico gritou:

– Não é o Mulo. É apenas um homem.

O "homem" fez uma mesura sombria para o palhaço.

– Muito preciso. Eu não sou o Mulo – ele abriu as mãos. – Não estou armado e vim numa tarefa de paz. Você pode relaxar e pôr a pistola desintegradora de lado. Sua mão não é firme o bastante para minha paz de espírito.

– Quem é você? – Toran perguntou bruscamente.

– Eu poderia perguntar isso a *você* – disse o estranho com frieza –, já que você é quem está viajando sob falso pretexto, e não eu.

– Como assim?

– Você é quem afirma ser cidadão da Fundação quando não existe um só comerciante autorizado no planeta.

– Não é verdade. Como você poderia saber?

– Sei porque *eu sou* um cidadão da Fundação e tenho meus documentos para provar. Onde estão os seus?

– Acho melhor você sair.

– Acho que não. Se conhece alguma coisa dos métodos da Fundação, e, apesar de ser um impostor, bem que poderia, sabe que se eu não voltar vivo à minha nave até uma hora específica, um sinal será enviado ao quartel-general mais próximo da Fundação. Então, duvido que suas armas façam muita diferença, falando de forma prática.

Fez-se um silêncio irresoluto e então Bayta disse, calmamente:

– Ponha o desintegrador de lado, Toran, e leve a sério o que ele diz. Parece que está dizendo a verdade.

– Obrigado – disse o estranho.

Toran colocou a arma na cadeira ao seu lado.

– Suponho que você irá explicar tudo isso agora.

O estranho permaneceu em pé. Tinha uma ossatura longa e braços e pernas compridos. Seu rosto consistia em planos achatados e duros e era, de algum modo, evidente que ele nunca sorria. Mas seus olhos não demonstravam dureza.

– As notícias viajam rápido – ele disse –, especialmente quando são aparentemente inacreditáveis. Não acho que exista uma pessoa em Kalgan que não saiba que os homens do Mulo tomaram uma surra hoje de dois turistas da Fundação. Eu já sabia dos detalhes importantes antes do fim da tarde e, como disse, não há nenhum turista da Fundação neste planeta além de mim. Nós sabemos dessas coisas.

– "Nós" quem?

– "Nós" somos... "nós"! Eu mesmo, por exemplo! Eu sabia que vocês estavam no hangar: ouviram vocês dizerem isso. Tenho meios de verificar o registro e meios de encontrar a nave.

Virou-se subitamente para Bayta:

– Você é da Fundação... Por nascimento, não é?

– Sou?

– Você é membro da oposição democrática: chamam-na de "resistência". Não lembro de seu nome, mas reconheço o rosto. Você só saiu recentemente... e não teria saído, se fosse mais importante.

Bayta deu de ombros.

– Você sabe muito.

– Sei. Você fugiu com um homem. É este aqui?

– O que eu disser importa?

– Não. Só quero chegar a uma compreensão mútua completa. Acredito que a senha durante a semana na qual você partiu com tanta pressa era "Seldon, Hardin e Liberdade". Porfirat Hart era o líder da sua seção.

– Onde você conseguiu isso? – Bayta subitamente ficou uma fera. – A polícia o pegou? – Toran a segurou, mas ela se soltou e avançou.

O homem da Fundação disse, com calma:

– Ninguém o pegou. É só que a resistência se espalha bastante, e em lugares estranhos. Eu sou o capitão Han Pritcher, de Informações, e sou um líder de seção... não importa sob qual nome.

Ele esperou e então disse:

– Não, vocês não precisam acreditar em mim. Em nosso negócio é melhor exagerar nas suspeitas que no contrário. Mas é melhor passarmos das preliminares.

– Sim – disse Toran –, suponho que sim.

– Posso me sentar? Obrigado – O capitão Pritcher cruzou as pernas compridas e deixou um braço balançar solto nas costas da cadeira. – Vou começar dizendo que não sei do que isso tudo trata... do ponto de vista de vocês. Vocês dois não são da Fundação, mas não é difícil adivinhar que são de um dos mundos comerciais independentes. Isso não me incomoda muito. Mas, por curiosidade, o que querem com esse sujeito, esse palhaço, que vocês pegaram e trouxeram para um local seguro? Estão arriscando a vida mantendo-o aqui.

– Isso eu não posso lhe dizer.

– Hum-m-m. Bem, eu não achei que pudesse. Mas se estão esperando que o próprio Mulo apareça, atrás de uma fanfarra de trompetes, tambores e órgãos elétricos... relaxem! Não é assim que o Mulo trabalha.

– O quê? – Toran e Bayta disseram ao mesmo tempo e, no canto onde Magnífico espreitava com as orelhas quase visivelmente expandidas, houve um pulo repentino de alegria.

– Isso mesmo. Estive tentando entrar em contato com ele e fiz um trabalho mais completo do que vocês, amadores, poderiam. Não vai dar certo. O homem não faz aparições pessoais, não se permite ser fotografado ou simulado e só é visto por seus associados mais próximos.

– Isso deveria explicar seu interesse em nós, capitão? – Toran questionou.

– Não. Esse palhaço é a chave. Esse palhaço é um dos poucos que *já* o viram. Eu o quero. Ele pode ser a prova de que preciso: e preciso de alguma coisa, a Galáxia sabe, para acordar a Fundação.

– Ela precisa ser acordada? – Bayta interrompeu, com súbita agressividade. – Contra o quê? E em que papel você atua como despertador, o de democrata rebelde ou de polícia secreta e agente provocador?

O rosto do capitão se endureceu.

– Quando toda a Fundação está ameaçada, Madame Revolucionária, tanto democratas quanto tiranos perecem.

Vamos salvar os tiranos de um outro maior, para depois podermos derrubá-los.

– Quem é o maior tirano de quem você fala? – Bayta perguntou, irritada.

– O Mulo! Eu conheço um pouco sobre ele, o suficiente para me custar a vida várias vezes, se tivesse sido menos capaz. Mandem o palhaço sair do aposento. Isto exigirá privacidade.

– Magnífico – disse Bayta, com um gesto, e o palhaço saiu sem fazer um ruído.

A voz do capitão era grave e intensa, e tão baixa que Toran e Bayta chegaram mais perto.

– O Mulo é um agente inteligente... – falou – e é astuto demais para não perceber a vantagem do magnetismo e do glamour da liderança pessoal. Se abre mão disso, é por algum motivo. Esse motivo deve ser o fato de que o contato pessoal revelaria algo que seja de importância fundamental *não* revelar.

Ele fez um gesto para que pusessem as perguntas de lado e continuou, mais rápido:

– Eu voltei ao local de nascimento dele para descobrir isso e interroguei pessoas que, por causa do que sabem, não viverão muito. Poucas ainda estão vivas. Elas se lembram do bebê nascido há trinta anos... da morte de sua mãe... de sua juventude estranha. *O Mulo não é um ser humano.*

E seus dois ouvintes recuaram, horrorizados, com as implicações nebulosas disso. Nenhum dos dois compreendeu de forma clara ou completa, mas a ameaça da frase era definitiva.

– Ele é um mutante – continuou o capitão –, e obviamente, por sua carreira subsequente, um mutante altamente bem-sucedido. Não sei quais são seus poderes ou a exata extensão em que ele corresponde ao que nossos filmes de ação chamariam de "super-homem", mas a ascensão do nada até conquistador do senhor da guerra de Kalgan, em dois anos, é reveladora. Vocês veem o perigo, não veem? Pode um acidente genético de propriedades biológicas imprevisíveis ser levado em conta no Plano Seldon?

Lentamente, Bayta falou:

– Não acredito nisso. É alguma espécie de prestidigitação complicada. Por que os homens do Mulo não nos mataram quando podiam, se ele é um super-homem?

– Eu disse a vocês que não conheço a extensão da mutação dele. Pode ser que ainda não esteja pronto para a Fundação, e seria um sinal da maior sabedoria resistir a provocações até estar pronto. Agora, deixem-me falar com o palhaço.

O capitão olhou para o trêmulo Magnífico, que obviamente não confiava naquele homem enorme e rígido que o encarava.

O capitão começou a falar, devagar:

– Você viu o Mulo com seus próprios olhos?

– Vi muito bem, respeitável senhor. E senti o peso de seu braço em meu próprio corpo também.

– Disso não tenho dúvidas. Pode descrevê-lo?

– É assustador me lembrar dele, respeitável senhor. Ele é um homem de poderosa estrutura. Contra ele, até mesmo o senhor seria um graveto. Seus cabelos são de um rubro flamejante, e com toda a minha força e peso, eu não conseguia puxar-lhe o braço para baixo, uma vez estendido: nem a distância da espessura de um fio de cabelo. – A magreza de Magnífico parecia desabar em si mesma, numa confusão de braços e pernas. – Frequentemente, para divertir seus generais ou apenas a si mesmo, ele me suspendia, segurando-me com um dedo em meu cinto, de uma altura pavorosa, enquanto eu declamava poesia. Somente após o vigésimo verso eu era retirado, e cada verso tinha de ser improvisado e compor rimas perfeitas ou então ele começava tudo de novo. É um homem de poder aterrador, respeitável senhor, e cruel no uso de seu poder... e seus olhos, respeitável senhor, ninguém vê.

– O quê? O que foi que você disse por último?

– Ele usa óculos, respeitável senhor, de uma natureza curiosa. Dizem que são opacos e que ele vê através de uma poderosa magia que transcende em muito os poderes humanos. Ouvi dizer – e sua voz era baixa e misteriosa – que ver os olhos dele é ver a morte; que ele mata com os olhos, respeitável senhor.

Os olhos de Magnífico viraram rapidamente de um rosto para outro. Ele estremeceu:

– É verdade. Por minha vida, é verdade.

Bayta respirou fundo.

– Parece que você tem razão, capitão. Quer assumir o controle?

– Bem, vejamos a situação. Vocês não estão devendo nada aqui? A barreira do hangar acima está liberada?

– Posso partir a qualquer momento.

– Então, parta. O Mulo pode não desejar antagonizar a Fundação, mas ele corre um risco terrível ao deixar Magnífico escapar. Isso provavelmente está relacionado a toda a confusão e gritaria atrás do pobre diabo, em primeiro lugar. Então, pode haver naves esperando lá em cima. Se vocês se perderem no espaço, quem leva a culpa pelo crime?

– Tem razão – Toran concordou, cansado.

– Entretanto, vocês têm um escudo, e provavelmente são mais velozes que qualquer coisa que eles tenham, por isso, assim que saírem da atmosfera, façam o círculo em modo neutro até o outro hemisfério, e então simplesmente abram caminho para fora com aceleração máxima.

– Sim – Bayta disse, com frieza. – E quando voltarmos para a Fundação, o que acontecerá, capitão?

– Ora, vocês são cidadãos cooperativos de Kalgan, não são? Eu não sei de nada que prove o contrário, sei?

Nada foi dito. Toran se voltou para os controles. Sentiram um sacolejo imperceptível.

Foi quando Toran havia deixado Kalgan suficientemente para trás para tentar seu primeiro Salto interestelar que o rosto do capitão Pritcher se enrugou ligeiramente – pois nenhuma nave do Mulo tinha, em momento algum, tentado bloquear sua partida.

– Parece que ele está nos deixando levar Magnífico – disse Toran. – Não é tão bom para sua história.

– A menos – corrigiu o capitão –, que ele queira que nós o levemos e, nesse caso, isso não será tão bom para a Fundação.

Foi depois do último Salto, dentro de uma distância de voo neutro da Fundação, que a primeira transmissão de notícias de hiperondas alcançou a nave.

E havia uma notícia que mal fora mencionada. Parecia que um senhor da guerra – sem ser identificado pelo narrador entediado – havia enviado representações para a Fundação com relação à abdução forçada de um membro de sua corte. O locutor continuou, agora com o noticiário esportivo.

O capitão Pritcher disse, frio:

– Ele está um passo à nossa frente, afinal – pensativo, acrescentou. – Ele está pronto para a Fundação e usa isso como uma desculpa para a ação. Isso torna as coisas mais difíceis para nós. Teremos de agir antes de estarmos realmente prontos.

15.

O psicólogo

Havia motivos para o fato de o elemento conhecido como "ciência pura" ser a forma de vida mais livre na Fundação. Numa Galáxia onde a predominância – e até mesmo a sobrevivência – da Fundação ainda repousava na superioridade de sua tecnologia – até mesmo apesar de seu grande acesso à força física no último século e meio –, uma certa imunidade aderia ao cientista. Ele era necessário, e sabia disso.

Da mesma forma, havia motivos para o fato de que Ebling Mis – somente aqueles que não o conheciam acrescentavam títulos ao nome dele – era a mais livre forma de vida na "ciência pura" da Fundação. Num mundo onde a ciência era respeitada, ele era O Cientista – com letras maiúsculas e sem sorriso. Ele era necessário e sabia disso.

E então acontecia que, quando outros se ajoelhavam, ele se recusava e acrescentava em voz alta que seus ancestrais, em seu tempo, não se ajoelhavam a nenhum prefeitinho medíocre. E que no tempo de seus ancestrais o prefeito era eleito e chutado para fora à vontade, e que as únicas pessoas que herdavam alguma coisa por direito de nascença eram os idiotas congênitos.

E então acontecia também que, quando Ebling Mis decidia permitir que Indbur o honrasse com uma audiência, não esperava que a costumeira cadeia rígida de comando transmitisse sua solicitação e a resposta favorável, mas, depois de ter jogado o menos feio de seus dois paletós formais sobre os ombros e posto um estranho chapéu de design impossível inclinado sobre a cabeça, acendendo ainda um charuto proibido para piorar, passava por cima de dois guardas ineficientes que gritavam e entrava no palácio do prefeito.

A primeira notícia que Sua Excelência recebeu da intromissão foi quando, de seu jardim, ouviu os tumultos cada vez mais próximos de protesto e os xingamentos desarticulados rugidos em resposta.

Lentamente, Indbur colocou no chão sua pazinha de terra; lentamente, ele se levantou; e lentamente franziu a testa. Pois Indbur se permitia um momento de descanso diário de seu trabalho, e por duas horas, no começo da tarde, se o tempo permitisse, ele estava em seu jardim. Ali, as flores cresciam em quadrados e triângulos, entrelaçados em uma ordem severa de vermelho e amarelo, com pequenos toques de violeta nos ápices, e o verde cercando o todo em linhas rígidas. Ali, em seu jardim, ninguém o perturbava – *ninguém!*

Indbur tirou as luvas sujas de terra ao avançar na direção da portinha do jardim.

Inevitavelmente, disse:

– O que significa isso?

Era a pergunta exata, e a exata escolha de palavras que vinha sendo posta na atmosfera em tais ocasiões por uma incrível variedade de homens, desde que a humanidade fora inventada. Não há registro de que jamais tenha sido feita por outro propósito que não o de produzir a aparência de dignidade.

Mas a resposta desta vez foi literal, pois o corpo de Mis irrompeu com um urro e um balançar do punho para os que ainda seguravam farrapos de seu manto.

Indbur indicou, com um franzir de testa solene e desgostoso, que se afastassem e Mis se abaixou para apanhar o chapéu arruinado, limpou cerca de um quarto da terra acumulada sobre ele, enfiou-o debaixo do braço e disse:

– Escute aqui, Indbur, esses seus capachos detestáveis vão receber a conta de um bom manto. Aquele manto ainda tinha muito para dar – ele bufou e limpou a testa com apenas um vestígio de teatralidade.

O prefeito ficou rígido de desgosto e disse, irritado, do alto de seu um metro e cinquenta:

– Não fui avisado, Mis, de que você tenha solicitado uma audiência. Você certamente não marcou uma.

Ebling Mis olhou seu prefeito de cima a baixo com o que era, aparentemente, choque e descrença.

– Ga-LÁ-xia, Indbur, você não recebeu meu bilhete ontem? Eu o entreguei a uma besta de uniforme púrpura anteontem. Teria entregado pessoalmente, mas sei como você gosta de formalidade.

– Formalidade! – Indbur revirou olhos exasperados. Então, tenso. – Já ouviu falar numa organização apropriada? Daqui em diante você deverá enviar sua solicitação para audiência, preenchida adequadamente em triplicata, no escritório do governo criado para essa finalidade. Você então deverá esperar até que o curso normal dos acontecimentos traga a notificação do horário da audiência a ser concedida. Então deverá aparecer, adequadamente vestido... adequadamente vestido, entenda bem... e com respeito adequado, também. Pode ir embora.

– O que há de errado com as minhas roupas? – esquentado, Mis exigiu saber. – Era o melhor manto que eu tinha até que esses demônios abomináveis pusessem as garras nele. Vou embora assim que entregar o que vim entregar. Ga-LÁ-xia, se não envolvesse uma crise Seldon, partiria agora mesmo.

– Crise Seldon! – Indbur deu a primeira mostra de interesse. Mis era *mesmo* um grande psicólogo. Um democrata, grosseirão e certamente rebelde, mas também um psicólogo. Em sua incerteza, o prefeito nem sequer conseguiu pôr em palavras a dor íntima que o apunhalou de repente quando Mis arrancou casualmente uma flor, levou-a às narinas com expectativa e, depois, jogou-a fora, torcendo o nariz.

Indbur disse, friamente:

– Quer me acompanhar? Este jardim não foi feito para uma conversa séria.

Ele se sentia melhor em sua cadeira elevada atrás de sua mesa imensa, de onde podia ver, de cima para baixo, os poucos cabelos que, de modo bastante ineficaz, ocultavam a pele do couro cabeludo rosado de Mis. Ele se sentiu muito melhor quando Mis lançou uma série de olhadas automáticas ao seu redor em busca de uma cadeira inexistente e, em seguida, permaneceu em pé, desconfortável. Sentiu-se melhor ainda quando, em resposta a uma cuidadosa pressão do contato correto, um criado de libré apareceu correndo, fazendo mesuras até chegar à mesa e colocou sobre ela um volume imenso, encadernado em metal.

– Agora – disse Indbur, outra vez senhor da situação –, para encurtar ao máximo essa entrevista não autorizada, faça sua declaração com o menor número possível de palavras.

Ebling Mis disse, sem pressa:

– Você sabe o que venho fazendo ultimamente?

– Tenho seus relatórios aqui – respondeu o prefeito, com satisfação –, juntamente com resumos autorizados deles. Conforme entendi, suas investigações na matemática da psico-história tiveram a intenção de duplicar a obra de Hari Seldon e, um dia, traçar o curso projetado da história do futuro, para uso da Fundação.

– Exatamente – disse Mis, com secura. – Quando Seldon criou a Fundação, ele foi sábio o bastante para não incluir psicólogos entre os cientistas colocados aqui... para que a Fundação sempre trabalhasse às cegas pelo curso da necessidade histórica. No decorrer das minhas pesquisas, me baseei muito em pistas encontradas no Cofre do Tempo.

– Estou ciente disso, Mis. É um desperdício de tempo repetir.

– Não estou repetindo – gritou Mis –, porque o que vou lhe dizer não está em nenhum daqueles relatórios.

– Como assim, não está nos relatórios? – Indbur perguntou estupidamente. – Como pode...

– Ga-LÁ-xia! Deixe-me contar isso do meu jeito, sua criaturinha ofensiva. Pare de colocar palavras na minha boca e questionar toda afirmação minha, ou vou sair daqui e deixar tudo desabar ao seu redor. Lembre-se, seu tolo detestável, a Fundação vai vencer porque deve, mas se eu sair daqui agora... *você* não vencerá.

Jogando o chapéu no chão, de forma que nuvens de terra se espalharam, ele subiu correndo as escadas do pedestal sobre o qual ficava a ampla mesa e, empurrando com violência a papelada, sentou-se num canto.

Indbur pensou freneticamente em chamar os guardas ou usar os desintegradores embutidos de sua mesa. Mas o rosto de Mis o encarava furioso de cima para baixo e não havia nada a fazer, a não ser tentar manter as aparências.

– Dr. Mis – ele começou, com uma formalidade fraca – o senhor deve...

– Cale a boca – Mis disse, feroz – e escute. Se esta coisa aqui – e a palma de sua mão desceu pesadamente sobre o metal dos dados encadernados – é uma maçaroca dos meus relatórios, jogue fora. Todo relatório que escrevo passa por uns vinte e tantos funcionários, chega a você e, depois, meio que volta por outros vinte. Até aí, tudo bem, se não há nada que você queira manter em segredo. Ora, tenho uma coisa confidencial aqui. É tão confidencial que até mesmo os rapazes que trabalham para mim não ficaram sabendo. Eles fizeram o trabalho, claro, mas cada um fez uma pequena parte não conectada... e eu juntei tudo. Você sabe o que é o Cofre do Tempo?

Indbur fez que sim com a cabeça, mas Mis continuou, desfrutando abertamente da situação.

– Bem, eu vou lhe dizer de qualquer maneira, porque estive meio que imaginando essa situação deplorável por uma Ga-LÁ-xia de tempo; consigo ler seus pensamentos, sua fraude patética. Você está com a mão direita perto de um pequeno controle que pode chamar cerca de quinhentos homens armados para acabar comigo, mas tem medo do que sei... você tem medo de uma crise Seldon. Além do quê, se você tocar em qualquer coisa em sua mesa, vou arrancar sua cabeça odiosa antes que qualquer um entre aqui. Você, seu pai bandido e seu avô pirata têm sugado o sangue da Fundação há muito tempo, de qualquer modo.

– Isso é traição – Indbur gaguejou.

– Claro que é – Mis se gabou –, mas o que é que você vai fazer a respeito? Deixe-me contar sobre o Cofre do Tempo. Esse Cofre do Tempo foi o que Hari Seldon colocou aqui no começo, para nos ajudar a passar pelas partes mais difíceis. Para cada crise, Seldon preparou um simulacro pessoal para ajudar... e explicar. Quatro crises até agora... quatro aparições. Na primeira vez, ele apareceu no auge da primeira crise. Na segunda, ele apareceu no momento imediatamente posterior à evolução bem-sucedida da segunda crise. Nossos ancestrais estavam lá para ouvi-lo, ambas as vezes. Na terceira e na quarta crises, ele foi ignorado... provavelmente porque não era necessário, mas investigações recentes... *não* incluídas nesses relatórios que estão com vocês... indicam que ele de fato apareceu, e nos momentos adequados. Entende?

Não esperou resposta. Seu charuto, uma ruína esfarrapada e apagada, finalmente foi jogado fora. Ele pegou um novo charuto e o acendeu. A fumaça veio em violentas baforadas.

– Oficialmente, andei tentando reconstruir a ciência da psico-história. Ora, nenhum homem vai fazer *isso*, e a coisa não seria feita em um só século, de qualquer maneira. Mas fiz avanços nos elementos mais simples e fui capaz de usá-la como uma desculpa para mexer no Cofre do Tempo. O que *eu fiz* envolve a determinação, com uma grande dose de certeza, da data exata da próxima aparição de Hari Seldon. Posso lhe dar a data exata, em outras palavras, de quando a próxima crise Seldon, a quinta, alcançará seu clímax.

– Daqui a quanto tempo? – Indbur exigiu saber, tenso.

E Mis explodiu sua bomba com tranquilidade animadora.

– Quatro meses – ele disse. – Quatro detestáveis meses, menos dois dias.

– Quatro meses – disse Indbur, com uma veemência incomum. – Impossível.

– Impossível, meu olho detestável.

– Quatro meses? Você compreende o que isso significa? Para uma crise chegar ao auge em quatro meses, isso quer dizer que ela está se preparando há anos.

– E por que não? Existe alguma lei da natureza que exige que o processo mature à luz do dia?

– Mas não há nenhum sinal. Não existe nada nos ameaçando. – Indbur quase se retorcia de ansiedade. Com um súbito aumento espasmódico de ferocidade, ele gritou: – Quer *descer* da minha mesa e me deixar colocá-la em ordem? Como é que você espera que eu *pense*?

Espantado, Mis se levantou pesadamente e saiu de lado.

Indbur recolocou objetos em seus nichos apropriados com movimentos febris. Ele estava falando rapidamente:

– Você não tem o direito de aparecer aqui assim. Se tivesse apresentado sua teoria...

– Não é uma *teoria*.

– Pois digo que *é* uma teoria. Se você a tivesse apresentado juntamente com suas evidências e argumentos, de modo apropriado, ela teria ido para o Departamento de Ciências Históricas. Lá, poderia ter sido tratada adequadamente, a análise resultante submetida a mim e então, é claro, uma ação adequada teria sido efetuada. Assim, você me atrapalhou sem motivo. Ah, aqui está.

Ele pegou uma folha de papel prateado transparente, que balançou para o psicólogo bulboso à sua frente.

– Este é um pequeno sumário que preparo para mim mesmo... semanalmente... de questões estrangeiras em progresso. Escute: nós completamos negociações para um tratado comercial com Mores, continuamos negociações para um tratado com Lyonesse, enviamos uma delegação para uma comemoração qualquer em Bonde, recebemos uma reclamação qualquer de Kalgan e prometemos examiná-la, protestamos contra algumas práticas comerciais agressivas em Asperta e eles prometeram examinar isso... etc. etc. etc. – Os olhos do prefeito desceram rápidos pela lista de notações codificadas e então ele colocou cuidadosamente a folha em seu lugar adequado, na pasta adequada, no escaninho adequado.

– Eu lhe digo, Mis, não há uma coisa aqui que cheire a algo além de ordem e paz...

A porta na outra extremidade se abriu e, de forma por demais dramática e coincidente para sugerir outra coisa senão a vida real, um notável em trajes comuns entrou.

Indbur levantou metade do corpo. Ele tinha a sensação curiosamente vertiginosa de irrealidade que acomete aqueles dias em que muita coisa acontece. Após a intromissão de Mis e toda a confusão que isso havia gerado, veio a intromissão igualmente inadequada, daí perturbadora, não anunciada, de seu secretário, que pelo menos conhecia as regras.

O secretário se ajoelhou.

Indbur disse bruscamente:

– Então?

O secretário falou para o chão:

– Excelência, o capitão Han Pritcher, de Informações, retornando de Kalgan, em desobediência às suas ordens, foi, segundo instruções anteriores... sua ordem x20-513... preso e aguarda execução. Os que o acompanham estão detidos para interrogatório. Um relatório completo foi preenchido.

Indbur, em agonia, disse:

– Um relatório completo foi recebido. *Então!*

– Excelência, o capitão Pritcher relatou, vagamente, planos perigosos de parte do novo senhor da guerra de Kalgan. Ele não recebeu, segundo instruções anteriores... sua ordem x20-651... nenhuma audiência formal, mas os comentários que fez foram gravados e um relatório completo, preenchido.

Indbur gritou:

– Um relatório completo foi recebido. *Então!*

– Excelência, foram recebidos relatórios no último quarto de hora da fronteira salinniana. Naves identificadas como kalganianas entraram em território da Fundação, sem autorização. As naves estão armadas. Houve luta.

O secretário estava curvado quase em dois. Indbur permaneceu em pé. Ebling Mis balançou a cabeça, foi até o secretário e bateu com força no ombro dele.

– É melhor você mandar soltar esse capitão Pritcher e trazê-lo aqui. Fora.

O secretário partiu e Mis se virou para o prefeito.

– Não seria melhor você colocar o maquinário para funcionar, Indbur? Quatro meses, sabe.

Indbur permaneceu em pé, os olhos vidrados. Apenas um dedo parecia vivo – e ele traçava rápidos triângulos espasmódicos no tampo liso da mesa à sua frente.

16.

Conferência

Quando os vinte e sete mundos comerciais independentes, unidos apenas pela desconfiança que tinham do planeta-mãe da Fundação, organizam uma assembleia entre si, cada um grandemente orgulhoso da própria pequenez, endurecido pela própria insularidade, amargurado pelo perigo eterno... há negociações preliminares a serem superadas de uma mesquinhez assustadora o bastante para enojar o mais perseverante.

Não basta determinar com antecedência detalhes como métodos de votação, tipo de representação – seja por mundo ou por população. Essas questões são de importância política. Não basta acertar questões de prioridade à mesa, tanto no conselho quanto ao jantar; essas são questões de importância social.

Era o local de encontro – já que era uma questão de um provincianismo esmagador. E, no fim, as rotas tortuosas da diplomacia levaram ao mundo de Radole, que alguns comentaristas haviam sugerido logo de início, por razão lógica de posicionamento central.

Radole era um mundo pequeno – e, em potencial militar, talvez o mais fraco dos vinte e sete. Isso, a propósito, era outro fator na lógica da escolha.

Era um mundo-faixa – do qual a Galáxia se gaba de ter o bastante, mas dentre os quais a variedade habitada é uma raridade, pois as exigências físicas são difíceis de cumprir. Era, em outras palavras, um mundo onde as duas metades enfrentam os extremos monótonos de calor e frio, enquanto a região de vida possível é a faixa circular da zona do crepúsculo.

Um mundo assim invariavelmente soa pouco convidativo para os que nunca o visitaram, mas existem pontos estrategicamente colocados – e a Cidade de Radole estava localizada em um deles.

Ela se espalhava ao longo das encostas suaves dos contrafortes diante das montanhas escarpadas que a protegiam ao longo da borda do hemisfério frio e mantinham afastado o gelo assustador. O ar seco e quente da metade ensolarada se derramava sobre a região, e das montanhas a água vinha encanada – e, entre os dois, a Cidade de Radole se tornava um jardim contínuo, nadando na manhã eterna de um verão eterno.

Cada casa ficava aninhada em meio a seu jardim florido, aberta para os elementos inofensivos. Cada jardim era uma horticultura, onde plantas luxuriantes cresciam em fantásticos padrões, para o bem do comércio exterior que geravam – até que Radole quase se tornou um mundo produtor, em vez de um típico mundo comerciante.

Assim, à sua maneira, a Cidade de Radole era um pequeno ponto de suavidade e luxo num planeta horrível – um pequeno fragmento do Éden – e isso, também, era um fator na lógica da escolha.

Os estrangeiros vinham de cada um dos vinte e seis outros mundos comerciantes: delegados, esposas, secretários, jornalistas, naves e tripulações – e a população de Radole quase dobrou e seus recursos foram forçados até o limite. Comia-se à vontade, bebia-se à vontade e não se dormia.

A despeito disso, eram poucos os farristas que não estavam intensamente cientes de que todo aquele volume da Galáxia queimava lentamente numa espécie de guerra sonolenta e silenciosa. E, dos que estavam cientes disso, havia três classes. Primeiro, havia os muitos que pouco sabiam e estavam muito confiantes...

Como o jovem piloto espacial que usava o símbolo de Refúgio na fivela do quepe, e que conseguia, segurando o copo diante de seus olhos, atrair os da garota radoliana que sorria de leve à sua frente. Ele estava dizendo:

– Viemos direto pela zona de guerra para chegar aqui... de propósito. Viajamos cerca de um minuto-luz mais ou menos, no modo neutro, passando direto por Horleggor...

– Horleggor? – interrompeu um nativo de pernas compridas, que estava atuando como anfitrião daquele convescote específico. – Foi onde o Mulo tomou uma surra na semana passada, não foi?

– Onde você ouviu que o Mulo tomou uma surra? – o piloto quis saber.

– Pelo rádio da Fundação.

– É mesmo? Bom, o Mulo *tomou* Horleggor. Nós quase demos de cara com um comboio de suas naves e era de lá que elas estavam vindo. Não é uma surra quando você fica onde lutou e quem bateu sai correndo.

Outra pessoa disse em voz alta e meio bêbada:

– Não diga isso. A Fundação sempre leva umas pancadas de vez em quando. Fique só esperando; basta se sentar e observar. A boa e velha Fundação sabe quando voltar. E então... *pou*! – a voz espessa concluiu e foi sucedida por um sorriso fraco.

– De qualquer maneira – disse o piloto de Refúgio, após uma pausa curta –, como eu disse, nós vimos as naves do

Mulo e elas pareciam muito boas, muito boas. Eu vou lhe dizer uma coisa: elas pareciam novas.

– Novas? – o nativo disse, pensativo. – Eles mesmos as construíram? – Ele quebrou uma folha de um galho que pendia próximo, cheirou-a delicadamente e então começou a mastigá-la, fazendo os tecidos machucados da planta sangrarem verde e difundirem um odor mentolado. Continuou: – Você está tentando me dizer que eles derrotaram naves da Fundação com naves feitas em casa? Vai nessa.

– Nós as vimos, velhinho. E sei distinguir uma nave de um cometa também, sabia?

O nativo chegou mais perto.

– Você sabe o que eu acho. Escute, não se engane. Guerras não começam simplesmente sozinhas e temos um bando de caras experientes cuidando das coisas. Eles sabem o que estão fazendo.

O sujeito que tinha matado muito bem a própria sede disse, com uma voz subitamente alta:

– Cuidado com a velha Fundação. Eles esperam até o último minuto, e aí, *pou*! – Ele sorriu com a boca mole aberta para a garota, que se afastou.

O radoliano estava dizendo:

– Por exemplo, meu velho, você acha que talvez esse tal de Mulo esteja no comando das coisas. Na-nani-na-não. – E ele balançou um dedo horizontalmente. – O que eu ouvi dizer, e lá do alto, veja bem, é que ele é dos nossos. Nós estamos pagando a ele, e provavelmente fomos nós quem construímos aquelas naves. Sejamos realistas: provavelmente fomos nós. Claro, ele não pode derrotar a Fundação a longo prazo, mas pode deixá-los bem abalados, e quando isso acontecer... *nós entramos*.

A garota disse:

– Isso é tudo de que você sabe falar, Klev? Da guerra? Você me cansa.

O piloto de Refúgio disse, num excesso de cavalheirismo:

– Mude de assunto. Não podemos cansar as garotas.

O bêbado pegou o refrão e começou a bater uma caneca no ritmo. Os pequenos pares que haviam se formado irromperam em riso e dança, e alguns pares semelhantes emergiram do solário aos fundos.

A conversa foi se tornando mais generalizada, mais variada, mais sem sentido...

Havia também os que sabiam um pouco mais e estavam menos confiantes.

Como o maneta Fran, cujo corpo maciço representava Refúgio como delegado oficial e que, em consequência disso, levava uma vida privilegiada, cultivando novas amizades – com mulheres, quando podia, e com homens, quando era obrigado.

Foi na plataforma para banho de sol da casa de um desses novos amigos, no alto de uma colina, que ele relaxou pela primeira vez do que acabou sendo um total de duas vezes de sua estadia em Radole. O novo amigo era Iwo Lyon, uma alma gêmea radoleana. A casa de Iwo ficava longe do grande aglomerado, aparentemente sozinha em um mar de perfume floral e ruído de insetos. A plataforma era uma faixa gramada em um ângulo de quarenta e cinco graus. Sobre ela, Fran se espreguiçou e ficou tomando sol.

– Não temos nada parecido com isso em Refúgio – disse.

Iwo respondeu, sonolento:

– Já viu o lado frio? Há um ponto a uns quarenta quilômetros daqui onde o oxigênio corre feito água.

– Vai nessa.

– É um fato.

– Bem, vou lhe dizer, Iwo... Nos velhos tempos, antes do meu braço ser esmigalhado, eu dava minhas voltinhas, sabe... e você não vai acreditar nisso, mas... – A história que se seguiu era consideravelmente longa e Iwo não acreditou. Entre bocejos, ele disse:

– Não se fazem mais comerciantes como nos velhos tempos, a verdade é essa.

– Não, acho que não. Ah, o que é que há – Fran disparou –, não diga isso. Eu lhe contei sobre meu filho, não contei? *Ele* é da velha escola, acredite ou não. Dará um grande comerciante, raios. Ele é exatamente como o pai. Exatamente igual, com a diferença de que é casado.

– Quer dizer, contrato legal? Com uma garota?

– Isso mesmo. Não vejo o menor sentido nisso. E foram passar a lua de mel em Kalgan.

– Kalgan. *Kalgan*? Quando na Galáxia foi isso?

Fran deu um sorriso largo e disse bem devagar:

– Logo antes de o Mulo declarar guerra à Fundação.

– É mesmo?

Fran assentiu e fez um gesto para que Iwo aproximasse sua cabeça. Disse com a voz rouca:

– Na verdade, posso lhe dizer uma coisa, se você prometer não espalhar. Meu garoto foi enviado a Kalgan com um propósito. Agora, não gostaria de deixar vazar, sabe, qual era o propósito, naturalmente, mas olhe a situação agora e suponho que você possa formular um bom palpite. De qualquer modo, meu garoto era o homem para o serviço. Nós, comerciantes, precisamos de algum barulho – ele sorriu, ardiloso. – Eis aí. Não vou dizer como fizemos, mas... meu garoto foi para Kalgan e o Mulo enviou suas naves. Meu filho!

Iwo ficou devidamente impressionado. Por sua vez, também se abriu:

– Que bom. Sabe, estão dizendo que temos quinhentas naves, prontas para lançar na hora certa.

Fran disse, com autoridade:

– Mais que isso, talvez. Isso é que é estratégia de verdade. É assim que eu gosto. – Ele coçou com força a pele do abdômen. – Mas não se esqueça de que o Mulo é um sujeito inteligente também. O que aconteceu em Horleggor me preocupa.

– Ouvi dizer que ele perdeu cerca de dez naves.

– Claro, mas tinha outras cem e a Fundação teve que dar no pé. É muito bom acabar com esses tiranos, mas não tão depressa. – Ele balançou a cabeça.

– A pergunta que faço é: onde o Mulo consegue suas naves? Há um rumor bem disseminado de que nós é que as estamos construindo para ele.

– Nós? Os comerciantes? Refúgio tem as maiores fábricas de naves de qualquer um dos mundos independentes e não fizemos nenhuma para ninguém, a não ser nós mesmos. Você imagina que um mundo estaria construindo uma frota para o Mulo por conta própria, sem tomar o cuidado de uma ação conjunta? Isso é um... um conto de fadas.

– Bom, então onde ele as consegue?

E Fran deu de ombros.

– Acho que ele próprio as faz. Isso também me preocupa.

Fran piscou, incomodado com a luz do sol, e dobrou os dedos dos pés, esfregando-os pela madeira lisa do descanso polido. Lentamente, adormeceu, e o ruído suave de sua respiração se misturou ao sibilar dos insetos.

Por fim, havia muito poucos que sabiam um bocado e não estavam nada confiantes.

Como Randu, que no quinto dia da convenção pancomercial entrou no Salão Central e encontrou os dois homens que havia solicitado que estivessem lá, esperando por ele. Os quinhentos assentos estavam vazios... e assim permaneceriam.

Randu disse rapidamente, quase antes de se sentar:

– Nós três representamos cerca de metade do potencial militar dos Mundos Comerciais Independentes.

– Sim – disse Mangin, de Iss –, meu colega e eu já havíamos comentado esse fato.

– Estou preparado – disse Randu – para ser rápido e direto. Não estou interessado em negociações ou sutilezas. Nossa posição é radicalmente a pior.

– Como resultado de... – Ovall Gri, de Mnemon, insistiu.

– De acontecimentos da última hora. Por favor! Do começo. Primeiro, nossa posição não foi criada por nós e, sem dúvida, não está sob o nosso controle. Nossos acordos originais não eram com o Mulo, mas com vários outros; notavelmente, o ex-senhor da guerra de Kalgan, a quem o Mulo derrotou num momento um tanto inconveniente para nós.

– Sim, mas este Mulo é um substituto à altura – disse Mangin. – Não vou ficar me preocupando com detalhes.

– Você poderá se preocupar, quando conhecer *todos* os detalhes. – Randu inclinou-se para a frente e colocou as mãos sobre a mesa, com as palmas para cima, num gesto de significado óbvio.

Ele continuou:

– Há um mês, eu enviei meu sobrinho e a esposa dele para Kalgan.

– Seu sobrinho! – Ovall Gri gritou surpreso. – Eu não sabia que ele era seu sobrinho.

– Com que propósito? – perguntou Mangin com secura. – Isto? – E seu polegar traçou um círculo no ar envolvendo todo o aposento.

– Não. Se você está falando da guerra do Mulo contra a Fundação, não. Como eu poderia mirar tão alto? O rapaz não sabia de nada; nem da nossa organização, nem de nossos objetivos. Foi dito a ele que eu era um membro pequeno de uma sociedade patriótica de Refúgio e que sua função em Kalgan não passaria da de um observador amador. Meus motivos eram, devo admitir, um tanto obscuros. Em grande parte, eu estava curioso a respeito do Mulo. Ele é um fenômeno estranho; mas isso é história antiga. Não vou entrar nesse porém. Em segundo lugar, seria um projeto de treinamento interessante e educativo para um homem que teve experiência com a Fundação e com a resistência na Fundação, que demonstrou potencial de futura utilidade para nós. Veja você...

O rosto comprido de Ovall assumiu linhas verticais quando ele mostrou os dentes grandes.

– Você deve ter ficado surpreso com o resultado, então, já que não há um mundo entre os comerciantes, acredito, que não saiba que esse seu sobrinho abduziu um serviçal do Mulo em nome da Fundação e forneceu um *casus belli*. Pela Galáxia, Randu, você está contando histórias. Acho difícil crer que não tenha parte nisso. Vamos lá, foi um trabalho bem-feito.

Randu balançou a cabeça branca.

– Não por mim. Nem por meu sobrinho, pelo menos não deliberadamente, pois ele agora é prisioneiro da Fundação e pode não viver para ver o término desse trabalho tão bem-feito. Acabei de ter notícias dele. A Cápsula Pessoal foi contrabandeada de algum modo, passou pela zona de guerra, foi até Refúgio e viajou de lá para cá. Passou um mês viajando.

– E?...

Randu deu um soco na palma da mão e disse, triste:

– Receio de que estejamos desempenhando o mesmo papel que o ex-senhor da guerra de Kalgan desempenhou. O Mulo é um mutante!

Houve uma dúvida momentânea; uma leve impressão de batimentos cardíacos acelerados. Randu poderia facilmente tê-los imaginado.

Quando Mangin falou, o tom neutro de sua voz não havia se alterado.

– Como você sabe?

– Só porque meu sobrinho disse, mas ele estava em Kalgan.

– Que tipo de mutante? Existem de todos os tipos, sabe.

Randu reprimiu sua impaciência crescente.

– Todos os tipos de mutantes, sim, Mangin. Todos os tipos! Mas só um tipo de Mulo. Que tipo de mutante começaria como um desconhecido, reuniria um exército, estabeleceria, dizem, um asteroide de quase dez quilômetros como base original, capturaria um planeta, depois um sistema, depois uma região... em seguida atacaria a Fundação e a *derrotaria* em Horleggor. *E tudo isso em dois ou três anos!*

Ovall Gri deu de ombros.

– Então, você acha que ele derrotará a Fundação?

– Não sei. E se derrotar?

– Desculpe, não consigo ir tão longe. *Ninguém* derrota a Fundação. Escute, não existe um fato novo que tenhamos de analisar a não ser as declarações de... bem, de um rapaz inexperiente. E se pusermos isso de lado por um tempo? Com todas as vitórias do Mulo, não estávamos preocupados até agora e, a menos que ele vá muito além do que já foi, não vejo motivo para mudar isso. Certo?

Randu franziu a testa e entrou em desespero com a textura fragilíssima de seu argumento. Disse aos dois:

– Já conseguimos fazer algum contato com o Mulo?

– Não – responderam ambos.

– Mas é verdade que tentamos, não é? É verdade que não há muito sentido em nossa reunião a menos que o contatemos, não é? É verdade que até o momento mais se bebeu aqui do que se pensou e mais se flertou do que se construiu... e tudo... cito um editorial da *Tribuna* de Radole... porque não conseguimos alcançar o Mulo. Cavalheiros, temos quase mil naves esperando o momento certo para assumir o controle da Fundação. Digo que devemos mudar isso. Digo: vamos jogar essas naves no tabuleiro agora... *contra o Mulo*.

– Você quer dizer, a favor do tirano Indbur e dos sanguessugas da Fundação? – Mangin exigiu saber, cheio de fúria silenciosa.

Randu levantou uma mão cansada.

– Poupe-me dos adjetivos. Contra o Mulo, eu digo, e não me interessa a favor de quem.

Ovall Gri se levantou.

– Randu, não tenho nada a ver com isso. Você que apresente isso ao plenário, nesta noite, se quer tanto assim um suicídio político.

Saiu sem dizer mais uma palavra e Mangin o acompanhou em silêncio, deixando Randu para uma solitária hora inteira de considerações intermináveis e insolúveis.

No plenário daquela noite, ele não disse nada.

Mas foi Ovall Gri quem forçou a entrada em seus aposentos na manhã seguinte; um Ovall Gri que se vestira às pressas e que não havia se barbeado nem penteado os cabelos.

Randu o encarou por sobre a mesa do café, que ainda não havia sido tirada, com um olhar de surpresa tão tenso e evidente que o fez deixar cair o cachimbo.

Ovall disse, seco, sem meias palavras:

– Mnemon foi bombardeado do espaço por um ataque à traição.

Os olhos de Randu se estreitaram.

– A Fundação?

– O Mulo! – Ovall explodiu. – O Mulo! – ele falava apressado. – Foi um ataque deliberado e sem provocação. A maior parte de nossa frota se juntou à frota internacional. O pouco que havia ficado com a Esquadra Nacional era insuficiente e foi destruído. Ainda não houve nenhum pouso e pode ser que não haja nenhum, pois metade dos agressores foi destruída, pelos relatos... mas isso é guerra... e fiquei me perguntando qual seria a posição de Refúgio na questão.

– Refúgio, tenho certeza, irá aderir ao espírito da Convenção da Federação. Mas você viu? Ele nos ataca também.

– Esse Mulo é um louco. Ele pode derrotar o universo? – Perdeu o fôlego e se sentou para segurar Randu pelo pulso. – Nossos poucos sobreviventes relataram que o Mu... o inimigo está de posse de uma nova arma. Um Depressor de Campo Nuclear.

– Um o quê?

– A maioria de nossas naves se perdeu porque suas armas nucleares falharam – contou Ovall. – Não poderia ter acontecido por acidente ou sabotagem. Deve ter sido uma arma do Mulo. Ela não funcionou com perfeição; o efeito foi intermitente; havia maneiras de neutralizá-lo; os despachos que recebi não estão detalhados. Mas você vê que uma ferramenta dessas mudaria a natureza da guerra e, possivelmente, tornaria toda a nossa frota obsoleta.

Randu se sentiu um homem muito, muito velho. Seu rosto desabou, desesperançoso:

– Receio que um monstro tenha crescido, um monstro que irá nos devorar a todos. Mas, mesmo assim, precisamos combatê-lo.

17.

O Visi-Sonor

A casa de Ebling Mis, num bairro não tão pretensioso da Cidade de Terminus, era famosa para a *intelligentsia*, os literatos e os simplesmente cultos da Fundação. Suas características notáveis dependiam, subjetivamente, da fonte consultada. Para um biógrafo altamente educado, ela era "o símbolo de um refúgio da realidade não acadêmica", uma colunista social falou sedosamente sobre sua "atmosfera assustadoramente masculina de desordem descuidada", um Ph.D. de uma universidade a chamou bruscamente de "cheia de livros, mas desorganizada", um amigo não universitário disse: "boa para um drinque a qualquer hora e você pode pôr os pés no sofá", e um dinâmico programa de notícias, que procurava cor local, falou dos "espaços vitais rochosos, minimamente decorados e práticos do blasfemador, esquerdista e calvo Ebling Mis".

Para Bayta, que no momento não pensava por nenhuma plateia a não ser ela mesma e que tinha a vantagem de informações de primeira mão, era apenas desleixada.

A não ser pelos primeiros dias, sua prisão até que fora um fardo leve. Bem mais leve, ao que parecia, do que a meia hora de espera na casa do psicólogo – sob observação secreta, talvez? Ela estivera com Toran então, pelo menos...

Talvez ela tivesse ficado mais cansada por causa da tensão, não fosse o nariz comprido de Magnífico cair num gesto que demonstrava claramente sua própria tensão, bem maior.

As pernas de cachimbo de Magnífico estavam dobradas sob um queixo pontudo e caído, como se ele tentasse se enrolar numa bola até sumir de uma vez, e a mão de Bayta se estendeu num gesto gentil e automático de consolo. Magnífico fez uma careta e depois sorriu.

– Certamente, minha dama, parece que até mesmo meu corpo nega o conhecimento de minha mente e espera golpes das mãos dos outros.

– Não há necessidade de se preocupar, Magnífico. Estou com você e não vou deixar ninguém machucá-lo.

Os olhos do palhaço deslizaram na direção dela, e então se afastaram rapidamente.

– Mas eles me separaram da senhora antes... e de seu gentil esposo... e, por minha palavra, a senhora pode rir, mas senti-me solitário, pela ausência da amizade.

– Eu não riria disso. Também senti.

O semblante do palhaço se desanuviou e ele abraçou os joelhos com mais força.

– A senhora nunca viu esse homem que vai nos ver agora? – era uma pergunta cautelosa.

– Não. Mas ele é um homem famoso. Eu já o vi nos noticiários e ouvi falar muito dele. Acho que é um homem bom, Magnífico, que não deseja nos fazer mal.

– É mesmo? – O palhaço se mexeu, inquieto. – Pode até ser, minha dama, mas ele me interrogou antes e seus modos são de uma brusquidão e grosseria que me fazem tremer. Ele é cheio de palavras estranhas, de modo que as respostas às perguntas dele não conseguiam sair da minha garganta. Quase acreditei no romancista que um dia brincou com a minha ignorância com a história de que, em momentos assim, o coração se aloja na traqueia e impede a fala.

– Mas agora é diferente. Somos dois contra um e ele não será capaz de assustar a ambos, será?

– Não, minha dama.

Uma porta bateu em algum lugar e o rugido de uma voz entrou na casa. Logo do lado de fora do aposento, ela se coagulou em palavras com um feroz "Pela Ga-LÁ-xia, saiam daqui!" e dois guardas uniformizados se fizeram momentaneamente visíveis pela porta aberta, em rápida retirada.

Ebling Mis entrou franzindo a testa, depositou um pacote cuidadosamente embrulhado no chão e se aproximou para apertar a mão de Bayta com uma pressão descuidada. Bayta retribuiu o aperto vigorosamente, como um homem. Mis deu uma volta maior quando se virou para o palhaço e favoreceu a garota com um olhar mais demorado.

– Casada? – ele perguntou.

– Sim. Passamos pelas formalidades legais.

Mis fez uma pausa. Então:

– Feliz?

– Até agora.

Mis deu de ombros e se voltou novamente para Magnífico. Desembrulhou o pacote.

– Sabe o que é isso, garoto?

Magnífico praticamente se jogou para fora da cadeira e pegou o instrumento de múltiplas teclas. Ele dedilhou a miríade de botões de contato e deu uma súbita cambalhota para trás de alegria, quase provocando a destruição dos móveis mais próximos.

– Um Visi-Sonor… – gritou – e de um modelo capaz de destilar alegria do coração de um morto. – Seus dedos longos fizeram carícias suaves e lentas, pressionando os contatos de leve com um movimento de ondulação, repousando momentaneamente numa nota e depois em outra. E, no ar à frente deles, surgiu um brilho rosado suave, precisamente dentro do campo de visão.

Ebling Mis disse:

– Está certo, garoto, você disse que sabia tocar um desses dispositivos e aí está a sua chance. Mas é melhor afiná-lo. Ele saiu de um museu. – Então, num adendo para Bayta: – Até onde sei, ninguém na Fundação consegue fazê-lo funcionar direito.

Ele se inclinou mais para perto e disse rápido:

– O palhaço não vai falar sem você. Pode me ajudar?

Ela assentiu.

– Ótimo! – disse ele. – O estado de medo dele é quase fixo e duvido que sua força mental suporte uma Sonda Psíquica. Se eu quiser arrancar alguma coisa dele de outra forma, ele terá de se sentir absolutamente à vontade. Você entende?

Ela tornou a assentir.

– Este Visi-Sonor é a primeira etapa do processo. Ele diz que sabe tocá-lo e sua reação, agora, deixa bastante claro que esta é uma das grandes alegrias de sua vida. Então, se o que ele tocar for bom ou ruim, mostre-se interessada e apreciativa. Exiba amizade e confiança em mim. Acima de tudo, siga tudo o que eu disser. – Ele olhou rapidamente para Magnífico, encolhido num canto do sofá, fazendo ajustes rápidos no interior do instrumento. Ele estava completamente absorto.

Mis disse para Bayta, num tom de conversa casual:

– Já ouviu um Visi-Sonor antes?

– Uma vez – Bayta disse também casualmente. – Num concerto de instrumentos raros. Não me impressionou.

– Bem, duvido que você tenha ouvido uma boa execução. Existem realmente poucos instrumentistas bons. Não que exija coordenação física: um piano multibancada exige mais, por exemplo... mas um tipo determinado de mentalidade criativa. – E, baixando a voz: – É por isso que nosso esqueleto vivo ali pode ser melhor do que achamos. Com bastante frequência, bons instrumentistas costumam ser, de resto, idiotas. É uma dessas configurações estranhas que tornam a psicologia interessante.

E acrescentou, num esforço patente para fabricar uma conversação despojada:

– Sabe como essa coisa toda cheia de bolhas funciona? Eu fiz uma pesquisa para esta ocasião e tudo o que descobri, até agora, é que suas radiações estimulam o centro óptico do cérebro diretamente, sem nunca tocar o nervo óptico. É, na verdade, a utilização de um sentido nunca encontrado na natureza comum. Notável, quando se pensa a respeito. O que você ouve está certo. É comum. Tímpano, cóclea, tudo isso. Mas... *Shh!* Ele está pronto. Quer acionar aquele interruptor? Funciona melhor no escuro.

Na escuridão, Magnífico era um mero borrão; Ebling Mis, uma massa de respiração pesada. Bayta percebeu que estava apertando os olhos com ansiedade e, no começo, sem muito efeito. Havia uma ondulação leve no ar que foi aumentando de escala. Ela flutuou, caiu e tornou a se levantar, ganhou corpo e voou numa disparada tamanha que teve o efeito de um trovão sacudindo uma cortina de tecido finíssimo.

Um minúsculo globo pulsante cresceu em rajadas rítmicas e explodiu no meio do ar em gotas disformes que giravam alto e desciam como correntes curvas em padrões que se entrelaçavam. Elas se misturaram em pequenas esferas, cada uma de cor inteiramente diferente da outra... e Bayta começou a descobrir coisas.

Ela reparou que fechar os olhos tornava o padrão de cores mais claro ainda; que cada pequeno movimento de cor tinha seu próprio padrão de som; que ela não conseguia identificar as cores; e, por fim, que os globos não eram globos, mas figuras minúsculas.

Figuras minúsculas; pequenas chamas bamboleantes, que dançavam e piscavam em miríades; que desapareciam e retornavam do nada; que giravam uma ao redor da outra e se fundiam, então, numa nova cor.

De modo incongruente, Bayta pensou nas pequenas bolhas de cor que aparecem à noite quando se fecha as pálpebras até doer e fica-se olhando pacientemente. Havia o velho e familiar efeito dos pontinhos de cores em marcha, dos círculos concêntricos se contraindo, das massas disformes que estremecem por um instante. Tudo isso maior, multivariado... e cada pequeno ponto colorido, uma figura minúscula.

Elas dispararam em sua direção aos pares e ela levantou as mãos, engolindo em seco, mas as figuras caíram e, por um instante, Bayta foi o centro de uma nevasca brilhante, luz fria e branca, escorregando por seus ombros e descendo por seu braço num esqui luminoso, disparando por seus dedos estendidos e se encontrando, lentamente, num foco brilhante no meio do ar. Por baixo de tudo isso, o som de uma centena de instrumentos fluía em correntes líquidas até que ela não conseguisse mais distinguir o som da luz.

Ela se perguntou se Ebling Mis estava vendo a mesma coisa, e, se não, o que ele estaria vendo. A sensação de maravilha passou e então...

Ela estava observando novamente. As figuras minúsculas – eram mesmo figuras minúsculas? Mulherzinhas minúsculas com cabelos em chamas que se viravam e se curvavam rápido demais para que a mente se concentrasse? – pegavam uma à outra em grupos em forma de estrela, que giravam... e a música era feita de risos fraquinhos... risos de garotas, que começavam dentro do ouvido.

As estrelas se aproximaram, faiscaram na direção umas das outras, foram crescendo devagar e formando uma estrutura... e, vindo por baixo, um palácio começou a se erguer em rápida evolução. Cada tijolo era uma cor minúscula, cada cor uma minúscula fagulha, cada fagulha uma luz perfurante que provocava o deslocamento de padrões e levava o olho para o alto, para vinte minaretes recobertos de joias.

Um tapete brilhante saiu de dentro dele, girando, tecendo uma teia insubstancial que engolfou todo o espaço e dele lianas luminosas disparavam para cima e se ramificavam em árvores que cantavam com uma música toda própria.

Bayta estava cercada por tudo isso. A música subia ao redor dela em voos líricos rápidos. Ela estendeu a mão para tocar uma árvore frágil e pontos floridos caíram flutuando e se desvaneceram, cada qual com seu tinido límpido e minúsculo.

A música irrompeu estourando em vinte címbalos, e à frente de Bayta uma área se inflamou num jorro e caiu em cascatas por degraus invisíveis sobre seu colo, onde se derramou e fluiu numa rápida corrente, levantando o reluzir feroz até a cintura dela, enquanto no seu colo estava uma ponte de arco-íris e em cima dela a figura minúscula...

Um palácio, um jardim, e homenzinhos e mulherzinhas em uma ponte, se estendendo até onde ela podia ver, nadando pelas grandes ondas de música de cordas que convergiam para cima dela...

E então... foi como se houvesse uma pausa apavorada, um movimento recolhido e hesitante, um colapso brusco.

As cores fugiram, girando para dentro de um globo que encolheu, subiu e desapareceu.

E tudo ficou simplesmente escuro, outra vez.

Um pé pesado arranhou o pedal, alcançou-o e a luz se acendeu; a luz chapada de um sol insípido. Bayta piscou até lacrimejar, como se sentisse saudades do que havia desaparecido. Ebling Mis era uma massa gorda e inerte, com olhos ainda arregalados e a boca ainda aberta.

Somente o próprio Magnífico estava vivo e ele acariciava seu Visi-Sonor extasiado.

– Minha dama – ele disse sem fôlego –, é realmente de um efeito muito mágico. É de um equilíbrio e resposta quase além da esperança em sua delicadeza e estabilidade. Com isto, eu me sinto capaz de operar maravilhas. Gostou da minha composição, minha dama?

– Ela é sua? – Bayta disse, respirando fundo. – Sua própria?

Com o espanto dela, o rosto fino dele assumiu um tom vermelho incandescente na ponta de seu poderoso nariz.

– Minha própria, minha dama. O Mulo não gostava, mas muitas e muitas vezes eu a toquei para meu próprio divertimento. Foi um dia, em minha juventude, que vi o palácio: um lugar gigantesco de riquezas e joias que vi a distância em um dia de festa. Havia pessoas de um esplendor nunca sonhado... e magnificência maior do que jamais vi depois, mesmo a serviço do Mulo. Não criei senão um pobre esboço, mas a pobreza de minha mente impede mais. Eu a chamo de "Memória do Paraíso".

Agora, por entre as névoas da conversa, Mis balançou a cabeça e voltou à vida.

– Aqui – ele disse. – Aqui, Magnífico, você gostaria de fazer a mesma coisa para outros?

Por um momento, o palhaço recuou.

– Para outros? – sua voz estremeceu.

– Para milhares! – gritou Mis. – Nos grandes salões da Fundação. Você gostaria de ser seu próprio mestre, homenageado por todos, rico, e... e... – Sua imaginação falhou. – E tudo isso! Hein? O que você me diz?

– Mas como posso eu ser tudo isso, poderoso senhor, pois de fato nada sou senão um pobre palhaço não dado às grandezas do mundo?

O psicólogo estufou os lábios e passou as costas da mão na testa. Ele disse:

– Mas sua música, homem. O mundo é seu se você tocá-la para o prefeito e seu Conselho de Comércio. Não gostaria disso?

O palhaço lançou um olhar breve para Bayta.

– *Ela* ficaria comigo?

Bayta riu.

– É claro que sim, seu bobinho. Você acha que eu o deixaria agora que está a ponto de ficar rico e famoso?

– Seria tudo seu – ele respondeu, sério – e certamente a riqueza da própria Galáxia seria sua antes que pudesse pagar minha dívida para com sua gentileza.

– Mas – disse Mis, casualmente –, se você primeiro me ajudasse...

– O que é?

O psicólogo fez uma pausa e sorriu.

– Uma pequena sonda de superfície que não machuca. Só tocaria a superfície do seu cérebro.

Os olhos de Magnífico emitiram um brilho de medo mortal.

– Sonda, não. Eu já a vi ser usada. Ela suga a mente e deixa um crânio vazio. O Mulo a usava em traidores e os deixava vagando sem mente pelas ruas, até que, por misericórdia, fossem mortos. – Ele estendeu a mão para empurrar Mis para longe.

– Aquela era uma Sonda Psíquica – explicou Mis pacientemente –, e mesmo ela só machucaria uma pessoa se mal utilizada. Esta sonda que tenho aqui é uma sonda de superfície, que não machucaria um bebê.

– É isso mesmo, Magnífico – Bayta pediu. – É só para ajudar a derrotar o Mulo e mantê-lo longe. Assim que isso for feito, você e eu seremos ricos e famosos por toda a vida.

Magnífico estendeu uma mão trêmula.

– Então, você segura minha mão?

Bayta envolveu a mão dele com as suas e o palhaço viu a aproximação das placas metálicas dos terminais com olhos arregalados.

Ebling Mis repousava, largado, na poltrona fofa demais dos aposentos particulares do prefeito Indbur, numa ingratidão irredimível pela condescendência que lhe era concedida, e observou sem simpatia o prefeitinho inquieto. Jogou longe uma ponta de charuto e cuspiu um fragmento de tabaco.

– E, por acaso, se você quiser algo para seu próximo concerto no Salão Mallow, Indbur – ele disse –, pode jogar todos aqueles tocadores de dispositivos eletrônicos nos esgotos de onde eles vieram e fazer essa aberração tocar o Visi-Sonor para você. Indbur... não é deste mundo.

– Não chamei você aqui para ouvir suas palestras sobre música – Indbur disse, irritado. – E o Mulo? Diga-me isso. E o Mulo?

– O Mulo? Bem, eu lhe direi... Usei uma sonda de superfície e não consegui muito. Não posso usar a Sonda Psíquica porque a aberração tem um medo total dela, de modo que sua resistência provavelmente vai estourar seus abomináveis fusíveis mentais assim que o contato for feito. Mas é o que tenho, se você parar de ficar batucando suas unhas... Em primeiro lugar, desenfatize a força física do Mulo. Ele provavelmente é forte, mas a maior parte dos contos de fadas da aberração é consideravelmente exagerada por sua própria memória medrosa. Ele usa óculos esquisitos e seus olhos matam. Ele evidentemente tem poderes mentais.

– Isso nós já sabíamos desde o começo – comentou o prefeito, com amargura.

– Então a sonda confirma isso e, a partir daí, andei trabalhando matematicamente.

– E daí? E quanto tempo isso tudo vai levar? Seu palavrório ainda vai me ensurdecer.

– Cerca de um mês, eu diria, e posso ter algo para você. Mas pode ser também que não, claro. Mas, e daí? Se tudo isso está fora dos planos de Seldon, nossas chances são pouquíssimas, obscenamente poucas.

Indbur deu meia-volta e se virou para o psicólogo com ferocidade:

– Agora eu peguei você, traidor. Mentira! Diga que não é um desses boateiros criminosos que estão espalhando o derrotismo e o pânico pela Fundação e fazendo meu trabalho dobrar.

– Eu? Eu? – Mis foi ficando com raiva.

Indbur gritou com ele:

– Porque, pelas nuvens de poeira do espaço, a Fundação vencerá: a Fundação *precisa* vencer.

– Apesar da derrota em Horleggor?

– Não foi uma derrota. Você também engoliu essa mentira deslavada? Nós estávamos em inferioridade numérica e fomos traídos...

– Por quem? – Mis quis saber, com desprezo.

– Pelos democratas peçonhentos da sarjeta – Indbur gritou de volta para ele. – Há muito tempo já sabia que a frota pululava de células democráticas. A maioria foi exterminada, mas permanecem células suficientes para a rendição inexplicável de vinte naves no centro mais denso do combate. O suficiente para forçar uma derrota aparente. Falando nisso, meu tolo patriota de língua afiada e epítome das virtudes primitivas, quais são suas próprias conexões com os democratas?

Ebling Mis deu de ombros.

– Você delira, sabia? E a retirada depois, e a perda de metade de Siwenna? Democratas, novamente?

– Não. Democratas não. – O homenzinho deu um sorriso vigoroso. – Nós recuamos... como a Fundação tem sempre recuado quando sob ataque, até a marcha inevitável da história virar a nosso favor. Já estou vendo o resultado. A chamada resistência dos democratas já tem enviado manifestos jurando auxílio e apoio ao governo. Pode ser um desvio, um embuste para uma traição maior, mas eu faço bom uso disso e a propaganda extraída daí terá seu efeito, seja qual for o esquema dos traidores rastejantes. E melhor que isso...

– Melhor até mesmo que isso, Indbur?

– Julgue por si mesmo. Há dois dias, a chamada Associação de Comerciantes Independentes declarou guerra ao Mulo e a frota da Fundação fica reforçada, de uma tacada só, por mil naves. Você vê, esse Mulo vai longe demais. Ele nos encontra divididos, discutindo entre nós mesmos e sob a pressão de seu ataque nos unimos e ficamos mais fortes. Ele *deve* perder. É inevitável... como sempre.

Mis ainda exalava ceticismo.

– Então você me diz que Seldon fez planos até mesmo para a ocorrência fortuita de um mutante.

– Um mutante! Não conseguiria distingui-lo de um humano, nem você, se não fosse pelos delírios de um capitão rebelde, alguns jovens estrangeiros e um malabarista e palhaço maluco. Você se esquece da evidência mais conclusiva de todas: a sua própria.

– Minha própria? – Por um instante, Mis ficou espantado.

– Sua própria – o prefeito disse com desdém. – O Cofre do Tempo se abrirá em nove semanas. E então? Ele se abre quando uma crise ocorre. Se esse ataque do Mulo não é a crise, onde é que está a crise "verdadeira" então, aquela para a qual o Cofre está se abrindo? Me responda, sua bola de banha.

O psicólogo deu de ombros.

– Tudo bem. Se você fica feliz assim. Mas me faça um favor. Apenas caso... Apenas caso o velho Seldon faça seu discurso e ele seja realmente amargo, suponha que você me deixe ir à Grande Abertura.

– Está certo. Fora daqui. E fique longe da minha vista por nove semanas.

– Com um prazer indizível, Vosso Horror Enrugado – Mis resmungou para si mesmo ao partir.

18.

Queda da Fundação

Havia um clima no Cofre do Tempo que desafiava qualquer tipo de definição em várias direções ao mesmo tempo. Não era um clima de decadência, pois ele estava bem iluminado e bem climatizado, com o esquema de cor das paredes bem vivo, as fileiras de cadeiras fixas confortáveis e aparentemente projetadas para uso eterno. Não era sequer antigo, pois três séculos não haviam deixado marcas óbvias. Certamente não houve esforços para a criação de temor ou reverência, pois a decoração era simples e cotidiana – quase inexistente, na verdade.

E, no entanto, depois que todos os termos negativos foram adicionados e a soma descartada, alguma coisa havia restado – e essa coisa estava centrada no cubículo de vidro que dominava metade do aposento com seu vazio claro. Quatro vezes em três séculos, o simulacro vivo do próprio Hari Seldon havia se sentado ali e falado. Por duas vezes, ele falara para plateia nenhuma.

Por três séculos e nove gerações, o velho que vira os grandes dias do Império universal projetara-se ali – ainda compreendia mais da galáxia de seus tatara-ultratataranetos do que eles próprios.

Pacientemente, o cubículo vazio esperava.

O primeiro a chegar foi o prefeito Indbur III, dirigindo seu carro terrestre cerimonial pelas ruas silenciosas e ansiosas. Junto dele vinha sua própria cadeira, mais alta e larga do que as que ali estavam. Ela foi colocada à frente de todas as outras e Indbur dominou tudo, menos o vidro vazio à sua frente.

O oficial solene à sua esquerda se curvou em reverência.

– Excelência, os arranjos foram completados para a maior transmissão subetérica possível para o anúncio oficial de Vossa Excelência esta noite.

– Ótimo. Enquanto isso, programas interplanetários especiais relativos ao Cofre do Tempo estão sendo exibidos. Não haverá, claro, previsões ou especulações de qualquer espécie sobre o assunto. A reação popular continua satisfatória?

– Muito, Excelência. Os rumores maldosos que vinham sendo veiculados ultimamente diminuíram. A confiança é ampla.

– Ótimo! – Ele fez um gesto para que o homem se retirasse e ajustou seu colar elaborado.

Faltavam vinte minutos para o meio-dia!

Um grupo seleto dos grandes pilares da Prefeitura – os líderes das grandes organizações de comércio – apareceu, individualmente ou aos pares, de acordo com o nível de pompa apropriado ao seu status financeiro e localização nas graças prefeiturais. Cada um se apresentou ao prefeito, recebeu uma ou duas palavras generosas e sentou-se em uma cadeira reservada.

Em algum lugar, incongruente em meio à cerimônia exagerada, Randu de Refúgio fez sua aparição e se esgueirou, sem ser anunciado, até a cadeira do prefeito.

– Excelência! – ele resmungou e fez uma mesura.

Indbur franziu a testa.

– Não lhe foi concedida uma audiência.

– Excelência, eu venho solicitando audiência há uma semana.

– Lamento que as questões de Estado envolvidas na aparição de Seldon...

– Excelência, também lamento, mas preciso lhe pedir para que rescinda sua ordem de que as naves dos comerciantes independentes sejam distribuídas entre as frotas da Fundação.

Indbur ficou vermelho com a interrupção.

– Não é hora de discussão.

– Excelência, é o único momento – Randu sussurrou com urgência. – Como representante dos Mundos Comerciais Independentes, eu lhe digo que uma ordem assim não pode ser obedecida. Ela precisa ser rescindida antes que Seldon resolva nosso problema por nós. Assim que a emergência tiver passado, será tarde demais para conciliação e nossa aliança será destruída.

Indbur encarou Randu friamente.

– Você percebe que sou chefe das forças armadas da Fundação? Tenho o direito de determinar a política militar ou não tenho?

– O senhor tem, Excelência, mas algumas coisas são inconvenientes.

– Não reconheço inconveniência. É perigoso permitir a seu povo frotas separadas nesta emergência. A ação dividida cai nas mãos do inimigo. Nós precisamos nos unir, embaixador, militarmente, assim como politicamente.

Randu sentiu os músculos da garganta se apertarem. Ele omitiu a cortesia do título de honra.

– Você se sente seguro agora que Seldon vai falar e se move contra nós. Há um mês, estava suave e flexível, quando nossas naves derrotaram o Mulo em Terel. Eu poderia lembrá-lo de que foi a frota da Fundação a derrotada em batalha aberta cinco vezes e de que as naves dos Mundos Comerciais Independentes ganharam suas vitórias para você.

Indbur franziu a testa perigosamente:

– Você não é mais bem-vindo em Terminus, embaixador. Seu retorno será solicitado esta noite. Além do mais, sua ligação com as forças democráticas subversivas em Terminus serão… e vêm sendo… investigadas.

Randu respondeu:

– Quando eu partir, nossas naves irão comigo. Eu não sei nada sobre seus democratas. Só sei que as naves da sua Fundação se renderam para o Mulo pela traição de seus altos oficiais, não de seus marujos, democratas ou não. Eu digo que vinte naves da Fundação se renderam em Horleggor pelas ordens de seu almirante da retaguarda, quando estavam intactas e invictas. O almirante da retaguarda era seu próprio associado íntimo… ele presidiu o julgamento de meu sobrinho quando chegou de Kalgan. Não é o único caso de que temos conhecimento, e nossas naves e homens não correrão risco com traidores em potencial.

Indbur disse:

– Você será preso ao sair daqui.

Randu saiu sob os olhares fixos e silenciosos de desprezo do grupo dos governantes de Terminus.

Faltavam dez minutos para o meio-dia!

Bayta e Toran já haviam chegado. Eles se levantaram nas cadeiras de trás e chamaram Randu quando ele passou.

Randu sorriu gentilmente.

– Vocês estão aqui, afinal. Como conseguiram?

– Magnífico foi nosso político – sorriu Toran. – Indbur insiste em sua composição de Visi-Sonor baseada no Cofre do

Tempo, consigo próprio, sem dúvida, como herói. Magnífico se recusou a vir sem nós e não houve como convencê-lo do contrário. Ebling Mis está conosco, ou estava. Ele está andando por aí em algum lugar. – Então, com um acesso súbito de gravidade ansiosa: – Ora, o que há de errado, tio? O senhor não parece bem.

Randu assentiu.

– Suponho que não. Estamos vivendo tempos difíceis, Toran. Quando se livrarem do Mulo, nossa hora chegará, receio.

Uma figura solene e ereta vestida de branco se aproximou, cumprimentando-os com uma mesura rígida.

Os olhos escuros de Bayta sorriram e ela estendeu a mão.

– Capitão Pritcher! O senhor está em missão no espaço, então?

O capitão tirou a mão e fez uma mesura ainda mais baixa.

– Nada disso. O dr. Mis, ao que entendi, foi instrumental para me trazer aqui, mas é apenas temporário. Volto à guarda amanhã. Que horas são?

Faltavam três minutos para as doze!

Magnífico era o quadro vivo de angústia e depressão. Seu corpo se curvava, em seu eterno esforço para passar despercebido. As narinas de seu nariz comprido contraíam-se e seus olhos grandes e abertos, inclinados para baixo, dardejavam, inquietos, de um lado para outro.

Ele agarrou a mão de Bayta e, quando ela se curvou, sussurrou:

– A senhora supõe, minha dama, que todos esses grandes homens estavam na plateia, talvez, quando eu… quando toquei o Visi-Sonor?

– Todos, tenho certeza – Bayta o reconfortou e o sacudiu com carinho. – E tenho certeza de que todos pensam que você é o mais maravilhoso músico da Galáxia, e que seu concerto foi o maior jamais visto, então endireite-se e sente-se corretamente. Precisamos ter dignidade.

Ele sorriu, fraco, com o franzir brincalhão de testa que ela lhe deu e desdobrou lentamente os braços e pernas compridos.

Era meio-dia...

... e o cubículo de vidro não estava mais vazio.

Dificilmente alguém teria testemunhado a aparição. Foi uma coisa rápida; num momento não estava lá e no outro, estava.

No cubículo encontrava-se uma figura numa cadeira de rodas, velha e enrugada, em cujo rosto vincado brilhavam olhos reluzentes, e cuja voz, como se viu, era a coisa mais viva nele. Um livro aberto estava virado para baixo sobre seu colo e a voz veio suavemente.

– Eu sou Hari Seldon!

Ele falou para o silêncio, trovejante em sua intensidade.

– Eu sou Hari Seldon! Não sei se existe alguém aqui por mera percepção sensorial, mas isso não importa. Tenho poucos temores de um colapso do Plano neste momento. Nos primeiros três séculos, a probabilidade de porcentagem de não desvio é de noventa e quatro ponto dois.

Fez uma pausa para sorrir e então disse, genialmente:

– A propósito, se algum de vocês estiver de pé, pode sentar-se. Se alguém quiser fumar, por favor, fique à vontade. Não estou aqui em carne e osso. Não exijo nenhuma cerimônia. Vamos abordar o problema do momento, então. Pela primeira vez, a Fundação está enfrentando, ou talvez esteja nos estágios finais do enfrentamento, de uma guerra civil. Até agora, os ataques de fora têm sido adequadamente batidos, e, inevitavelmente, de acordo com as leis rígidas da psico-história. O presente ataque é de um grupo exterior muito indisciplinado da

Fundação contra o governo central autoritário demais. O procedimento foi necessário, o resultado, óbvio.

A dignidade da audiência bem-nascida estava começando a desabar. Indbur já estava quase descendo da cadeira.

Bayta se inclinou para a frente com olhos preocupados. Do que o grande Seldon estava falando? Ela havia perdido algumas palavras...

– ... que o acordo fechado é necessário em dois aspectos. A revolta dos comerciantes independentes introduz um elemento de nova incerteza em um governo que talvez tenha se tornado confiante demais. O elemento do esforço, da busca, é restaurado. Embora derrotado, um aumento saudável da democracia...

Agora vozes se levantavam. Sussurros haviam se transformado em clamores que chegavam à beira do pânico.

Bayta disse, no ouvido de Toran:

– Por que é que ele não fala do Mulo? Os comerciantes nunca se revoltaram.

Toran deu de ombros.

A figura sentada falava, animada, no meio da desorganização cada vez maior:

– ... uma coalizão governamental nova e mais firme era o resultado necessário e benéfico da guerra civil lógica imposta à Fundação. E agora somente os restos do velho Império estão no caminho de uma expansão maior e, com eles, pelos próximos anos, de qualquer maneira, não há problema. Naturalmente, não posso revelar a natureza do próximo prob...

No completo tumulto, os lábios de Seldon se moviam sem som.

Ebling Mis estava ao lado de Randu, o rosto vermelho. Ele estava gritando:

– Seldon está louco. Ele está falando da crise errada. Seus comerciantes estavam planejando uma guerra civil?

Randu disse sem convicção:

– Nós planejávamos uma, sim. Nós a cancelamos por causa do Mulo. Então o Mulo é um dado extra, para o qual a psico-história de Seldon não estava preparada. Agora, o que aconteceu?

No silêncio súbito e congelado, Bayta descobriu que o cubículo estava vazio mais uma vez. O brilho nuclear das paredes havia se apagado e a corrente suave de ar condicionado estava ausente.

Em algum lugar o som de uma sirene aguda subia e descia, e Randu formou as palavras com os lábios:

– Ataque espacial!

Ebling Mis levantou seu relógio de pulso até os olhos e gritou subitamente:

– Pela Ga-LÁ-xia, está parado! Existe algum relógio funcionando na sala? – Sua voz era um rugido.

Vinte pulsos subiram até vinte orelhas. E em bem menos de vinte segundos, todos tiveram certeza de que nenhum estava.

– Então – disse Mis, com um senso amargo e horrível de conclusão –, alguma coisa interrompeu toda a energia nuclear no Cofre do Tempo… e o Mulo está atacando.

O uivo de Indbur subiu acima do ruído.

– Sentem-se! O Mulo está a cinquenta parsecs de distância.

– Ele estava – Mis gritou de volta. – Há uma semana. Neste exato instante, Terminus está sendo bombardeada.

Bayta sentiu uma depressão profunda descer suavemente sobre si. Sentiu como se um cobertor a envolvesse com força até que a respiração só conseguisse sair dolorosamente pela garganta contraída.

O ruído externo de uma turba que se aglomerava era evidente. As portas foram escancaradas, uma figura assustada entrou e falou rapidamente com Indbur, que correra até ele.

– Excelência – ele sussurrou –, não há um veículo funcionando na cidade, nenhuma linha de comunicação com o exterior está aberta. Recebemos um relatório de que a Décima Frota foi derrotada e que as naves do Mulo estão logo além da atmosfera. O Estado-Maior...

Indbur desabou e era uma figura esmagada de impotência no chão. Em todo o salão, nenhuma voz se elevava. Até mesmo a crescente multidão do lado de fora estava com medo, mas silenciosa, e o horror do pânico frio pairava perigosamente.

Indbur foi levantado. Levaram vinho aos seus lábios. Seus lábios se moveram antes que os olhos se abrissem e a palavra que eles formaram foi "Rendição!"

Bayta percebeu que estava quase chorando – não por tristeza ou humilhação, mas simples e puramente por um vasto desespero aterrador. Ebling Mis puxou a manga da blusa dela.

– Venha, moça...

Ela foi puxada por inteiro de sua cadeira.

– Estamos indo embora – ele disse. – E traga seu músico com você. – Os lábios do cientista gordo tremiam sem cor.

– Magnífico – disse Bayta, quase desmaiando. O palhaço se encolheu horrorizado. Seus olhos estavam vidrados.

– O Mulo – ele gritou. – O Mulo está vindo me pegar!

Ele se debateu violentamente com o toque dela. Toran deu um pulo no meio dos dois e lhe deu um soco. Magnífico desabou inconsciente e Toran o carregou como se fosse um saco de batatas.

No dia seguinte, as feias naves do Mulo, escurecidas pela batalha, desceram sobre os campos de pouso do planeta

Terminus. O general inimigo percorreu correndo a rua principal vazia da Cidade de Terminus em um carro terrestre estrangeiro que corria, onde toda uma cidade de carros atômicos ainda estava parada, inútil.

A proclamação de ocupação foi feita vinte e quatro horas depois do minuto exato em que Seldon aparecera perante os ex-poderosos da Fundação.

De todos os planetas da Fundação, apenas os comerciantes independentes ainda resistiam, e contra eles o poder do Mulo – conquistador da Fundação – agora se voltava.

19.

O início da busca

O PLANETA SOLITÁRIO, REFÚGIO – único planeta de um único sol de um setor galáctico que se rarefazia em direção ao vácuo intergaláctico – estava sob cerco.

Num sentido estritamente militar, ele estava certamente sob cerco, já que nenhuma área do espaço do lado galáctico, para além de uma distância de vinte parsecs, estava fora do alcance das bases avançadas do Mulo. Nos quatro meses desde a queda arrasadora da Fundação, as comunicações de Refúgio haviam caído como uma teia de aranha sob o fio de uma navalha. As naves de Refúgio convergiram para o mundo natal e apenas o próprio planeta era, agora, uma base de combate.

E, sob outros aspectos, o cerco era ainda mais fechado, pois as mortalhas de desesperança e tragédia já haviam invadido...

Bayta abriu caminho pelo corredor rosa ondulado, passando pelas fileiras de mesas com tampo de plástico leitoso e encontrou sua cadeira às cegas. Ela se sentou na cadeira alta e sem braços, respondeu mecanicamente a saudações que mal ouviu, esfregou um olho cansado que coçava com as costas de uma mão cansada e estendeu a outra para o cardápio.

Teve tempo para registrar uma violenta reação mental de nojo à pronunciada presença de vários pratos à base de fungos cultivados, que eram considerados iguarias em Refúgio, e que seu paladar da Fundação achava altamente não comestível – então se deu conta dos soluços próximos e levantou a cabeça.

Até então, sua consciência da presença de Juddee, a loura aguada e inexpressiva de nariz de batata, na unidade de jantar diagonalmente à frente da sua, era superficial, a de uma desconhecida. E agora Juddee estava chorando, mordendo tristemente um lenço úmido e engolindo soluços até seu rosto ficar de um vermelho túrgido. Seu casaco disforme à prova de radiação estava jogado sobre os ombros e seu escudo facial transparente havia caído para a frente, em cima da sobremesa, e ali ficara.

Bayta se juntou às três garotas que estavam se revezando nos trabalhos eternamente usados e eternamente ineficazes dos tapinhas nos ombros, cafunés e murmúrios incoerentes.

– Qual é o problema? – ela perguntou, num sussurro.

Uma das garotas se voltou para ela e deu de ombros um discreto "Não sei". Então, sentindo a inadequação do gesto, levou Bayta para o lado.

– Ela teve um dia difícil, acho. E está preocupada com o marido.

– Ele está na patrulha espacial?

– Está.

Bayta estendeu uma mão amiga para Juddee.

– Por que é que você não vai para casa, Juddee? – A voz dela era uma intromissão vívida, porém neutra, sobre as banalidades suaves e insossas que haviam precedido.

Juddee levantou a cabeça, ressentida.

– Eu já saí de licença uma vez esta semana...

– Então, vai sair duas. Se tentar continuar, você sabe, ficará fora três dias na semana que vem... então, ir para casa agora significa patriotismo. Alguma de vocês, garotas, trabalha no departamento dela? Bem, então suponho que você cuide do cartão dela. Melhor ir primeiro ao lavatório, Juddee, para arrumar a maquiagem. Vá logo! Xô!

Bayta voltou à sua cadeira e pegou o cardápio novamente, com um alívio sombrio. Esses ataques eram contagiosos. Uma garota chorando podia levar seu departamento inteiro a um frenesi, naqueles dias de nervos à flor da pele.

Ela tomou uma decisão desagradável, apertou os botões corretos ao seu lado e colocou o cardápio de volta no nicho.

A garota alta e melancólica em frente a ela estava dizendo:

– Não podemos fazer muita coisa além de chorar, não é?

Seus lábios incrivelmente cheios mal se moviam e Bayta reparou que as pontas haviam sido cuidadosamente retocadas para exibir esse meio sorriso artificial que era a última palavra em sofisticação.

Bayta investigou a provocação insinuante contida nas palavras com olhos de cílios enormes e agradeceu a distração da chegada de seu almoço, quando o topo de sua unidade se moveu para dentro e a comida subiu. Ela rasgou cuidadosamente o invólucro dos talheres e os segurou, desajeitada, até eles esfriarem.

– Você *não consegue* pensar em outra coisa para fazer, Hella? – falou.

– Ah, sim – respondeu Hella. – Eu *consigo*! – E bateu as cinzas do cigarro com um movimento casual e treinado no pequeno recesso fornecido e o pequeno flash as apanhou antes que chegassem ao fundo.

– Por exemplo – e Hella fechou mãos magras e bem cuidadas sob o queixo –, acho que podíamos fazer um acordo muito bonito com o Mulo e acabar com toda essa bobagem.

Mas eu não tenho os... ah... recursos para sair dos lugares rapidamente quando o Mulo invade.

A testa clara de Bayta permaneceu clara. Sua voz era leve e indiferente.

– Por acaso você não tem um irmão ou um marido nas naves de combate, tem?

– Não. E ainda assim não vejo motivo para o sacrifício dos irmãos e maridos de outras.

– O sacrifício virá, com mais certeza, em caso de rendição.

– A Fundação se rendeu e está em paz. Nossos homens estão fora, e a Galáxia está contra nós.

Bayta deu de ombros e disse, docemente:

– Receio que seja o primeiro desses fatos que a incomoda. – Ela voltou ao seu prato de vegetais e começou a comê-lo com a percepção do silêncio pegajoso ao redor. Ninguém por perto havia se incomodado em responder ao cinismo de Hella.

Ela foi embora rapidamente, depois de apertar com força o botão que limpava sua unidade de jantar para a ocupante do próximo turno.

Uma nova garota, a três cadeiras de distância, sussurrou para Hella, num efeito teatral.

– Quem era ela?

Os lábios móveis de Hella se curvaram em indiferença.

– É a sobrinha de nosso coordenador. Não sabia?

– Mesmo? – Seus olhos procuraram o último vislumbre dela se afastando. – O que faz aqui?

– É só uma garota da linha de montagem. Não sabia que está na moda ser patriótica? É tudo tão democrático que me dá vontade de vomitar.

– Ora, Hella – disse a garota gordinha à sua direita. – Ela ainda não apelou para o tio por cima da gente. Por que é que você não dá um tempo?

Hella ignorou a vizinha com um revirar vítreo dos olhos e acendeu outro cigarro.

A nova garota estava ouvindo o matraquear da contadora de olhos brilhantes do outro lado. As palavras vinham rápidas:

– ... e dizem que ela estava no Cofre, no Cofre mesmo, sabem, quando Seldon falou, e dizem que o prefeito estava furioso, espumando pela boca, e houve tumultos, e todas essas coisas, sabem. Ela saiu antes de o Mulo pousar, e dizem que ela fez a fuga maaaais sen-sa-cio-nal, precisou passar pelo bloqueio, e tudo isso, e fico me perguntando por que ela não escreve um livro sobre isso, já que esses livros de guerra são tão populares hoje em dia, sabem. E dizem que ela também esteve nesse mundo do Mulo, Kalgan, sabem, e...

A campainha do horário soou aguda e a sala de jantar foi se esvaziando lentamente. A voz da contadora continuou zumbindo e a nova garota interrompia apenas com o convencional "É meeesmo?", de olhos arregalados.

As enormes luzes das cavernas estavam sendo escudadas na direção dos grupos, na descida gradual para a escuridão que significava sono para os justos e os que trabalham duro, quando Bayta voltou para casa.

Toran a encontrou na porta com uma fatia de pão com manteiga na mão.

– Por onde você andou? – ele perguntou com a boca cheia. Depois, com mais clareza: – Preparei um jantarzinho improvisado. Não é muita coisa, mas não me culpe.

Mas ela o estava cercando, os olhos arregalados.

– Torie? Cadê seu uniforme? O que você está fazendo em roupas civis?

– Ordens, Bay. Randu está enfurnado com Ebling Mis neste exato momento, mas, do que estão tratando, eu não sei. É tudo.

– E eu vou? – Ela foi, impulsivamente, na direção dele.

Ele a beijou antes de responder.

– Acredito que sim. Mas provavelmente será perigoso.

– E o que não é perigoso?

– Exatamente. Ah, sim, já mandei chamar Magnífico, então ele provavelmente virá conosco.

– Quer dizer que o concerto dele na fábrica de motores terá de ser cancelado.

– Obviamente.

Bayta passou para o aposento ao lado e sentou-se para comer uma refeição que, definitivamente, tinha sinais de ter sido "improvisada". Ela cortou os sanduíches em dois com rápida eficiência e disse:

– Que pena sobre o concerto. As garotas da fábrica estavam loucas para vê-lo. Magnífico também, por falar nisso. – Ela balançou a cabeça. – Ele é tão estranho.

– Ele mexe com seu instinto materno, Bay, é isso o que ele faz. Um dia teremos um filho e aí você esquecerá Magnífico.

Bayta respondeu das profundezas de seu sanduíche:

– Ocorre-me que você é tudo o que meu instinto materno pode suportar.

E então ela colocou o sanduíche de lado, e ficou muito séria num momento.

– Torie?

– Hum-m-m?

– Torie, eu estive na Prefeitura, no Departamento de Produção. Por isso me atrasei tanto.

– O que você foi fazer lá?

– Bem... – ela hesitou, insegura. – A coisa tem crescido. Eu estava num tal ponto que não conseguia suportar mais a fábrica. O moral... simplesmente não existe. As garotas começam a chorar por qualquer coisa. As que não ficam doentes ficam deprimidas. Até as mais bobas ficam de bico. Na minha seção específica, a produção não é um quarto do que era quando cheguei e não há um dia em que tenhamos uma equipe completa de operárias.

– Está certo – disse Toran –, mas voltando ao começo. O que você foi fazer lá?

– Fazer algumas perguntas. E é assim, Torie, é assim em todo o Refúgio. Queda na produção, aumento na insubordinação e nas discussões. O chefe do departamento apenas deu de ombros… depois que fiquei sentada na antessala por uma hora para vê-lo, só consegui entrar porque era sobrinha do coordenador… e ele disse que não podia fazer nada. Francamente, acho que não estava dando a mínima.

– Também não exagere, Bay.

– Acho que ele não estava mesmo. – Ela estava tensa e furiosa. – Estou lhe dizendo, tem algo de errado. É a mesma frustração terrível que me atingiu no Cofre do Tempo quando Seldon nos abandonou. Você mesmo sentiu.

– Sim, senti.

– Bem, ela voltou – ela continuou, selvagem. – E nunca seremos capazes de resistir ao Mulo. Mesmo que tivéssemos material, não temos coração, espírito, vontade… Torie, não faz sentido lutar…

Bayta nunca havia chorado na memória de Toran e não chorou agora. Não realmente. Mas Toran colocou uma mão leve no ombro dela e sussurrou:

– E se você deixar isso de lado, meu amor? Eu sei o que você quer dizer. Mas não há nada…

– Sim, não há nada que possamos fazer! Todo mundo diz isso… e ficamos simplesmente sentados, esperando a faca descer.

Ela voltou ao que restou de seu sanduíche e chá. Silenciosamente, Toran arrumou as camas. Estava bem escuro lá fora.

Randu, como coordenador recém-nomeado – um posto de tempos de guerra – da confederação de cidades em Refúgio, fora designado, por solicitação própria, a um aposento num andar superior, de cuja janela pudesse olhar por cima dos telhados e do verde da cidade. Agora, no desvanecer das luzes da caverna, a cidade recuava para o nível de indefinição das sombras. Randu não gostava de meditar sobre esse simbolismo.

Disse a Ebling Mis, cujos olhinhos claros pareciam não se interessar por nada além da taça cheia de vinho em sua mão:

– Existe um ditado em Refúgio que diz que, quando as luzes da caverna se apagam, é hora de os justos e dos que trabalham duro dormirem.

– Tem dormido muito ultimamente?

– Não! Desculpe chamá-lo tão tarde, Mis. Mas é que gosto mais da noite, hoje em dia. Não é estranho? O povo de Refúgio se condicionou muito estritamente à falta de luz significar sono. Eu também. Mas agora é diferente...

– Você está se escondendo – Mis disse sem emoção. – Está cercado de gente durante o dia, sente os olhos deles e suas esperanças depositadas em você. E não está dando conta. No período de sono, você está livre.

– Então, você também sente isso? Esse senso miserável de derrota?

Ebling Mis assentiu devagar.

– Sinto. É uma psicose de massa, um pânico de massa detestável. Ga-LÁ-xia, Randu, o que esperava? Aqui você tem toda uma cultura criada numa crença cega e boba de que um herói popular do passado tinha tudo já planejado e está cuidando de cada pecinha de suas vidas insuportáveis. O padrão de pensamento evocado tem características religiosas e você sabe o que isso significa.

– Nem um pouco.

Mis não ficou entusiasmado com a necessidade de explicação. Nunca ficava. Então grunhiu, ficou olhando o charuto comprido que rolava pensativo entre os dedos e disse:

– Caracterizado por fortes reações de fé. Crenças que não podem ser sacudidas, a não ser por um grande choque que, caso ocorra, resulta numa disrupção mental bastante completa. Casos brandos... histeria, um senso mórbido de insegurança. Casos avançados... loucura e suicídio.

Randu mordeu uma unha.

– Quando Seldon nos falha, em outras palavras, nossas muletas desaparecem, e nos acostumamos tanto a elas que nossos músculos ficam atrofiados, a ponto de não conseguirmos parar em pé sem isso.

– É isso. Uma metáfora meio desajeitada, mas é isso.

– E você, Ebling, e seus músculos?

O psicólogo filtrou uma longa baforada de ar pelo charuto e deixou a fumaça subir.

– Enferrujados, mas não atrofiados. Minha profissão resultou num pouco de pensamento independente.

– E você vê saída para isso?

– Não, mas deve haver uma. Talvez Seldon não tivesse pensado no Mulo. Talvez ele não garantisse nossa vitória. Mas, até aí, ele também não garantiu a derrota. Ele só está fora do jogo e estamos por conta própria. O Mulo pode ser derrotado.

– Como?

– Da única maneira pela qual qualquer um pode ser derrotado: atacando sua fraqueza com força. Escute aqui, Randu, o Mulo não é um super-homem. Se ele finalmente for derrotado, todos verão isso por si mesmos. A questão é que ele é uma incógnita e as lendas crescem rapidamente. Ele é, supostamente, um mutante. Bem, e daí? Um mutante significa um "super-homem" para os ignorantes da humanidade. Não é nada disso. Já foi estimado que todo dia nascem vários milhões de mutantes na Galáxia. Dos diversos milhões, apenas um ou dois por cento podem ser detectados por meio de microscópios e química. Desses, um ou dois por cento de macromutantes, isto é, aqueles com mutações detectáveis a olho nu ou à mente nua, todos menos um ou dois por cento são aberrações, adequadas para os centros de diversão, laboratórios e a morte. Dos poucos macromutantes cujas diferenças são vantajosas, quase todas são curiosidades inofensivas, incomuns em um único aspecto, normais... e, às vezes, subnormais... em muitos outros. Entendeu, Randu?

– Entendi. Mas e o Mulo?

– Supondo que o Mulo seja um mutante, então, podemos assumir que ele tenha algum atributo, sem dúvida mental, que pode ser usado para conquistar mundos. Em outros aspectos, ele sem dúvida tem seus defeitos, que devemos localizar. Ele não faria tanto segredo aos olhos dos outros se esses defeitos não fossem aparentes e fatais. Isso se ele for *mesmo* um mutante.

– Há alguma alternativa?

– Pode haver. Evidências de mutação estão depositadas no capitão Han Pritcher, que era do que costumava ser a Inteligência da Fundação. Ele tirou suas conclusões das poucas memórias dos que afirmaram conhecer o Mulo... de alguém que poderia ter sido o Mulo... quando bebê e no início da infância. Pritcher trabalhou com o pouco que tinha ali, e as evidências que ele encontrou poderiam facilmente ter sido plantadas pelo Mulo para servir a seus propósitos, pois é certo que o Mulo foi enormemente ajudado por sua reputação de super-homem mutante.

– Que interessante. Há quanto tempo você pensa nisso?

– Eu nunca pensei nisso, no sentido de acreditar. É tão somente uma alternativa a ser considerada. Por exemplo, Randu, suponha que o Mulo tenha descoberto uma forma da radiação capaz de deprimir a energia mental, assim como ele está em posse de uma que anula as reações nucleares. E aí, hein? Será que isso não poderia explicar o que está nos afetando agora... e o que afetou a Fundação?

Randu pareceu submergir numa penumbra quase sem palavras.

– E suas próprias pesquisas com o palhaço do Mulo?

Agora foi Ebling Mis quem hesitou.

– Ainda inúteis. Falei bravamente com o prefeito antes do colapso da Fundação, principalmente para sustentar sua coragem... em parte, para manter a minha própria coragem lá no alto, também. Mas, Randu, se minhas ferramentas matemáticas estivessem à altura, só com o palhaço eu poderia analisar completamente o Mulo. Então ele estaria em nossas mãos. Então poderíamos solucionar as estranhas anomalias que me impressionam.

– Como, por exemplo?

– Pense, homem. O Mulo derrotou as marinhas da Fundação ao seu bel-prazer, mas não conseguiu, uma vez sequer, forçar as frotas bem mais fracas dos comerciantes independentes a recuar em combate aberto. A Fundação caiu com um só golpe; os comerciantes independentes se defenderam contra todas as forças dele. Ele começou a usar o Campo Extintor contra as armas nucleares dos comerciantes independentes de Mnemon. O elemento-surpresa fez com que perdessem aquela batalha, mas eles conseguiram anular o Campo. Ele nunca mais foi capaz de usá-lo com sucesso contra os independentes. Mas, inúmeras vezes, isso funcionou contra as forças da

Fundação. Funcionou na própria Fundação. Por quê? Com nosso conhecimento atual, é tudo ilógico. Portanto, deve haver fatores dos quais não estamos cientes.

– Traição?

– Isso é uma grande bobagem, Randu. Bobagem execrável. Não havia um homem na Fundação que não estivesse certo da vitória. Quem trairia um lado que estava com a vitória garantida?

Randu foi até a janela curva e olhou, sem ver, o que não podia mesmo ser visto. Ele disse:

– Mas nossa derrota agora é certa; se o Mulo tivesse mil fraquezas, se ele fosse uma rede de furos…

Ele não se virou. Era como se suas costas curvadas, e as mãos nervosas que procuravam uma à outra às suas costas, falassem. Continuou:

– Fugimos facilmente depois do episódio do Cofre do Tempo, Ebling. Outros também poderiam ter escapado. Alguns poucos conseguiram. A maioria, não. O Campo Extintor poderia ter sido anulado. Isso pedia engenhosidade e certa quantidade de trabalho. Todas as naves da marinha da Fundação poderiam ter voado até Refúgio, ou outros planetas próximos, para continuar a luta, como fizemos. Nem um por cento o fez. Na verdade, eles desertaram para o inimigo. A resistência da Fundação, na qual muita gente parece confiar tão fortemente, até agora não fez nada de útil. O Mulo tem sido bastante político para prometer salvaguardar a propriedade e os lucros dos grandes comerciantes, e eles passaram para o lado dele.

Ebling Mis disse, teimoso:

– Os plutocratas sempre estiveram contra nós.

– Eles sempre detiveram o poder também. Escute, Ebling. Temos motivos para acreditar que o Mulo, ou seus instrumentos, já estavam em contato com homens poderosos entre os comerciantes independentes. Pelo menos dez, dos vinte e sete Mundos Comerciais, ao que sabemos, passaram para o lado do Mulo. Talvez mais dez estejam vacilando. Há personalidades no próprio mundo de Refúgio que não ficariam infelizes com a dominação do Mulo. É, aparentemente, uma tentação inescapável abrir mão de um poder político ameaçado, se isso mantém seu domínio sobre as questões econômicas.

– Você não acha que Refúgio pode combater o Mulo?

– Acho que Refúgio não irá combater o Mulo. – Agora Randu virava seu rosto perturbado totalmente para o psicólogo. – Acho que Refúgio está esperando para se render. Foi para dizer isso que o chamei aqui. Quero que você deixe Refúgio.

Ebling Mis soltou uma baforada de ar pelas bochechas gordas, surpreso.

– Já?

Randu se sentia terrivelmente cansado.

– Ebling, você é o maior psicólogo da Fundação. Os verdadeiros mestres-psicólogos partiram com Seldon, mas você é o melhor de que dispomos. É a nossa única chance de derrotar o Mulo. Mas não pode fazer isso aqui; terá de ir para o que restou do Império.

– Para Trantor?

– Isso mesmo. O que um dia foi o Império não passa de um esqueleto hoje, mas ainda deve haver algo no centro. Eles têm os registros lá, Ebling. Você pode aprender mais de psicologia matemática; talvez o suficiente para interpretar a mente do palhaço. Ele irá com você, é claro.

Mis respondeu com secura.

– Duvido que esteja disposto, mesmo por medo do Mulo, a menos que sua sobrinha vá com ele.

– Eu sei disso. Toran e Bayta irão com você, por essa razão. E, Ebling, há outro objetivo, um objetivo maior. Hari Seldon criou duas Fundações há três séculos; uma em cada extremidade da Galáxia. *Você precisa encontrar a Segunda Fundação.*

20.

Conspirador

O PALÁCIO DO PREFEITO – o que um dia havia sido o palácio do prefeito – era uma mancha imensa na escuridão. A cidade estava quieta sob a conquista e toque de recolher. O tom leitoso e enevoado da grande Lente Galáctica, com uma estrela solitária aqui e ali, dominava o céu da Fundação.

Em três séculos, a Fundação havia crescido de um projeto privado de um pequeno grupo de cientistas para um império comercial tentacular que se espalhava até as profundezas da Galáxia, e meio ano a arremessara das alturas para o status de outra província conquistada.

O capitão Han Pritcher se recusava a aceitar isso.

O silêncio soturno da noite da cidade, o palácio às escuras, ocupado por intrusos, era simbólico o bastante, mas o capitão Han Pritcher, logo do lado de dentro do portão externo do palácio, com a minúscula bomba nuclear debaixo da língua, se recusava a entender.

Uma forma se aproximou… o capitão abaixou a cabeça.

O sussurro era letalmente baixo.

– O sistema de alarme é como sempre foi, capitão. Prossiga! Ele não irá registrar nada.

Suavemente, o capitão passou pela arcada baixa e desceu o caminho ladeado por fontes até o que havia sido o jardim de Indbur.

Quatro meses antes ocorrera o dia do Cofre do Tempo e sua memória se retraía diante da plenitude da lembrança. As impressões voltavam, separadamente, indesejadas, sobretudo à noite.

O velho Seldon falando suas palavras benevolentes que estavam tão arrasadoramente erradas; a confusão toda; Indbur, com seu traje prefeitural incongruentemente brilhante em contraste com o rosto vermelho, inconsciente; as multidões apavoradas se reunindo rapidamente, aguardando sem fazer um ruído a palavra inevitável de rendição; o jovem, Toran, desaparecendo de vista por uma porta lateral, com o palhaço do Mulo pendurado no ombro.

E ele mesmo, de algum modo fora daquilo tudo, mais tarde, com seu carro sem funcionar.

Abrindo caminho à força pela multidão sem líder que já estava deixando a cidade... sem destino.

Correndo cegos para os diversos buracos de rato que foram - que um dia haviam sido - o quartel-general de uma resistência democrática que, por oitenta anos, vinha fracassando e definhando.

E os buracos de rato estavam vazios.

No dia seguinte, naves alienígenas pretas se fizeram momentaneamente visíveis no céu, afundando suavemente nos aglomerados de prédios da cidade mais próxima. O capitão Han Pritcher sentiu-se afogado no acúmulo de desamparo e desespero.

Ele começou suas viagens.

Em trinta dias, havia percorrido quase quinhentos quilômetros a pé, trocado de roupas para se passar por um operário das fábricas hidropônicas cujo corpo ele encontrara recém--morto à beira da estrada, deixara crescer uma barba feroz de intensidade ruiva...

E encontrara o que havia restado da resistência.

A cidade era Newton. O distrito, um residencial que um dia fora elegante e começara, lentamente, a descambar para a pobreza. A casa, uma unidade indistinta de uma fileira. E o homem, uma pessoa de olhos pequenos e ossos grandes, cujos punhos fechados marcavam o tecido dos bolsos e cujo corpo magro permanecia imóvel na porta.

O capitão murmurou:

– Eu venho de Miran.

O homem devolveu a senha, sombrio.

– Miran chegou cedo este ano.

Disse o capitão:

– Não mais cedo do que no ano passado.

Mas o homem não se moveu. Ele perguntou:

– Quem é você?

– Você não é o Raposa?

– Você sempre responde com perguntas?

O capitão respirou um pouco mais fundo, imperceptivelmente, e então disse, com calma:

– Eu sou Han Pritcher, capitão da Frota Nacional, e membro do Partido da Resistência Democrática. Você vai me deixar entrar?

Raposa abriu caminho. Ele disse:

– Meu verdadeiro nome é Orum Palley.

Ele estendeu a mão. O capitão a apertou.

O aposento estava bem preservado, mas não era luxuoso. Num canto ficava um projetor de livro-filmes decorativo, que, para os olhos militares do capitão, poderia facilmente ter sido um desintegrador camuflado, de calibre respeitável.

A lente de projeção cobria a porta e podia ser controlada remotamente.

Raposa seguiu os olhos de seu convidado barbado e deu um sorriso tenso. Ele disse:

– Sim! Mas somente nos dias de Indbur e seus lacaios sanguessugas. Não seria muita coisa contra o Mulo, hein? Nada ajudaria contra o Mulo. Está com fome?

Os músculos dos maxilares do capitão apertaram sob a barba e ele assentiu.

– Vai levar um minuto se você não se importar de esperar. – Raposa retirou latas de um armário e colocou duas na frente do capitão Pritcher. – Mantenha o dedo nela e quebre-a quando estiver quente o bastante. Minha unidade de controle de aquecimento está enguiçada. Coisas assim é que lembram a você que está havendo uma guerra... ou estava, hein?

Suas palavras rápidas tinham um conteúdo jovial, mas não eram ditas nesse tom – e seus olhos eram friamente pensativos. Ele se sentou em frente ao capitão e disse:

– Não haverá nada aí no seu lugar a não ser uma mancha de queimado se houver alguma coisa em você de que eu não goste. Sabe disso?

O capitão não respondeu. As latas à sua frente se abriram com uma pressão.

Raposa disse rapidamente:

– Cozido! Desculpe, capitão, mas a situação da comida é escassa.

– Eu sei – respondeu o capitão. Comeu rapidamente, sem olhar para cima.

Raposa falou:

– Eu vi o senhor uma vez. Estou tentando me lembrar, mas a barba definitivamente não faz parte do quadro.

– Não me barbeio há trinta dias. – Então, ferozmente: – O que você quer? Eu usei as senhas corretas. Eu tenho identificação.

O outro fez um gesto de desprezo.

– Ah, eu sei que o senhor é o Pritcher. Mas há muitos que têm as senhas, as identificações e as *identidades*... que estão com o Mulo. Já ouviu falar de Levvaw, hein?

– Sim.

– Ele está com o Mulo.

– O quê? Ele...

– Sim. Ele era o homem a quem chamavam de "Sem Rendição" – os lábios de Raposa fizeram movimentos de risos, sem som nem humor. – E tem também o Willig. Com o Mulo! Garre e Noth. Com o Mulo! Por que não também Pritcher, hein? Como eu iria saber?

O capitão simplesmente balançou a cabeça.

– Mas não importa – Raposa disse, baixinho. – Eles devem ter meu nome, se Noth passou para o lado de lá... Então, se você é legítimo, está em mais apuros do que eu, com este nosso encontro.

O capitão havia terminado de comer. Ele se recostou.

– Se você não tem organização aqui, onde posso achar uma? A Fundação pode ter se rendido, mas eu não.

– Então! Você não pode ficar vagando por aí para sempre, capitão. Homens da Fundação devem ter permissões de viagem para irem de uma cidade à outra hoje em dia. Sabia disso? E também cartões de identidade. O senhor tem um? Além disso, todos os oficiais da velha marinha foram chamados para se reportar ao quartel-general da ocupação mais próximo. Isso é com o senhor, hein?

– É. – A voz do capitão era dura. – Você acha que fugi de medo. Estive em Kalgan não muito *depois* de sua queda para o Mulo. Dentro de um mês, nenhum dos antigos senhores da guerra ainda reinava, pois eles eram os líderes militares naturais de qualquer revolta. Sempre foi do conhecimento da resistência que nenhuma revolução pode ser bem-sucedida sem o controle de pelo menos parte da marinha. O Mulo evidentemente sabe disso também.

Raposa assentiu, pensativo.

– Muito lógico. O Mulo pensa em tudo.

– Me desfiz do uniforme assim que pude. Deixei a barba crescer. Pode haver a chance de que outros tenham feito a mesma coisa.

– Você é casado?

– Minha esposa morreu. Não tenho filhos.

– Então, você é imune a reféns.

– Sou.

– Quer meu conselho?

– Se tiver algum.

– Não sei qual é a política do Mulo ou o que ele pretende, mas trabalhadores qualificados até agora não foram atacados. Os salários têm aumentado. A produção de todos os tipos de armas nucleares está crescendo enormemente.

– Mesmo? Parece uma ofensiva contínua.

– Não sei. O Mulo é um desgraçado sutil e ele pode estar só mimando os operários para que eles fiquem submissos. Se Seldon não conseguiu prevê-lo com toda a sua psico-história, eu é que não vou tentar. Mas você está usando roupas de trabalho. Isso sugere alguma coisa, hein?

– Não sou operário qualificado.

– Você teve um curso militar de nucleônica, não teve?

– Certamente.

– Isso basta. A Rolamentos de Campo Nuclear Ltda. fica aqui na cidade. Diga que você tem experiência. Os idiotas que costumavam dirigir a fábrica para Indbur ainda a dirigem…

para o Mulo. Eles não farão perguntas, já que precisam de mais trabalhadores para ganhar seu dinheirinho. Eles lhe darão um cartão de identidade e você pode solicitar um quarto no distrito residencial da corporação. Pode começar já.

Assim, o capitão Han Pritcher, da Frota Nacional, se tornou o especialista em escudos Lo Moro da Oficina 45 da Rolamentos de Campo Nuclear Ltda. E, de agente da Inteligência, ele desceu a escala social para virar um "conspirador" - uma vocação que o levou, meses mais tarde, ao que havia sido o jardim privado de Indbur.

No jardim, o capitão Pritcher consultou o radiômetro na palma de sua mão. O campo de aviso interno ainda estava em funcionamento e ele esperou. Ainda restava meia hora de vida na bomba nuclear em sua boca. Ele a rolava, cauteloso, com a língua.

O radiômetro se apagou para uma escuridão tenebrosa e o capitão avançou depressa.

Até agora, as coisas estavam andando bem.

Ele refletiu objetivamente que a vida da bomba nuclear era também a dele; que a morte dela era a sua morte... e a do Mulo.

E o grande clímax de uma guerra privada de quatro meses seria atingido; uma guerra que havia passado da fuga para uma fábrica de Newton...

Por dois meses, o capitão Pritcher usara aventais de chumbo e escudos faciais pesados, até que todas as coisas militares tivessem sido apagadas de sua postura e de sua aparência. Ele era um trabalhador, que recebia seu pagamento, passava as noites na cidade e nunca discutia política.

Por dois meses, não viu Raposa.

E então, certo dia, um homem passou por sua bancada, tropeçou, e ele sentiu um pedaço de papel entrar em seu bolso. A palavra "raposa" estava escrita. Jogou-o dentro da câmara nuclear, onde desapareceu com um *puf* invisível, emitindo a energia de um milimicrovolt – e voltou ao trabalho.

Naquela noite, ele estava na casa de Raposa, participando de uma rodada de cartas com dois outros homens que conhecia de reputação e outro, de nome e de rosto.

Sobre as cartas e as fichas, eles conversaram.

O capitão disse:

– É um erro fundamental. Vocês vivem no passado que já era. Por oitenta anos, nossa organização tem esperado o momento histórico correto. Fomos cegados pela psico-história de Seldon, e uma de suas primeiras proposições é que o indivíduo não conta, não faz história, e que complexos fatores sociais e econômicos o sobrepujam, fazem dele um títere. – Ajustou suas cartas com cuidado, apreciou o valor delas e disse, ao jogar uma ficha sobre a mesa: – Por que não matar o Mulo?

– Ora, e o que isso traria de bom? – quis saber o homem à sua esquerda, com grosseria.

– Sabe – disse o capitão, descartando duas cartas –, essa é a atitude. O que é um homem entre quatrilhões? A Galáxia não vai parar de girar porque um homem morre. Mas o Mulo *não é* um homem, ele é um mutante. Ele já desequilibrou o Plano Seldon e se vocês pararem para analisar as implicações, isso significa que ele... um homem... um mutante... desequilibrou toda a psico-história de Seldon. Se ele nunca tivesse vivido, a Fundação não teria caído. Se ele deixasse de viver, a Fundação não permaneceria caída. Ora, os democratas lutaram contra os prefeitos e os comerciantes por oitenta anos por meio de subterfúgios. Vamos tentar assassinato.

– Como? – interpôs Raposa, com um frio senso comum.

O capitão respondeu, devagar:

– Passei três meses pensando nisso sem solução. Cheguei aqui e descobri tudo em cinco minutos. – Ele olhou rapidamente para o homem cujo rosto grande e rosado, em forma de melão, sorria do lugar à sua direita. – Você foi camareiro do prefeito Indbur. Não sabia que era da resistência.

– Nem eu sabia de você.

– Bem, então, em sua função de camareiro, você checava periodicamente o funcionamento do sistema de alarme do palácio.

– Exato.

– E o Mulo ocupa o palácio agora.

– Assim foi anunciado... embora ele seja um conquistador modesto que não faz discursos, proclamações nem aparições públicas de qualquer espécie.

– Isso é história antiga e não altera nada. Você, meu ex-camareiro, é tudo de que precisamos.

As cartas foram abertas e Raposa recolheu as apostas. Lentamente, ele distribuiu uma nova rodada.

O homem que um dia fora camareiro apanhou suas cartas de uma vez só.

– Desculpe, capitão. Eu checava o sistema de alarme, mas isso era rotina. Não sei nada a respeito.

– Eu já esperava isso, mas sua mente carrega uma memória eidética dos controles se puder ser sondada o suficiente... com uma Sonda Psíquica.

O rosto avermelhado do camareiro ficou subitamente pálido e desanimado. As cartas em sua mão se amassaram de repente, sob uma violenta pressão do punho.

– Uma Sonda Psíquica?

– Não precisa se preocupar – o capitão disse, seco. – Eu sei usar uma Sonda. Não vai machucá-lo, apenas enfraquecê-lo por alguns dias. E, se machucasse, é o risco que você corre e o preço que paga. Existem alguns de nós, sem dúvida, que, a partir dos controles do alarme, poderiam determinar a combinação de comprimento de onda. Existem alguns, entre nós, que poderiam fabricar uma pequena bomba com controle de tempo e eu mesmo a levarei até o Mulo.

Os homens se agruparam ao redor da mesa.

O capitão anunciou:

– Numa certa noite, um tumulto terá início na Cidade de Terminus, nas vizinhanças do palácio. Não haverá luta de verdade. Distúrbios... e depois fuga. Desde que a guarda palaciana seja atraída... ou, no mínimo, distraída...

A partir daquele dia, por um mês, as preparações prosseguiram e o capitão Han Pritcher, da Frota Nacional, depois de se tornar conspirador, desceu ainda mais na escala social e se tornou um "assassino".

Capitão Pritcher, assassino, estava no palácio propriamente dito e se descobriu amargamente satisfeito com sua psicologia. Um sistema de alarme completo do lado de fora significa poucos guardas do lado de dentro. No caso, significava guarda nenhum.

A planta do andar estava clara em sua mente. Ele era uma bolha que se movia sem fazer barulho, subindo a rampa bem acarpetada. No final, ele se colou à parede e esperou.

A pequena porta fechada de uma sala particular estava à sua frente. Atrás da porta devia estar o mutante que havia vencido o invencível. Ele havia chegado cedo: a bomba ainda tinha dez minutos de vida.

Cinco se passaram e ainda, no mundo todo, não havia som algum. O Mulo tinha cinco minutos de vida... e o capitão Pritcher também...

Ele deu um passo à frente, num impulso súbito. O plano não podia mais falhar. Quando a bomba fosse detonada, o palácio iria com ela – o palácio inteiro. Uma porta entre eles – a dez metros de distância – não era nada. Mas ele queria ver o Mulo no instante em que morressem juntos.

Num último gesto insolente, bateu com força na porta...

E ela se abriu e deixou uma luz ofuscante sair.

O capitão Pritcher cambaleou, mas conseguiu rapidamente se recuperar. O homem solene, em pé no centro do pequeno aposento à frente de um aquário de peixes suspenso, levantou a cabeça com tranquilidade.

Seu uniforme era de um preto sóbrio e, quando deu umas pancadinhas distraídas no aquário, a peça balançou um pouco e o peixe laranja e vermelho com barbatanas emplumadas lá dentro começou a nadar, desorientado.

– Entre, capitão! – falou.

Para a língua trêmula do capitão, o minúsculo globo de metal abaixo estava inchando de modo tenebroso... uma impossibilidade física, o capitão sabia. Mas aquele era seu último minuto de vida.

O homem de uniforme disse:

– É melhor você cuspir essa pelota besta para poder falar. Ela não vai explodir.

O minuto passou e, com um movimento lento e molhado, o capitão abaixou a cabeça e deixou o globo prateado cair na palma de sua mão. Com uma força furiosa ele a jogou contra a parede. Ela ricocheteou com um clangor minúsculo e agudo, brilhando sem provocar danos.

O homem de uniforme deu de ombros.

– Lá se vai ela. De qualquer maneira, isso não teria ajudado o senhor em nada, capitão. Eu não sou o Mulo. Você terá de se contentar com seu vice-rei.

– Como sabia? – murmurou o capitão, indignado.

– Culpe um eficiente sistema de contraespionagem. Posso dar o nome de cada membro de sua pequena gangue, cada etapa de seu planejamento...

– E você deixou a coisa chegar até este ponto?

– Por que não? Um de meus maiores propósitos aqui era encontrá-lo, entre outros. Particularmente você. Eu poderia tê-lo apanhado há alguns meses, enquanto ainda trabalhava na Rolamentos Newton, mas isto é bem melhor. Se não tivesse sugerido o plano geral, um dos meus próprios homens teria sugerido algo bem parecido para você. O resultado é bastante dramático, mas de um humor um tanto ácido.

Os olhos do capitão eram duros.

– Eu também acho. Tudo acabou agora?

– Apenas começou. Venha, capitão, sente-se. Vamos deixar o heroísmo para os tolos que ficam impressionados com isso. Capitão, o senhor é um homem capaz. Segundo as informações de que disponho, foi o primeiro da Fundação a reconhecer o poder do Mulo. Desde então, interessou-se, de modo um tanto ousado, pelos primórdios da vida do Mulo. Você foi um daqueles que levaram o palhaço dele, que, por acaso, ainda não foi encontrado e por quem ainda haverá um preço muito alto. Naturalmente, sua capacidade é reconhecida e o Mulo não é dos que temem a habilidade de seus inimigos, desde que possa convertê-la na habilidade de um novo amigo.

– É nisso que você está querendo chegar? Ah, não!

– Ah, sim! Foi o propósito da comédia de hoje. Você é um homem inteligente, mas suas pequenas conspirações contra o Mulo fracassam comicamente. Mal se consegue dignificar tudo isso com o nome de conspiração. É parte de seu treinamento militar desperdiçar naves em ações desesperadas?

– É preciso, antes, admitir que são desesperadas.

– Isso acontecerá – o vice-rei lhe assegurou, gentilmente. – O Mulo já conquistou a Fundação. Ela está sendo transformada rapidamente em um arsenal para a realização de seus objetivos maiores.

– Quais objetivos maiores?

– A conquista de toda a Galáxia. A reunião de todos os mundos destruídos em um novo império. A realização, seu patriota de mente embotada, do sonho de seu próprio Seldon setecentos anos antes que ele esperasse vê-la. E você pode nos ajudar nessa realização.

– Posso, sem dúvida. Mas não o farei, sem dúvida.

– Compreendo – raciocinou o vice-rei – que apenas três dos Mundos Comerciais Independentes ainda resistem. Eles não vão durar muito. Será o fim de todas as forças da Fundação. Você ainda resiste.

– Sim.

– Mas não resistirá. Um recruta voluntário é mais eficiente. Mas o outro tipo também serve. Infelizmente, o Mulo não está. Ele lidera a batalha, como sempre, contra os comerciantes que resistem. Mas está em constante contato conosco. Você não vai precisar esperar muito.

– Para quê?

– Para sua conversão.

– O Mulo – o capitão disse friamente – descobrirá que isso está além de sua capacidade.

– Mas não está. *Eu* não estava. Você não me reconhece? Ora, você esteve em Kalgan, então já me viu. Eu usava um monóculo, um manto escarlate forrado de pele e um chapéu alto...

O capitão ficou rígido de desgosto.

– Você era o senhor da guerra de Kalgan.

– Sim. E agora sou o leal vice-rei do Mulo. Viu? Ele é persuasivo.

21.

Interlúdio no espaço

O BLOQUEIO FOI VARADO COM SUCESSO. No vasto volume do espaço, nem todas as marinhas existentes podiam manter vigilância em grande proximidade. Bastavam uma única nave, um piloto habilidoso, um nível moderado de sorte e haveria furos de sobra para explorar.

Com calma e um olhar frio, Toran conduziu um veículo resmungão da vizinhança de uma estrela para a de outra. Se a vizinhança de grandes massas tornava um Salto interestelar errático e difícil, também tornava os dispositivos de detecção do inimigo inúteis, ou quase.

E assim que o cinturão de naves foi ultrapassado, a esfera interior de espaço morto, pelo subéter bloqueado da qual nenhuma mensagem passava, também foi ultrapassada. Pela primeira vez em mais de três meses, Toran se sentiu fora de isolamento.

Uma semana se passou antes que os noticiários do inimigo tratassem de alguma coisa além dos detalhes tediosos e cabotinos do crescente domínio sobre a Fundação. Foi uma semana na qual a nave comercial armada de Toran voou para o centro, a partir da Periferia, em Saltos apressados.

Ebling Mis gritou para a sala do piloto e Toran levantou a cabeça dos mapas, piscando os olhos cansados.

– Qual é o problema? – Toran desceu para a pequena câmara central que Bayta havia, inevitavelmente, transformado em uma sala de estar.

Mis balançou a cabeça:

– Sei lá eu. Os jornalistas do Mulo estão anunciando um boletim especial. Achei que você pudesse querer saber alguma coisa.

– Seria bom. Onde está Bayta?

– Montando a mesa na sala de jantar e selecionando um cardápio... ou algo do gênero.

Toran se sentou no catre que servia como cama para Magnífico e esperou. A rotina de propaganda dos "boletins especiais" do Mulo era monotonamente similar. Primeiro a música marcial e, então, a suavidade amanteigada do anunciante. Em seguida, as notícias menores, seguindo uma à outra em um ritmo constante e paciente. Então, a pausa. Em seguida, os trompetes e a crescente excitação e o clímax.

Toran suportou. Mis resmungou consigo mesmo.

O locutor narrou, na fraseologia convencional dos correspondentes de guerra, as palavras melosas que traduziam em som o metal derretido e a carne desintegrada de uma batalha no espaço.

"Esquadrões de cruzadores ligeiros sob o comando do tenente-general Sammin lançaram um duro contra-ataque hoje contra a força-tarefa vinda de Iss..."

O rosto cuidadosamente inexpressivo do locutor na tela se desvanesceu na escuridão de um espaço cortado pelas lâminas velozes de naves que giram no vazio em combate mortal. A voz continuava pelo trovão sem som...

"A ação mais impressionante da batalha foi o combate subsidiário do cruzador pesado *Cluster* contra três naves inimigas da classe 'Nova'..."

A visão da tela virou bruscamente e fechou em close. Uma grande nave soltou fagulhas e um dos atacantes frenéticos brilhou zangado, uma imagem retorcida e fora de foco, deu meia-volta e arremeteu. O *Cluster* desviou-se violentamente e sobreviveu ao golpe de raspão que jogou o agressor para longe, num reflexo distorcido.

A conversa suave e desapaixonada do locutor continuou até o último disparo e o último destroço.

Então uma pausa e uma grande voz-e-imagem semelhante à anterior, desta vez da luta nas adjacências de Mnemon, à qual foi acrescentada uma novidade: a extensa descrição de um pouso de ataque e fuga... a imagem de uma cidade destroçada... prisioneiros amontoados e cansados... e partindo novamente.

Mnemon não tinha mais muito tempo de vida.

A pausa novamente – e desta vez o som rascante dos metais já esperados. A tela se desvaneceu e abriu para o longo e impressionante corredor formado por soldados, pelo qual o porta-voz do governo, em uniforme de conselheiro, passeou rapidamente.

O silêncio era opressivo.

A voz que veio por fim era solene, lenta e dura:

– Por ordem do nosso soberano, anuncia-se que o planeta Refúgio, até então em oposição guerreira à sua vontade, se submeteu à aceitação da derrota. Neste momento, as forças do nosso soberano estão ocupando o planeta. A oposição foi dispersada, desorganizada e rapidamente esmagada.

A cena desvaneceu; o repórter original retornou para afirmar, em tom importante, que novos desdobramentos seriam transmitidos à medida que ocorressem.

Então música dançante começou a tocar e Ebling Mis acionou o escudo que cortava a energia.

Toran se levantou e saiu meio zonzo, sem dizer uma só palavra. O psicólogo não fez um movimento para impedi-lo.

Quando Bayta saiu da cozinha, Mis fez um sinal de silêncio.

– Tomaram Refúgio – ele falou.

E Bayta disse:

– Já? – Seus olhos se arregalaram e ela ficou ali, com um súbito enjoo, sem conseguir acreditar.

– Sem um combate. Sem uma impu... – ele parou e engoliu em seco. – É melhor você deixar Toran sozinho. Não é agradável para ele. Talvez seja melhor comermos sem ele, desta vez.

Bayta olhou uma vez para a cabine do piloto e então deu meia-volta, desconsolada.

– Muito bem!

Magnífico estava sentado à mesa, sem ser notado. Ele não falou nem comeu, mas ficou olhando para a frente, com um medo concentrado que parecia drenar toda a vitalidade de seu fiapo de corpo.

Ebling Mis empurrou, ausente, sua sobremesa de frutas cristalizadas e disse, com dureza:

– Dois Mundos Comerciais lutam. Eles lutam, sangram, morrem e não se rendem. Só em Refúgio... assim como na Fundação...

– Mas por quê? Por quê?

O psicólogo balançou a cabeça.

– É tudo parte do mesmo problema. Cada estranha faceta é uma pista da natureza do Mulo. Primeiro, o problema de como ele pôde conquistar a Fundação, com pouco sangue e de um único golpe, essencialmente, enquanto os Mundos Comerciais Independentes se seguravam. A anulação das reações nucleares era uma arma ridícula... já discutimos isso tanto que estou até enjoado... e não funcionou em lugar nenhum, a não ser na Fundação.

– Randu sugeriu – e as sobrancelhas grisalhas de Ebling se juntaram – que poderia ter sido um Depressor-de-Vontade radiante. É o que poderia ter feito o serviço em Refúgio. Mas então, por que não foi usado em Mnemon e Iss, que mesmo agora estão lutando com intensidade tão demoníaca que está sendo necessária metade da frota da Fundação, além das forças do Mulo, para derrotá-los? Sim, eu reconheci naves da Fundação no ataque.

Bayta murmurou:

– A Fundação, depois Refúgio. O desastre parece nos acompanhar, sem nos tocar. Parece que sempre escapamos por um fio. Será que isso dura para sempre?

Ebling Mis não estava escutando. Para si mesmo, ele estava apontando uma coisa importante.

– Mas há outro problema... outro problema. Bayta, você se lembra da notícia de que o palhaço do Mulo não foi encontrado em Terminus? De que as suspeitas eram de que ele tivesse fugido para Refúgio ou sido levado para lá por seus sequestradores originais? Há uma importância ligada a ele, Bayta, que não some, e ainda não descobrimos qual é. Magnífico deve saber de algo que é fatal para o Mulo. Tenho certeza disso.

Magnífico, branco e tartamudo, protestou:

– Senhor... nobre lorde.... De fato, eu juro que transcende ao meu pobre tirocínio penetrar suas vontades. Já disse o que sei até os mais profundos limites e, com sua sonda, o senhor sugou de meu magro entendimento o que eu sabia, mas não sabia que sabia.

– Eu sei... Eu sei. É alguma coisa pequena. Uma pista tão pequena que nem você nem eu a reconhecemos. Mas precisamos encontrá-la: pois Mnemon e Iss cairão logo, e, quando isso acontecer, seremos os últimos remanescentes, as últimas gotas da Fundação independente.

As estrelas começam a se aglomerar mais quando o núcleo da Galáxia é penetrado. Campos gravitacionais começam a se sobrepor em intensidade suficiente para introduzir perturbações em um Salto interestelar que não podem ser ignoradas.

Toran se deu conta disso quando um Salto fez a nave parar à beira do brilho total de uma gigante vermelha, cuja força gravitacional agarrou-a violentamente e só esmoreceu, e a soltou, depois de doze horas insones e desesperadas.

Com mapas de alcance limitado e uma experiência não inteiramente desenvolvida, nem operacional nem matematicamente, Toran se resignou a dias de cálculos cuidadosos entre Saltos.

A coisa acabou virando uma espécie de projeto comunitário. Ebling Mis conferia a matemática de Toran e Bayta testava possíveis rotas, pelos vários métodos generalizados, para a presença de soluções reais. Até mesmo Magnífico foi colocado para trabalhar na máquina de calcular para fazer computações de rotina, um tipo de trabalho que, uma vez explicado, foi fonte de grande divertimento para ele e algo em que mostrou eficiência de modo surpreendente.

Então, ao final de um mês, ou quase isso, Bayta era capaz de inspecionar a linha vermelha que abria caminho pelo modelo tridimensional da Lente Galáctica da nave até metade do caminho para seu centro, e dizer com alívio satírico:

– Vocês sabem o que isso parece? Parece uma minhoca de três metros de comprimento com um caso terrível de indigestão. Acho que, no fim das contas, você vai acabar nos fazendo pousar de novo em Refúgio.

– E vou mesmo – rosnou Toran, mexendo ferozmente em seu mapa –, se você não calar a boca.

– E, já que estamos falando no assunto – continuou Bayta –, existe provavelmente uma rota bem direta, reta como um meridiano de longitude.

– É? Bem, em primeiro lugar, sua cretina, provavelmente foram necessárias quinhentas naves em quinhentos anos para descobrir essa rota por tentativa e erro, e meus mapas piolhentos de meio crédito não a mostram. Além disso, talvez essas rotas retas sejam uma boa coisa para se evitar. Elas provavelmente estão coalhadas de naves. E, além disso...

– Ah, pelo amor da Galáxia, pare de choramingar e proclamar tanta indignação. – As mãos dela estavam nos cabelos dele.

Ele deu um grito.

– Ai! Solta! – E segurou-a pelos pulsos, abaixando suas mãos; e Toran, Bayta e a cadeira se tornaram um emaranhado de três elementos no chão. A coisa degenerou em uma luta livre ofegante, composta, em sua maior parte, de risos abafados e socos de brincadeira.

Toran parou quando Magnífico entrou, sem fôlego.

– O que foi?

As rugas de ansiedade cobriam o rosto do palhaço e repuxavam a pele branca sobre a enorme ponta de seu nariz.

– Os instrumentos estão se comportando estranhamente, senhor. Sabendo como sou ignorante, em nada toquei...

Em dois segundos, Toran estava na cabine do piloto. Ele disse baixinho para Magnífico:

– Acorde Ebling Mis. Mande-o descer aqui.

Ele disse para Bayta, que estava tentando pôr uma ordem básica nos cabelos usando os dedos:

– Fomos detectados, Bay.

– Detectados? – Bayta deixou os braços caírem. – Por quem?

– Sabe lá a Galáxia – resmungou Toran –, mas imagino que seja por alguém com desintegradores já prontos e apontados.

Ele se sentou e, em voz baixa, enviava para o subéter o código de identificação da nave.

E quando Ebling Mis entrou, de robe e com cara de sono, Toran disse, com uma calma desesperada:

– Parece que estamos dentro das fronteiras de um Reino Interior local chamado Autocracia de Filia.

– Nunca ouvi falar – disse Mis, abruptamente.

– Bem, eu também não – replicou Toran –, mas estamos sendo parados por uma nave filiana mesmo assim, e não sei o que isso trará.

O capitão-inspetor da nave filiana entrou a bordo com seis homens armados atrás, lotando a nave. Ele era baixo, de cabelos e lábios finos, além da pele seca. Tossiu uma tosse aguda quando se sentou e abriu a pasta que trazia debaixo do braço numa página em branco.

– Seus passaportes e a liberação da nave, por favor.

– Não temos nada disso – disse Toran.

– Nada, hein? – Ele pegou um microfone suspenso de seu cinturão e falou nele rapidamente: – Três homens e uma mulher. Documentação irregular. – Fez uma anotação na pasta.

– De onde vocês são? – perguntou.

– Siwenna – Toran disse, cauteloso.

– Onde fica isso?

– Trinta mil parsecs, oitenta graus a oeste de Trantor, quarenta graus...

– Não importa, não importa! – Toran podia ver que seu inquisidor havia escrito: "Ponto de origem: Periferia".

O filiano continuou:

– Para onde estão indo?

– Setor de Trantor – disse Toran.

– Objetivo?

– Viagem de lazer.

– Carga?

– Nenhuma.

– Hum-m-m. Vamos checar isso – ele assentiu e dois homens pularam, prontos para a ação. Toran não moveu um dedo para interferir.

– O que traz vocês a território filiano? – Os olhos do filiano brilhavam de modo inamistoso.

– Não sabíamos que estávamos em território filiano. Meu mapa é antigo.

– Vocês terão de pagar cem créditos por isso... e, claro, as tarifas de costume necessárias para questões alfandegárias etc.

Tornou a falar ao microfone... mas ouviu mais do que falou. E então, para Toran:

– Entende alguma coisa de tecnologia nuclear?

– Um pouco – Toran respondeu, na defensiva.

– Mesmo? – O filiano fechou sua pasta e acrescentou: – Os homens da Periferia têm uma reputação boa nesse sentido. Coloque um traje e venha comigo.

Bayta deu um passo à frente.

– O que vai fazer com ele?

Toran a colocou gentilmente de lado e perguntou friamente:

– Para onde querem que eu vá?

– Nossa usina nuclear precisa de uns pequenos ajustes. Ele irá com você. – Seu dedo apontou diretamente para Magnífico, cujos olhos castanhos se arregalaram, numa exibição de horror.

– O que é que ele tem a ver com isso? – Toran exigiu saber.

O oficial olhou friamente para ele.

– Fui informado de atividades piratas nestas vizinhanças. Uma descrição de uma das naves inimigas se parece com a sua. É puramente uma questão rotineira de identificação.

Toran hesitou, mas seis homens e seis desintegradores eram argumentos bem eloquentes. Ele foi até o armário para apanhar os trajes.

Uma hora depois, ele se levantou nas entranhas da nave filiana e disse, irritado:

– Não há nada de errado com os motores, até onde posso ver. Os barramentos estão firmes, os tubos-L estão se alimentando adequadamente e as análises de reação checam positivo. Quem é o encarregado aqui?

O engenheiro-chefe disse baixinho:

– Sou eu.

– Bom, deixe-me ir embora...

Foi levado até o nível dos oficiais e a pequena antessala tinha apenas um suboficial indiferente.

– Onde está o homem que veio comigo?

– Por favor, espere – disse o suboficial.

Só quinze minutos depois Magnífico foi levado até ali.

– O que fizeram a você? – Toran perguntou, rapidamente.

– Nada. Nada mesmo. – A cabeça de Magnífico balançou numa negativa lenta.

Foram necessários duzentos e cinquenta créditos para cumprirem as exigências de Filia – dos quais cinquenta créditos para libertação instantânea – e voltaram ao espaço livre.

Bayta disse com uma risada forçada.

– Não merecemos nem uma escolta? Não recebemos o figurativo pé no traseiro até a fronteira?

E Toran respondeu, mal-humorado:

– Aquilo não era nave filiana... e não vamos a lugar nenhum por enquanto. Venha cá.

Eles se reuniram ao redor dele.

Ele disse, lívido:

– Aquela era uma nave da Fundação e o pessoal a bordo eram homens do Mulo.

Ebling se curvou para pegar o charuto que havia deixado cair. Ele disse:

– Aqui? Estamos a quinze mil parsecs da Fundação.

– E *estamos* aqui. O que os impede de fazer a mesma viagem? Pela Galáxia, Ebling, não acha que eu sei distinguir as diferenças entre as naves? Vi os motores deles e isso para mim é o suficiente. Estou lhe dizendo que era um motor da Fundação, numa nave da Fundação.

– E como eles chegaram aqui? – perguntou Bayta, logicamente. – Quais são as chances de um encontro aleatório de duas determinadas naves no espaço?

– O que isso tem a ver? – Toran quis saber, esquentado. – Só demonstra que fomos seguidos.

– Seguidos? – Bayta gritou. – Pelo hiperespaço?

Ebling Mis interrompeu, cansado:

– Pode ser feito... desde que se tenha uma boa nave e um excelente piloto. Mas a possibilidade não me impressiona. Eu não estava mascarando minha trilha – insistiu Toran. – Estive aumentando a velocidade de partida em linha reta. Um cego poderia ter calculado nossa rota.

– Um raio que podia – Bayta gritou. – Com os Saltos erráticos que você está dando, observar nossa direção inicial não significa nada. Nós saímos do lado errado do Salto mais de uma vez.

– Estamos perdendo tempo – Toran disse, rangendo os dentes. – É uma nave da Fundação, sob o Mulo. Ela nos deteve. Ela nos procurou. Ela colocou Magnífico... sozinho... e eu como reféns, para manter o resto de vocês quietos, caso suspeitassem. E vamos queimá-la do espaço agora mesmo.

– Espere aí. – Ebling Mis o segurou. – Você vai nos destruir por uma nave que acha que é inimiga. Pense, homem, esses sujeitos desprezíveis nos caçariam por uma rota impossível por metade dessa galáxia maldita, nos olhariam e *nos soltariam*?

– Eles ainda estão interessados em nosso destino.

– Então por que nos parar, deixando-nos de sobreaviso? Você não pode ter as duas coisas ao mesmo tempo, e sabe disso.

– Eu vou fazer isso do meu jeito. Solte-me, Ebling, ou vou te derrubar.

Magnífico se inclinou para a frente em sua cadeira predileta, onde estava encarapitado. Suas narinas enormes estavam dilatadas com empolgação.

– Imploro seu perdão pela minha interrupção, mas minha pobre mente está subitamente assombrada por um pensamento estranho.

Bayta antecipou o gesto de irritação de Toran e segurou Ebling também.

– Pode falar, Magnífico. Todos vamos ouvir atentamente.

E Magnífico disse:

– Em minha estada na nave deles, a pouca inteligência que possuo ficou abobalhada e pasma por um medo que vinha dos homens. Na verdade, tenho uma falta de memória de grande parte do que aconteceu. Muitos homens me olhando e conversas que não compreendi. Mas quase ao final... como se um raio de luz do sol tivesse transpassado um rasgão nas nuvens... havia um rosto que conheci. Um relance, o mero brilho... e, no entanto, ele reluz em minha memória, cada vez mais forte e brilhante.

– Quem era? – perguntou Toran.

– Aquele capitão que ficou conosco tanto tempo atrás, quando vocês pela primeira vez me salvaram da escravidão.

Obviamente era a intenção de Magnífico causar sensação, e o sorriso de deleite que se curvava, amplo, à sombra de sua probóscide, atestava que reconhecia o sucesso da intenção.

– Capitão… Han… Pritcher? – Mis quis saber. – Tem certeza disso? Certeza mesmo?

– Senhor, eu juro. – E pousou uma mão magra e ossuda sobre o próprio peito estreito. – Eu manteria minha palavra perante o Mulo e juraria em sua face, mesmo que todo o seu poder estivesse atrás dele para negá-la.

– Então, o que foi tudo isso? – Bayta perguntou totalmente surpresa.

O palhaço a encarou, ansioso.

– Minha dama, tenho uma teoria. Ela me ocorreu, prontinha, como se o Espírito Galáctico a tivesse colocado com gentileza em minha mente. – Ele chegou mesmo a levantar a voz sobre a objeção de Toran, que interrompia.

– Minha dama – ele se dirigia exclusivamente a Bayta –, se esse capitão tivesse, assim como nós, escapado com uma nave; se ele, assim como nós, estivesse numa viagem para um propósito próprio; se ele tivesse dado conosco por acaso... suspeitaria de que nós o estivéssemos seguindo, assim como *nós* suspeitamos do que *ele* esteja fazendo conosco. Não seria de admirar que tivesse encenado essa comédia para entrar em nossa nave?

– Por que então ele iria nos querer na nave *dele*? – Toran quis saber. – Isso não faz sentido.

– Ora, pois faz sim – clamou o palhaço, com uma inspiração fluida. – Ele nos enviou um subalterno que não nos conhecia, mas que nos descreveu no microfone. O capitão, que o ouvia, teria ficado surpreso com minha pobre descrição… pois, verdade seja dita, não há muitos nesta grande Galáxia que tenham semelhança com minha exiguidade. Eu era a prova da identidade do resto de vocês.

– E então ele nos deixa livres?

– O que sabemos nós de sua missão e do sigilo dela? Ele não nos espionou como inimigo e, tendo feito isso, será que ainda pensa que é sábio arriscar seu plano se revelando?

Bayta disse devagar:

– Não seja teimoso, Torie. Isso *explica* as coisas.

– Poderia ser – concordou Mis.

Toran parecia indefeso diante da resistência unida. Alguma coisa nas explicações fluentes do palhaço o incomodava. Alguma coisa estava errada. Mas ele estava surpreso e, sem querer, sua raiva foi passando.

– Por um instante – ele murmurou –, pensei que pudéssemos ter tido uma das naves do Mulo.

E seus olhos ficaram nublados com a dor da perda de Refúgio.

Os outros entenderam.

—— Neotrantor...

O pequeno planeta de Delicass, renomeado após o Grande Saque, foi, por quase um século, o centro da última dinastia do Primeiro Império. Era um mundo de sombras e um Império de Sombras, e sua existência é apenas de importância legalista. Sob o primeiro da dinastia neotrantoriana...

ENCICLOPÉDIA GALÁCTICA

22.

Morte em Neotrantor

NEOTRANTOR ERA O NOME! Nova Trantor! E quando você diz o nome, esgota, de uma só tacada, todas as semelhanças da Nova Trantor com a grande original. A dois parsecs de distância, o sol da Velha Trantor ainda brilhava e a capital imperial da Galáxia do século anterior ainda cortava o espaço na silenciosa e eterna repetição de sua órbita.

Até havia quem habitasse a Velha Trantor. Não era muita gente… uns cem milhões talvez, onde, cinquenta anos antes, quarenta bilhões haviam enxameado. O imenso mundo metálico estava em pedaços. As imensas escarpas das multitorres da base única que abraçava o mundo estavam rasgadas e vazias – ainda mostrando os buracos originais de explosões e bombardeios –, fragmentos do Grande Saque de quarenta anos antes.

Era estranho que um mundo que tinha sido o centro da Galáxia por dois mil anos – que havia governado o espaço ilimitado e sido lar de legisladores e governantes cujos caprichos cobriam parsecs – pudesse morrer em um mês. Era estranho que um mundo que havia permanecido intocado durante as vastas ondas de conquista e recuo de um milênio, e igualmente intocado pelas guerras civis e revoluções palacianas de outros milênios, pudesse morrer um dia. Era estranho que a Glória da Galáxia fosse um cadáver apodrecido.

E patético!

Pois séculos se passariam antes que as poderosas obras de cinquenta gerações de humanos apodrecessem a ponto de não poderem mais ser usadas. Somente as forças decadentes dos próprios homens as tornavam inúteis, agora.

Os milhões que ficaram depois que bilhões morreram rasgaram a base de metal brilhante do planeta e expuseram um solo que não sentira o toque do sol em mil anos.

Cercados pelas perfeições mecânicas dos esforços humanos, englobados pelas maravilhas industriais da humanidade libertada da tirania do meio ambiente… eles voltaram à terra. Nos imensos espaços liberados de tráfego, o trigo e o milho cresceram. À sombra das torres, ovelhas pastavam.

Mas Neotrantor existia: um obscuro planeta-vilarejo afogado nas sombras da poderosa Trantor, até que uma família real fugida às pressas do fogo e do tumulto do Grande Saque corresse para lá como seu último refúgio… e por ali resistisse, mal e mal, até que a onda estrondosa da rebelião acabasse. Lá, ela governou num esplendor fantasmagórico sobre um resto cadavérico do Império.

Vinte mundos agrícolas eram um Império Galáctico!

Dagobert IX, governante de vinte mundos de nobres meditabundos e camponeses mal-humorados, era Imperador da Galáxia, Senhor do Universo.

Dagobert IX tinha vinte e cinco anos no dia sangrento em que chegara com seu pai a Neotrantor. Seus olhos e sua mente ainda estavam vivos com a glória e o poder do Império de outrora. Mas seu filho, que um dia poderia vir a ser Dagobert X, nascera em Neotrantor.

Vinte mundos eram tudo o que ele conhecia.

O carro aéreo aberto de Jord Commason era o primeiro veículo de seu tipo em toda a Neotrantor – e, afinal de contas, com justiça. Isso não se devia somente ao fato de que Commason era o maior dono de terras de Neotrantor. Começava por aí. Pois, nos primeiros dias, ele havia sido companheiro e gênio maligno de um jovem príncipe, que repousava inerte nas garras dominadoras de um imperador de meia-idade. E agora ele era o companheiro e ainda gênio maligno de um príncipe de meia-idade que odiava e dominava um velho imperador.

Então Jord Commason, em seu carro aéreo que, em acabamento de madrepérola e ornamentos de ouro e lumetron, não precisava de brasão de armas para identificar o proprietário, inspecionava as terras que eram suas, e os quilômetros de trigo que eram seus, e as imensas colheitadeiras e debulhadoras que eram suas, e os fazendeiros arrendatários e técnicos de maquinário que eram dele... e pensava cuidadosamente em seus problemas.

Ao seu lado, seu chofer curvado e envelhecido guiava a nave gentilmente por entre os ventos mais altos e sorria.

Jord Commason falava para o vento, o ar e o céu.

– Você lembra do que lhe falei, Inchney?

Os finos cabelos grisalhos de Inchney voavam levemente ao vento. Seu sorriso cheio de falhas aumentou ao estilo de seus lábios finos, e as rugas verticais das bochechas se aprofundaram, como se estivesse mantendo um segredo eterno de si mesmo. O sussurro de sua voz assoviava por entre os dentes.

– Eu me lembro, senhor, e pensei nisso.

– E o que você pensou, Inchney? – a pergunta demonstrava impaciência.

Inchney se lembrou de que já fora jovem e bonito, um lorde na Velha Trantor. Inchney se lembrou de que era um ancião desfigurado em Neotrantor, que vivia por graça do escudeiro Jord Commason e pagava pela graça emprestando sua astúcia quando solicitada. Suspirou muito suavemente.

E voltou a murmurar:

– Visitantes da Fundação, senhor, são uma coisa conveniente para se ter. Especialmente, senhor, quando vêm com uma única nave e um único guerreiro. Eles podem ser bem-vindos.

– Bem-vindos? – disse Commason, mal-humorado. – Talvez. Mas esses homens são mágicos e podem ser poderosos.

– *Puff* – resmungou Inchney –, as névoas da distância ocultam a verdade. A Fundação é apenas um mundo. Seus cidadãos são apenas homens. Se você os desintegra, eles morrem.

Inchney mantinha a nave em seu curso. Um rio era uma faixa brilhante e tortuosa lá embaixo. Ele sussurrou:

– E não existe um homem de quem eles falam agora, que mexe com os mundos da Periferia?

Commason subitamente ficou desconfiado.

– O que você sabe sobre isso?

Não havia sorriso no rosto de seu chofer.

– Nada, senhor. Foi apenas uma pergunta sem maldade.

A hesitação do escudeiro foi curta. Ele disse, de um jeito brusco e brutal:

– Nada que você pergunta é sem maldade e seu método de obter informações ainda vai colocar seu pescoço esquálido num pelourinho. Mas... eu já sei! Esse homem é chamado de Mulo e um de seus súditos esteve aqui há alguns meses, para... tratar de negócios. Eu espero outro... agora... para concluí-los.

– E esses recém-chegados? Será que eles não são aqueles que o senhor deseja?

– Eles não têm a identificação que deveriam ter.

– Há relatos de que a Fundação foi capturada...

– Eu não disse isso a você.

– Assim foi relatado – continuou Inchney, com tranquilidade –, e, se isso estiver correto, então eles podem ser refugiados da destruição e podem ser detidos para o homem do Mulo, por uma questão de amizade sincera.

– É mesmo? – Commason não tinha certeza quanto a isso.

– E, senhor, já que é sabido que o amigo de um conquistador é tão somente a próxima vítima, isso seria uma medida de autodefesa honesta. Pois existem coisas como Sondas Psíquicas e aqui temos quatro cérebros da Fundação. Há muito sobre a Fundação que seria útil saber, muito até mesmo sobre o Mulo. E aí a amizade do Mulo seria um pouco menos opressiva.

Commason, no silêncio do ar superior, retornou com um estremecimento ao seu primeiro pensamento.

– Mas e se a Fundação não caiu? E se os relatórios forem falsos? Dizem que já foi previsto que ela não pode cair.

– Já passamos da era dos videntes, senhor.

– E, no entanto, se ela não caiu, Inchney? Pense! E se ela não caiu? O Mulo me fez promessas, é verdade... – Ele havia ido longe demais e voltou ao que estava dizendo. – Isto é, ele se gabou. Mas falar é fácil, fazer é complicado.

Inchney riu sem fazer barulho.

– Fazer é complicado, é verdade, até que comece a ser feito. Poucas coisas são mais temidas que uma Fundação no fim da galáxia.

– Ainda há o príncipe – Commason murmurou, quase para si mesmo.

– Então ele também lida com o Mulo, senhor?

Commason quase não conseguiu reprimir a mudança de sua expressão para uma de complacência.

– Não inteiramente. Não como *eu* lido. Mas está ficando mais louco, mais incontrolável. Está possuído por um demônio. Se eu agarrar essas pessoas e ele as levar para uso próprio... pois ele não deixa lá de ter uma certa astúcia... ainda não estou pronto para enfrentá-lo. – Franziu a testa, e suas bochechas pesadas caíram com desgosto.

– Eu vi esses estranhos por alguns momentos ontem – disse o chofer grisalho, de modo irrelevante. – Aquela é uma mulher estranha. Ela caminha com a liberdade de um homem e é de uma palidez impressionante contra o brilho dos cabelos pretos. – Havia quase um calor no sussurro rouco da voz envelhecida, o que fez com que Commason se virasse, surpreso, para ele.

Inchney continuou:

– A astúcia do príncipe, acho eu, não é imune a um acordo razoável. O senhor poderia ficar com o resto, se lhe deixasse a garota...

Uma luz se acendeu em Commason.

– Um pensamento! Um pensamento de verdade! Inchney, meia-volta! E, Inchney, se tudo correr bem, vamos discutir depois essa questão da sua liberdade.

Foi com um senso quase supersticioso de simbolismo que Commason encontrou uma Cápsula Pessoal esperando por ele em seu estúdio particular, quando retornou. Ela havia chegado por um comprimento de onda conhecido por poucos. Commason deu um sorriso enorme. O homem do Mulo estava chegando e a Fundação havia caído de fato.

As visões nebulosas de Bayta, quando ela as tinha, de um palácio imperial, não batiam com a realidade e, dentro dela, havia uma vaga sensação de decepção. O aposento era pequeno, quase simples, quase comum. O palácio não chegava nem aos pés da residência do prefeito na Fundação... e Dagobert IX...

Bayta tinha ideias *bem definidas* de como um imperador devia parecer. Ele *não devia* parecer o avô benevolente de ninguém. Ele não devia ser magro, branco e apagado... nem estar servindo xícaras de chá com suas próprias mãos, expressando ansiedade pelo conforto de seus visitantes.

Mas assim era.

Dagobert IX riu ao servir chá na xícara que ela estendia com o braço duro.

– É um grande prazer para mim, minha cara. É um momento distante de cerimônias e cortesãos. Já faz um bom tempo que não tenho a oportunidade de receber visitantes de minhas províncias exteriores. Meu filho cuida desses detalhes, agora que sou velho. Não conheceu meu filho? Um belo rapaz. Teimoso, talvez. Mas ele é jovem. Uma cápsula de sabor? Não?

Toran tentou uma interrupção.

– Vossa Majestade Imperial...

– Sim?

– Vossa Majestade Imperial, não foi nossa intenção invadirmos sua...

– Bobagem, não houve invasão alguma. Esta noite acontecerá a recepção oficial, mas até lá, estamos livres. Vamos ver, de onde vocês disseram que vieram? Me parece que há muito tempo não temos uma recepção oficial. Vocês disseram que eram da Província de Anacreon?

– Da Fundação, Vossa Majestade Imperial!

– Sim, a Fundação. Eu me lembro agora. Eu já a havia localizado. Ela fica na Província de Anacreon. Nunca estive lá. Meu médico proíbe viagens extensas. Não me recordo de ter recebido nenhum relatório recente de meu vice-rei em Anacreon. Como estão as condições lá?

– Senhor – Toran murmurou –, não trago reclamações.

– Isso é gratificante. Darei uma comenda ao meu vice-rei.

Toran olhou, indefeso, para Ebling Mis, cuja voz brusca se elevou.

– Senhor, foi-nos dito que é necessária vossa permissão para visitar a Biblioteca da Universidade Imperial em Trantor.

– Trantor? – O imperador questionou suavemente. – Trantor?

Então, uma expressão de dor e dúvida atravessou seu rosto magro.

– Trantor? – ele sussurrou. – Agora eu me lembro. Estou planejando agora retornar lá com uma frota imensa de naves atrás de mim. Vocês virão comigo. Juntos, destruiremos o rebelde Gilmer. Juntos, restauraremos o Império!

Suas costas curvadas haviam se endireitado. Por um momento seus olhos ficaram duros. Então, ele piscou e disse baixinho:

– Mas Gilmer está morto. Acho que me lembro... Sim. Sim! Gilmer está morto! Trantor está morto... Por um momento, me pareceu que... De onde foi que vocês disseram que vieram, mesmo?

Magnífico sussurrou para Bayta:

– Este é de fato um imperador? Pois de algum modo pensei que imperadores fossem maiores e mais sábios do que homens comuns.

Bayta fez um gesto para que se calasse.

– Se Vossa Majestade Imperial apenas assinasse uma ordem permitindo que fôssemos a Trantor – ela falou –, seria uma grande ajuda para a causa comum.

– Para Trantor? – O imperador parecia não compreender nada.

– Senhor, o Vice-Rei de Anacreon, em cujo nome falamos, envia notícias de que Gilmer ainda vive.

– Vive! Vive! – trovejou Dagobert. – Onde? Vai haver guerra!

– Vossa Majestade Imperial, isso ainda não pode ser divulgado. A localização dele não é certa. O vice-rei nos enviou para avisá-lo do fato e é somente em Trantor que podemos localizar seu esconderijo. Uma vez descoberto...

– Sim, sim... Ele precisa ser encontrado... – O velho imperador caminhou com dificuldade até a parede e tocou a minúscula fotocélula com um dedo trêmulo. Ele resmungou, depois de uma pausa ineficiente: – Meus serviçais não vêm. Não posso esperar por eles.

Ele estava rabiscando em uma folha em branco e terminou com um floreado "D.".

– Gilmer ainda conhecerá o poder de seu imperador. De onde vocês vieram? Anacreon? Quais são as condições lá? O nome do imperador ainda é poderoso?

Bayta pegou o papel de seus dedos fracos.

– Vossa Majestade Imperial é amada pelo povo. Seu amor por eles é amplamente conhecido.

– Deveria visitar meu bom povo de Anacreon, mas meu médico diz... não me lembro o que ele diz, mas... – Levantou a cabeça, os velhos olhos cinzentos vívidos. – Vocês diziam alguma coisa sobre Gilmer?

– Não, Vossa Majestade Imperial.

– Ele não avançará mais. Voltem e digam isso a seu povo. Trantor resistirá! Meu pai lidera a frota agora e o verme rebelde Gilmer congelará no espaço com sua ralé regicida.

Sentou-se com dificuldade e seus olhos perderam o foco uma vez mais.

– O que eu estava dizendo?

Toran se levantou e se curvou numa grande mesura.

– Vossa Majestade Imperial foi gentil para conosco, mas o tempo que nos foi dado para esta audiência acabou.

Por um momento, Dagobert IX pareceu, de fato, um imperador ao se levantar e permanecer ereto enquanto, um a um, seus visitantes recuavam na direção da porta...

... onde vinte homens armados apareceram e formaram um círculo ao redor deles.

Uma arma de mão soltou um relâmpago...

Para Bayta, a consciência voltou devagar, mas sem a sensação de "onde estou?". Ela se lembrava claramente do estranho velho que se dizia imperador e dos outros homens que estavam esperando do lado de fora. O formigamento artrítico das juntas de seu dedo indicava o uso de uma pistola de atordoar.

Ela ficou de olhos fechados e ouviu as vozes com atenção.

Eram duas. Uma era lenta e cautelosa, com um tom traiçoeiro por baixo da obsequiosidade da superfície. A outra era rouca e espessa, quase úmida, emitida em jatos viscosos. Bayta não gostou de nenhuma delas.

A voz espessa era a predominante.

Bayta captou as últimas palavras:

– Ele vai viver para sempre, esse velho maluco. Isso me cansa. Isso me irrita. Commason, tenho de conseguir. Eu também estou ficando velho.

– Sua alteza, vamos primeiro ver de que utilidade essas pessoas são. Pode ser que tenhamos fontes de força além das que seu pai ainda oferece.

A voz espessa se perdeu num sussurro borbulhante. Bayta só pegou as palavras "a garota", mas a outra voz, mais untuosa, era um risinho baixo, mau e asqueroso, acompanhado por uma fala camarada, quase condescendente:

– Dagobert, você não envelhece. Quem diz que você não parece um jovem de vinte anos, mente.

Eles riram juntos e o sangue de Bayta gelou nas veias. Dagobert... Sua alteza... O velho imperador havia falado de um filho teimoso e a implicação dos sussurros agora calava fundo dentro dela. Mas essas coisas não aconteciam com as pessoas na vida real...

A voz de Toran surgiu em uma lenta e dura torrente de palavrões.

Ela abriu os olhos e os de Toran, que já a fixavam, demonstraram grande alívio. Ele disse, feroz:

– Este ato de banditismo será condenado pelo imperador. Libertem-nos!

Bayta percebeu então que seus pulsos e tornozelos estavam presos à parede e ao chão, por um campo atrator apertado.

O Voz-Espessa se aproximou de Toran. Ele era barrigudo, tinha olhos de peixe morto e os cabelos rareavam. Seu chapéu bicudo tinha uma pena alegre e o gibão tinha bordas de espuma de metal prateada.

Ele deu um sorriso desdenhoso, com uma grande diversão.

– O imperador? O pobre e louco imperador?

– Eu tenho o passe dele. Nenhum súdito pode nos prender.

– Mas eu não sou súdito, lixo do espaço. Eu sou o regente e príncipe, e como tal devo ser tratado. Quanto a meu pobre pai idiota, ver visitantes ocasionalmente o diverte. E nós lhe fazemos as vontades. Isso agrada a suas fantasias pseudoimperiais. Mas, naturalmente, não tem nenhum outro significado.

E então ele se colocou diante de Bayta, e ela olhou para ele com desprezo. Ele se inclinou para a frente e seu hálito tinha um frescor avassalador.

– Os olhos dela são bonitos, Commason. Ela é ainda mais bonita com eles abertos. Acho que vai servir. Será um prato exótico para um gosto enfastiado, hein?

Toran manifestou uma vontade louca e fútil de pular em cima do príncipe regente, que ele ignorou, e Bayta sentiu o gelo nas veias subir até a pele. Ebling Mis ainda estava desmaiado, a cabeça pendendo fraca sobre o peito, mas, com uma sensação de surpresa, Bayta reparou que os olhos de Magnífico estavam abertos, bem abertos, como se estivessem acordados há muitos minutos. Os grandes olhos castanhos giraram na direção de Bayta e a fitaram de dentro de um rosto inchado.

Ele gemeu e acenou com a cabeça na direção do príncipe.

– Aquele ali pegou meu Visi-Sonor.

O príncipe regente se virou subitamente, na direção da nova voz.

– Isto aqui é seu, monstro? – Ele tirou o instrumento que estava pendurado em seu ombro, suspenso por sua alça verde, e que até então não havia sido notado por Bayta.

Ele o dedilhou desajeitado, tentou tocar um acorde e o esforço não deu em nada.

– Você sabe tocar isto aqui, monstro?

Magnífico assentiu uma vez.

Toran disse subitamente:

– Você sequestrou uma nave da Fundação. Se o imperador não nos vingar, a Fundação o fará.

Foi o outro, Commason, quem respondeu devagar:

– *Que* Fundação? Ou o Mulo não é mais o Mulo?

Para isso, não havia resposta. O sorriso do príncipe mostrava grandes dentes irregulares. O campo de força que prendia o palhaço rompeu-se e ele foi colocado em pé sem a menor gentileza. O Visi-Sonor foi empurrado para suas mãos.

– Toque para nós, monstro – disse o príncipe. – Toque para nós uma serenata de amor e beleza, para nossa dama estrangeira aqui. Diga a ela que a prisão do país de meu pai não é nenhum palácio, mas que posso levá-la a um onde ela poderá nadar em água de rosas... e conhecer o amor de um príncipe. Cante o amor de um príncipe, monstro.

Ele pôs uma coxa grossa em cima de uma mesa de mármore e ficou balançando a perna, distraído, enquanto seu olhar sorridente e apaixonado deixava Bayta com uma raiva cada vez maior. Toran quase distendeu os tendões contra o campo de força, num esforço que o fez suar e sentir dor. Ebling Mis se mexeu e gemeu.

Magnífico disse, sem fôlego:

– Meus dedos estão muito duros e inutilizados...

– Toque, monstro! – o príncipe rugiu. As luzes diminuíram a um gesto de Commason e, na penumbra, ele cruzou os braços aguardando.

Magnífico fez os dedos correrem em rápidos saltos rítmicos de uma ponta a outra do instrumento de multiteclado... e um arco-íris deslizante de luz surgiu subitamente na sala. Um tom baixo e suave soou... pulsante e triste. Ele se elevou numa gargalhada triste e, por baixo, um som de sinos graves.

A escuridão parecia ficar mais intensa e espessa. A música alcançava Bayta pelas camadas abafadas de cobertores invisíveis. Uma luz bruxuleante a alcançou das profundezas, como se uma única vela brilhasse no fundo de um poço.

Ela estreitou os olhos automaticamente. A luz aumentou de brilho, mas permaneceu borrada. Movia-se de modo irregular, em cores confusas, e a música subitamente ganhou o acompanhamento de metais, malignos, florindo num crescendo alto. A luz tremeluziu rapidamente, num rápido movimento que casava com o ritmo malicioso. Alguma coisa se contorcia dentro da luz. Alguma coisa com escamas metálicas venenosas contorcia-se e abria sua boca. A música se contorcia e abria sua boca junto.

Bayta lutou com uma estranha emoção e se conteve, num engasgo mental. Isso quase a lembrava daquele dia no Cofre do Tempo, daqueles últimos dias em Refúgio. Foi aquela horrível, grudenta, gosmenta teia de aranha de honra e desespero. Ela se encolheu sob essa teia, sentindo-se oprimida.

A música se banqueteava nela, gargalhando terrivelmente, e o terror que se contorcia na extremidade errada do telescópio, no minúsculo círculo de luz, se perdeu quando ela desviou o olhar, febril. Sua testa estava molhada e fria.

A música morreu. Deve ter durado quinze minutos e um imenso prazer por sua ausência preencheu Bayta por completo. As luzes se acenderam e o rosto de Magnífico estava próximo ao dela, suado, enlouquecido, lúgubre.

– Minha dama – ele disse sem fôlego –, como está?

– Bem o suficiente – ela sussurrou –, mas por que você tocou assim?

Ela então se deu conta dos outros que estavam no aposento. Toran e Mis estavam caídos indefesos contra a parede, mas seus olhos passaram rapidamente por eles. Mais adiante estava o príncipe, deitado estranhamente ao pé da mesa. E Commason, gemendo, dolorido, por uma boca aberta que babava.

Commason estremeceu e soltou um grito descerebrado quando Magnífico deu um passo em sua direção.

Magnífico se virou e, com um salto, soltou os outros.

Toran se levantou, ansioso, e agarrou o dono de terras pelo pescoço.

– Você vem conosco. Vem conosco... para garantir que chegaremos à nossa nave.

Duas horas mais tarde, na cozinha da nave, Bayta serviu uma torta caseira deliciosa, e Magnífico comemorou o retorno ao espaço atacando-a com uma magnífica desconsideração pelos modos à mesa.

– Está boa, Magnífico?

– Humm-m-m-m!

– Magnífico?

– Sim, minha dama?

– O que foi que você tocou lá?

O palhaço se remexeu, desconfortável.

– Eu... eu preferiria não falar. Aprendi isso uma vez e o Visi-Sonor é de um efeito muito profundo no sistema nervoso. Certamente foi uma coisa maligna e não para sua doce inocência, minha dama.

– Ah, ora bolas, diga logo, Magnífico. Não sou tão inocente assim. Não me galanteie. Eu vi alguma coisa do que *eles* viram?

– Espero que não. Eu toquei somente para eles. Se a senhora viu, foi tão somente uma borda... vista de longe.

– E foi o suficiente. Você sabia que nocauteou o príncipe?

Magnífico falou sombriamente, por entre um pedaço enorme de torta que enchia sua boca.

– Eu o *matei*, minha dama.

– O quê? – Ela engoliu em seco, dolorosamente.

– Ele estava morto quando parei, ou eu teria continuado. Não me importei com Commason. Sua maior ameaça era morte ou tortura. Mas, minha dama, aquele príncipe olhava para a senhora com maldade, e... – Ele engasgou numa mistura de indignação e vergonha.

Bayta sentiu pensamentos estranhos aparecerem e os reprimiu duramente.

– Magnífico, você tem uma alma galante.

– Oh, minha dama! – Ele abaixou um nariz vermelho e voltou a mergulhar na torta, mas, por algum motivo, não a comeu.

Ebling Mis olhava pela escotilha. Trantor estava próximo: seu lustro metálico era terrivelmente brilhante. Toran também estava ali e disse, com amargura:

– Viemos por nada, Ebling. O homem do Mulo nos precede.

Ebling Mis esfregou a testa com uma mão que parecia ter perdido a antiga camada de gordura. Sua voz era um murmúrio abstraído.

Toran estava irritado.

– Eu disse que aquelas pessoas sabem que a Fundação caiu. Eu disse...

– Hein? – Ebling Mis levantou a cabeça, intrigado. Então, colocou uma mão gentil no pulso de Toran, completamente esquecido de qualquer conversa anterior. – Toran, eu... eu estava olhando para Trantor. Sabe... tenho uma estranha sensação... desde que chegamos a Neotrantor. É uma necessidade urgente, algo que me move e que me impulsiona por dentro. Toran, posso fazer isso; sei que posso fazer isso. As coisas estão se tornando claras em minha mente: elas nunca estiveram tão claras.

Toran olhou para ele por um tempo... e deu de ombros. As palavras não lhe traziam confiança.

– Mis? – ele perguntou, curioso.

– Sim?

– Você não viu uma nave descer em Neotrantor quando partimos?

Ele pensou apenas por um instante.

– Não.

– Eu vi. Talvez seja imaginação, mas podia ter sido aquela nave filiana.

– Aquela com o capitão Han Pritcher?

– Aquela com sabe lá o espaço quem. As informações de Magnífico... ela nos seguiu até aqui, Mis.

Ebling Mis não disse nada.

– Há alguma coisa errada com você? – disse Toran, tenso. – Você não está bem?

Os olhos de Mis estavam pensativos, luminosos e estranhos. Ele não respondeu.

23.

As ruínas de Trantor

A LOCALIZAÇÃO DE UM OBJETIVO sobre o grande mundo de Trantor representa um problema único na Galáxia. Não há continentes nem oceanos para se localizar a milhares de quilômetros de distância. Não há rios, lagos nem ilhas para avistar através das brechas por entre as nuvens.

O mundo coberto por metal foi – havia sido – uma única cidade colossal, e somente o velho palácio imperial podia ser prontamente identificado do espaço exterior por um forasteiro. A *Bayta* circulou o mundo quase à altura dos carros aéreos, numa repetida busca meticulosa.

Desde as regiões polares, onde a camada de gelo sobre as torres espiraladas de metal eram uma evidência sombria da destruição ou negligência do maquinário de condicionamento do clima, eles foram descendo para o sul. Ocasionalmente, podiam fazer experiências com as correlações – ou presumíveis correlações – entre o que viam e o que o mapa inadequado, obtido em Neotrantor, mostrava.

Mas, quando apareceu, foi inconfundível. A falha no revestimento metálico do planeta tinha setenta e cinco quilômetros. O verde incomum se espalhava por centenas de quilômetros quadrados, cercando a poderosa graciosidade das antigas residências imperiais.

A *Bayta* flutuou e lentamente se orientou. Havia somente as imensas superpassarelas para orientá-los. Setas longas e retas no mapa, faixas suaves e brilhantes lá embaixo.

O que o mapa indicava ser a área da Universidade foi alcançada por acaso e, sobre a área plana do que um dia devia ter sido um campo de pouso ativo e ocupado, a nave desceu.

Foi apenas quando eles submergiram na confusão de metal que a aparente beleza ininterrupta vista do ar se dissolveu nas ruínas quebradas e retorcidas que haviam ficado no rastro do Saque. Torres estavam truncadas, paredes lisas arrancadas e retorcidas, e apenas por um instante houve o vislumbre de uma área rapada de terra – talvez diversos hectares de extensão – escura e arada.

Lee Senter aguardou a nave pousar com cautela. Uma nave estranha, que não era de Neotrantor, e, por dentro, ele soltou um suspiro. Naves estranhas e negócios confusos com homens do espaço exterior podiam significar o fim dos curtos dias de paz, um retorno aos velhos e grandiosos tempos de batalhas e mortes. Senter era líder do grupo; era o encarregado dos velhos livros e havia lido sobre os velhos dias. Ele não os queria.

Talvez dez minutos tivessem se passado enquanto a estranha nave se aninhava no terreno plano, mas longas memórias se desdobraram telescopicamente nesse tempo. Primeiro, a grande fazenda de sua infância – aquilo permanecia em sua mente apenas como multidões de pessoas ocupadas. Depois, a jornada das jovens famílias para novas terras. Ele tinha dez anos então; filho único, espantado e apavorado.

Depois, os novos prédios; as grandes placas de metal para serem desenraizadas e jogadas de lado; o solo exposto para ser revirado, renovado e revigorado; prédios vizinhos a serem feitos em pedaços e arrasados ao nível do chão; outros para serem transformados em aposentos.

Havia plantações a criar e colher; relações de paz com fazendas vizinhas a estabelecer...

Houve crescimento e expansão, e a quieta eficiência da autonomia. Houve a chegada de uma nova geração de jovens duros, nascidos no solo. Houve o grande dia em que ele fora escolhido líder do grupo e, pela primeira vez desde seu décimo oitavo aniversário, não se barbeou e viu os primeiros folículos da Barba do Líder aparecerem.

E agora a Galáxia poderia se intrometer e dar fim ao breve idílio de isolamento...

A nave pousou. Ele viu, sem palavras, a porta se abrir. Quatro surgiram, cautelosos e vigilantes. Eram três homens, de tipos variados, velho, jovem, magro e narigudo. E uma mulher andando entre eles como uma igual. Sua mão deixou os dois tufos pretos vítreos da barba enquanto ele avançava.

Fez o gesto universal de paz. Ambas as mãos à frente; palmas duras e calosas para o alto.

O jovem deu dois passos e reproduziu o gesto:

– Venho em paz.

O sotaque era estranho, mas as palavras eram compreensíveis e bem-vindas. Ele respondeu, profundamente:

– Que seja em paz. Vocês são bem-vindos à hospitalidade do grupo. Estão com fome? Comerão. Estão com sede? Beberão.

Lentamente, veio a resposta.

– Nós agradecemos sua gentileza e faremos um bom relatório de seu Grupo quando voltarmos ao nosso mundo.

Uma resposta estranha, mas boa. Atrás dele, os homens do grupo estavam sorrindo e, dos recessos das estruturas ao redor, as mulheres surgiram.

Em seus próprios aposentos, ele removeu a caixa trancada, de laterais espelhadas, de seu esconderijo, e ofereceu a cada um dos convidados os charutos compridos e gordos que eram reservados para grandes ocasiões. Perante a mulher, hesitou. Ela havia tomado assento entre os homens. Os estranhos evidentemente permitiam, até mesmo esperavam esse tipo de afronta. Rígido, ofereceu a caixa.

Ela aceitou um charuto com um sorriso e puxou sua fumaça aromática, com todo o alívio que uma pessoa podia esperar. Lee Senter reprimiu uma emoção escandalizada.

A conversa desajeitada, antes da refeição, tocou educadamente no assunto das plantações em Trantor.

Foi o velho quem perguntou:

– Que tal hidropônica? Certamente, para um mundo como Trantor, a hidropônica seria a resposta.

Senter balançou devagar a cabeça. Sentia-se inseguro. Seu pouco conhecimento sobre a questão vinha dos livros que ele havia lido.

– Cultivar sobre uma base de produtos químicos, não é isso? Não, em Trantor, não. Esta hidroponia requer um mundo industrial; por exemplo, uma grande indústria química. E, em caso de guerra ou desastre, quando a indústria entra em colapso, as pessoas passam fome. Nem todo alimento pode ser cultivado artificialmente. Alguns perdem seu valor nutritivo. O solo é mais barato, ainda melhor... sempre mais confiável.

– E o suprimento de comida de vocês é suficiente?

– Suficiente, talvez monótono. Temos aves que fornecem ovos e animais de leite para nossos laticínios... mas nosso suprimento de carne depende de nosso comércio exterior.

– Comércio. – O jovem pareceu ficar subitamente interessado. – Então vocês comerciam. Mas o que exportam?

– Metal – foi a resposta rápida. – Veja por si mesmo. Temos um suprimento infinito, já processado. Eles vêm de Neotrantor com naves, demolem uma área indicada... aumentando nossa área cultivável... e nos deixam em troca carne, frutas enlatadas, concentrados alimentares, maquinário agrícola e assim por diante. Eles levam o metal e os dois lados lucram.

Eles se banquetearam com pão e queijo, e um cozido de vegetais que estava absolutamente delicioso. Foi na hora da sobremesa de frutas cristalizadas, o único artigo importado do cardápio que, pela primeira vez, os Forasteiros se tornaram algo além de meros convidados. O jovem pegou um mapa de Trantor.

Calmamente, Lee Senter o estudou. Ele ouviu... e disse, gravemente:

– O terreno da Universidade é uma área estática. Nós, fazendeiros, não cultivamos nada lá. Se pudermos, nem sequer entramos lá. Ele é uma de nossas poucas relíquias de outro tempo que preferimos manter intacta.

– Nós buscamos conhecimento. Não perturbaríamos nada. Nossa nave ficaria aqui como refém – o velho ofereceu isso, ansioso, febril.

– Posso levar vocês até lá – disse Senter.

Naquela noite os estrangeiros dormiram e, naquela noite, Lee Senter enviou uma mensagem para Neotrantor.

24.

Convertido

O TÊNUE FIO DA VIDA EM TRANTOR reduziu-se a nada quando eles entraram em meio aos prédios amplos do terreno da Universidade. Havia um silêncio solene e solitário ali.

Os estrangeiros da Fundação nada sabiam do turbilhão de dias e noites do sangrento Saque que havia deixado a Universidade intocada. Eles nada sabiam do tempo após o colapso do poderio imperial, quando os estudantes, com armas emprestadas e a bravura inexperiente nos rostos assustados, formaram um exército voluntário para proteger o templo central da ciência da Galáxia. Eles nada sabiam da Luta dos Sete Dias e do armistício que manteve a Universidade livre, quando até mesmo o palácio imperial ressoou sob as botas de Gilmer e seus soldados, durante o curto intervalo de seu reinado.

Aqueles da Fundação, que se aproximavam pela primeira vez, perceberam somente que, num mundo em transição de velho e saqueado para novo e esforçado, aquele era um museu silencioso e gracioso de antiga grandeza.

De certo modo, eles eram intrusos. O vazio os rejeitava. A atmosfera acadêmica ainda parecia viver e se mover, zangada com a perturbação.

A biblioteca era um prédio decepcionantemente pequeno que se ampliava vastamente para o subsolo, num volume gigantesco de silêncio e sonhos. Ebling Mis fez uma pausa diante dos murais elaborados da sala de recepção.

Ele sussurrou; era preciso sussurrar ali:

– Acho que passamos pelas salas de catálogos. Vou parar lá.

Sua testa estava vermelha, sua mão tremia.

– Eu não posso ser perturbado, Toran. Você pode trazer minhas refeições aqui?

– O que você quiser. Vamos fazer tudo o que pudermos para ajudar. Quer que trabalhemos sob a sua…

– Não, preciso ficar sozinho…

– Acha que vai conseguir o que quer?

E Ebling Mis respondeu, com uma certeza suave:

– Eu sei que sim!

Toran e Bayta chegaram mais perto da vida "caseira" normal do que em qualquer momento de seu ano de vida de casados. Era um tipo estranho de "cuidar de casa". Eles moravam no meio da grandeza com uma simplicidade inadequada. A comida deles vinha, em grande parte, da fazenda de Lee Senter e era paga com os pequenos dispositivos nucleares que podiam ser encontrados em qualquer nave comerciante.

Magnífico aprendeu sozinho a usar os projetores da sala de leitura da biblioteca e ficava vendo romances de aventura a ponto de quase se esquecer de comer e dormir, assim como Ebling Mis.

O próprio Ebling estava completamente soterrado. Ele havia insistido para que uma rede fosse pendurada para ele na Sala de Referência de Psicologia. Seu rosto foi ficando branco e afilado. Seu vigor de fala se perdeu e seus xingamentos prediletos morreram. Houve momentos em que até reconhecer Toran ou Bayta parecia uma luta.

Ele era mais ele mesmo com Magnífico, que lhe trazia as refeições e muitas vezes ficava sentado, olhando-o por horas a fio, com um estranho fascínio absorto, enquanto o velho psicólogo transcrevia equações infinitas, fazia referências cruzadas a livro-filmes sem fim, corria sem parar num esforço mental tremendo, para um fim que só ele via.

Toran foi até Bayta na sala escura e disse, com rispidez:

– Bayta?

Ela tomou o susto de quem tinha culpa.

– Sim? Você me chamou, Torie?

– Claro que chamei você. Por que, pelo espaço, estava sentada aí? Você tem agido toda estranha desde que chegamos a Trantor. Qual é o seu problema?

– Ah, Torie, pare – ela disse, cansada.

E "Ah, Torie, pare" ele imitou, impaciente. Então, com uma suavidade súbita:

– Por que não me diz o que está errado, Bay? Tem algo incomodando você.

– Não! Não é nada, Torie. Se você continuar me perturbando, vou acabar louca. Eu estou só... pensando.

– Pensando em quê?

– Em nada. Bom, sobre o Mulo e Refúgio e a Fundação e tudo. Sobre Ebling Mis e se ele irá encontrar alguma coisa sobre a Segunda Fundação, e se isso irá nos ajudar quando ele o fizer... e um milhão de outras coisas. Você está satisfeito? – A voz dela estava agitada.

– Se você está apenas devaneando, se importa de parar? Não é agradável, e não ajuda a situação.

Bayta se levantou e abriu um sorriso fraco.

– Tudo bem. Estou feliz. Viu, estou toda alegre e sorridente.

A voz de Magnífico era um grito agitado lá fora.

– Minha dama...

– O que foi? Venha...

A voz de Bayta engasgou agudamente quando a porta aberta revelou a forma grande e o rosto duro de...

– Pritcher! – gritou Toran.

Bayta perdeu o fôlego.

– Capitão! Como nos achou?

Han Pritcher entrou. Sua voz era clara e tranquila, e profundamente morta de sentimentos.

– Meu posto agora é de coronel... sob o comando do Mulo.

– Sob o... Mulo! – A voz de Toran se perdeu. Eles formavam um quadro vivo ali, os três parados.

Magnífico olhava em pânico, e se encolheu atrás de Toran. Ninguém parou para reparar nele.

Bayta disse, as mãos tremendo, tentando segurar uma à outra.

– Você está nos prendendo? Você realmente passou para o lado dele?

O coronel respondeu rapidamente:

– Não vim prendê-los. Minhas instruções não os mencionam. Com relação a vocês, sou livre, e escolho exercer nossa antiga amizade, se me permitirem.

O rosto de Toran era uma expressão distorcida de fúria.

– Como foi que você nos encontrou? Você estava na nave filiana, não estava? Você nos seguiu?

A falta de expressão pétrea no rosto de Pritcher poderia ter piscado de vergonha.

– Eu estava na nave filiana! Encontrei vocês pela primeira vez... bem... por acaso.

– É um acaso matematicamente impossível.

– Não. Simplesmente um tanto improvável, então minha declaração terá de servir. De qualquer maneira, você admitiu aos filianos... não existe, é claro, nenhuma nação chamada Filia atualmente... que estava se dirigindo para o setor de Trantor, e, como o Mulo já tinha seus contatos em Neotrantor, foi fácil fazê-los ficarem detidos ali. Infelizmente, vocês escaparam antes que eu chegasse, mas não muito antes. Tive tempo de mandar as fazendas de Trantor relatarem sua chegada. Isso foi feito, e estou aqui. Posso me sentar? Vim em amizade, acreditem em mim.

Ele se sentou. Toran abaixou a cabeça e pensou futilmente. Com uma falta de emoção anestesiada, Bayta preparou chá.

Toran levantou a cabeça, com um olhar duro.

– Bem, o que você está esperando... *Coronel*? Qual é a sua amizade? Se não é prisão, o que é então? Custódia protetora? Chame seus homens e dê suas ordens.

Pacientemente, Pritcher balançou a cabeça.

– Não, Toran. Vim de vontade própria para falar com vocês, persuadi-los da inutilidade do que estão fazendo. Se eu fracassar, partirei. Isso é tudo.

– Isso é tudo? Bem, então faça sua propaganda, dê o seu discurso e parta. Não quero chá, Bayta.

Pritcher aceitou uma xícara, com uma palavra solene de agradecimento. Ele olhou para Toran com uma força evidente ao tomar suavemente o chá. Então disse:

– O Mulo *é* um mutante. Ele não pode ser derrotado na própria natureza da mutação...

– Por quê? Qual é a mutação? – perguntou Toran, com humor ácido. – Acho que agora você pode nos contar, não é?

– Sim, vou contar. O fato de vocês saberem não irá prejudicá-lo. Vejam bem... Ele é capaz de ajustar o equilíbrio emocional dos seres humanos. Parece um truquezinho, mas é bastante imbatível.

Bayta interrompeu:

– Equilíbrio emocional? – Ela franziu a testa. – Quer explicar isso? Não entendi direito.

– Quero dizer que é muito fácil para ele inculcar num general competente, digamos, a emoção de uma profunda lealdade ao Mulo e a completa crença em sua vitória. Seus generais são controlados emocionalmente. Eles não podem traí-lo; não podem enfraquecer... e o controle é permanente. Seus inimigos mais competentes se tornam seus subordinados mais fiéis. O senhor da guerra de Kalgan rendeu seu planeta e se tornou o vice-rei da Fundação.

– E você – Bayta acrescentou, amarga – traiu sua causa e se tornou o enviado do Mulo a Trantor. Estou vendo!

– Não terminei ainda. O dom do Mulo funciona de forma contrária e é ainda mais eficiente. O desespero é uma emoção! No momento crucial, homens-chave da Fundação... homens-chave em Refúgio... entraram em desespero. Seus mundos caíram sem muita luta.

– Você quer dizer – tensa, Bayta exigiu saber – que o sentimento que tive no Cofre do Tempo era o Mulo mexendo com meu controle emocional?

– O meu também. O de todo mundo. Como foi em Refúgio, perto do fim?

Bayta lhe deu as costas.

O coronel Pritcher continuou honestamente:

– Assim como funciona para mundos, também funciona para indivíduos. Vocês podem combater uma força que os faz se renderem de boa vontade, quando ela desejar? Que pode reduzir vocês a servos fiéis quando desejar?

Toran disse, devagar:

– Como é que posso saber que isso é a verdade?

– Pode explicar a queda da Fundação e de Refúgio de outra forma? Pode explicar... minha conversão de outra forma? Pense, homem! O que você... ou eu... ou toda a Galáxia conseguiu contra o Mulo nesse tempo todo? O que, minimamente?

Toran sentiu o desafio.

– Pela Galáxia, posso, sim! – com um súbito toque de satisfação feroz, gritou. – Seu maravilhoso Mulo tinha contatos em Neotrantor que você diz que deveriam nos ter detido, não é? Esses contatos estão mortos ou coisa pior. Nós matamos o príncipe e deixamos o outro um idiota balbuciante. O Mulo não nos deteve ali e isso foi feito.

– Ora, não, nem um pouco. Aqueles não eram nossos homens. O príncipe era um bêbado medíocre. O outro homem, Commason, é fenomenalmente estúpido. Ele era uma potência em seu mundo, mas isso não o impediu de ser feroz, maligno e completamente incompetente. Não tivemos nada a ver com eles. De certa forma, eles foram meras distrações...

– Foram eles que nos detiveram ou tentaram.

– Não, eu repito. Commason tinha um escravo pessoal... um homem chamado Inchney. Detenção era a política *dele*. Ele é velho, mas servirá ao nosso objetivo temporário. Você não o teria matado, sabia?

Bayta se virou para ele. Ela não tocou em sua xícara de chá.

– Mas por essa sua própria declaração, suas próprias emoções foram adulteradas. Você tem fé e acredita no Mulo, uma fé antinatural e *doente* no Mulo. De que valem suas opiniões? Você perdeu todo o poder de pensamento objetivo.

– Você está errada – lentamente, o coronel balançou a cabeça. – Somente minhas emoções foram manipuladas. Minha razão está como sempre esteve. Ela pode ser influenciada em certa direção por minhas emoções condicionadas, mas não é forçada. E há algumas coisas que posso ver com mais clareza, agora que fui libertado de minha tendência emocional anterior. Posso ver que o programa do Mulo é inteligente e valioso. Nesse tempo, desde que fui... convertido, tenho acompanhado sua carreira desde o começo, há sete anos. Com seu poder mental mutante, ele começou conquistando um líder mercenário e seu bando. Com isso... e seu poder... ele conquistou um planeta. Com isso... e seu poder... ele estendeu seu alcance até derrubar o senhor da guerra de Kalgan. Cada passo seguiu o outro logicamente. Com Kalgan em seu bolso, ele tinha uma frota de primeira classe, e com isso... e seu poder... pôde atacar a Fundação. A Fundação é a chave. Ela é a maior área de concentração industrial na Galáxia e agora que as técnicas nucleares da Fundação estão em suas mãos, ele é o verdadeiro senhor da Galáxia. Com essas técnicas... e seu poder... ele pode forçar os remanescentes do Império a reconhecerem seu domínio, e no fim das contas... com a morte do velho imperador, que está louco e não vive mais na realidade... para coroá-lo imperador. Ele então terá o título de direito, assim como já o tem de fato. Com isso... e seu poder... onde está o mundo na galáxia que pode se opor a ele? Nesses últimos sete anos, ele estabeleceu um novo império. Em sete anos, em outras palavras, ele terá conseguido o que toda a psico-história de Seldon não poderia ter feito em pelo menos mais setecentos. A galáxia finalmente terá paz e ordem. E vocês não podem detê-lo... assim como não podem impedir um planeta de girar usando os músculos das costas.

Um longo silêncio se seguiu ao discurso de Pritcher. O que restava de seu chá esfriara. Ele esvaziou sua xícara, tornou a enchê-la e bebeu lentamente. Toran mordia uma unha. O rosto de Bayta estava frio, distante e pálido.

Então Bayta disse, com um fio de voz:

– Não estamos convencidos. Se o Mulo desejar isso, que venha até aqui e nos condicione ele mesmo. Você o combateu até o último instante de sua conversão, imagino, não foi?

– Sim – disse o coronel Pritcher, solenemente.

– Então, nos permita o mesmo privilégio.

O coronel Pritcher se levantou. Com um ar de finalização, disse:

– Então, partirei. Como disse antes, minha missão atual não tem nada a ver com vocês. Logo, não acho que seja necessário relatar a presença de vocês aqui. Isso não é uma grande gentileza. Se o Mulo desejar que vocês parem, ele sem dúvida tem outros homens designados para o serviço e vocês serão detidos. Mas, se vale dizer isso, não contribuirei mais do que me for exigido.

– Obrigada – Bayta disse, cansada.

– Quanto a Magnífico, onde está ele? Venha, Magnífico. Não vou machucá-lo...

– O que tem ele? – Bayta exigiu saber, com súbita animação.

– Nada. Minhas instruções também não o mencionam. Ouvi dizer que ele está sendo procurado, mas o Mulo o encontrará quando for adequado. Não direi nada. Apertamos as mãos?

Bayta balançou a cabeça. Toran fuzilou-o com desprezo e frustração.

Os ombros de ferro do coronel caíram de modo quase imperceptível. Ele andou até a porta, virou-se e disse:

– Uma última coisa. Não pensem que não sei da fonte de sua teimosia. É sabido que vocês buscam a Segunda Fundação. O Mulo, em seu devido tempo, tomará suas medidas. Nada ajudará vocês... Mas eu os conheci em outros tempos. Talvez haja algo em minha consciência que tenha me atraído a isto; de qualquer forma, tentei ajudá-los e afastá-los do perigo final antes que fosse tarde demais. Adeus.

Prestou continência – e foi embora.

Bayta se virou para um Toran silencioso e murmurou:

– Eles sabem até sobre a Segunda Fundação.

Nos recessos da biblioteca, Ebling Mis, sem saber do que estava se passando, curvava-se sobre uma fagulha de luz no meio dos espaços turvos e murmurava, triunfante, para si mesmo.

25.

Morte de um psicólogo

Depois disso, Ebling Mis só teve mais duas semanas de vida.

E, nessas duas semanas, Bayta estivera com ele três vezes. A primeira foi na noite após o encontro com o coronel Pritcher. A segunda foi uma semana depois. E a terceira foi novamente uma semana mais tarde, no último dia, o dia em que Mis morreu.

Primeiro, houve a noite do encontro com o coronel Pritcher, a primeira hora vivida por um casal nervoso, em um carrossel de emoções desagradáveis.

– Torie, vamos contar a Ebling – disse Bayta.

– Acha que ele pode ajudar? – perguntou Toran, cansado.

– Somos só dois. Precisamos tirar um pouco do peso de nossas costas. Talvez ele *possa* ajudar.

– Ele mudou. Perdeu peso – comentou Toran. – Ele está um pouco leve; um pouco aéreo. – Seus dedos agarraram o ar, metaforicamente. – Às vezes, não acho que ele vá nos ajudar muito.... nunca. Às vezes, acho que nada irá nos ajudar.

– Não diga isso! – A voz de Bayta ficou esganiçada, prendeu-se num engasgo e voltou: – Torie, não! Quando você diz isso, acho que o Mulo está nos alcançando. Vamos contar a Ebling, Torie... agora!

Ebling Mis levantou a cabeça da mesa comprida e olhou para eles quando se aproximaram. Seus cabelos finos estavam desgrenhados e ele estalava os lábios num som sonolento.

– Hein? – ele disse. – Alguém me quer?

Bayta se ajoelhou.

– Nós acordamos você? Devemos ir embora?

– Embora? Quem é? Bayta? Não, não, fiquem! Não há cadeiras? Eu as vi... – Seu dedo apontava vagamente.

Toran empurrou duas para a frente. Bayta se sentou e pegou uma das mãos flácidas do psicólogo.

– Podemos falar com o senhor, doutor? – Ela raramente usava o título.

– Aconteceu algo de errado? – Uma pequena fagulha voltou aos seus olhos abstraídos. Suas bochechas caídas recuperaram um toque de cor. – Aconteceu algo de errado?

Bayta disse:

– O capitão Pritcher esteve aqui. Deixe que *eu* falo, Torie. O senhor se lembra do capitão Pritcher, não lembra, doutor?

– Sim... sim... – Seus dedos beliscaram os lábios e os soltaram. – Homem alto. Democrata.

– Sim, ele mesmo. Ele descobriu a mutação do Mulo. Ele esteve aqui, doutor, e nos contou.

– Mas isso não é nada de novo. A mutação do Mulo já foi descoberta – com uma surpresa honesta. – Eu não lhes contei? Eu me esqueci de contar a vocês?

– Esqueceu de nos contar o quê? – Toran acrescentou rapidamente.

– Sobre a mutação do Mulo, é claro. Ele mexe com emoções. Controle emocional! Não lhes falei? Mas o que me fez esquecer isso? – Lentamente, ficou chupando o próprio lábio, pensativo.

Então, devagar, sua voz se encheu de vida e suas pálpebras se arregalaram, como se seu cérebro lento tivesse deslizado dentro de uma única pista bem lubrificada. Ele falou num sonho, olhando entre seus dois ouvintes, em vez de direto para eles.

– É tão simples, na verdade. Não requer nenhum conhecimento especializado. Na matemática da psico-história, é claro, funciona imediatamente, numa equação de terceiro grau que não envolve nada mais. Não importa. Isso pode ser colocado em palavras comuns e fazer sentido, o que não é comum em fenômenos psico-históricos. Perguntem a si mesmos: o que pode desequilibrar o cuidadoso esquema histórico de Hari Seldon, hein? – Ele olhava de um para o outro, com uma ansiedade leve e questionadora. – Quais foram as suposições originais de Seldon? Primeiro, de que não aconteceria nenhuma mudança fundamental na sociedade humana ao longo dos próximos mil anos. Por exemplo, suponhamos que existisse uma grande mudança na tecnologia da Galáxia, como a descoberta de um novo princípio para a utilização de energia ou o aperfeiçoamento do estudo da neurobiologia eletrônica. Mudanças sociais tornariam as equações originais de Seldon obsoletas. Mas isso não aconteceu, aconteceu? Ou suponhamos que uma nova arma fosse inventada por forças de fora da Fundação, capaz de resistir a todos os armamentos da Fundação. *Isso* poderia provocar um desvio ruinoso, embora menos certo. Mas nem isso aconteceu. O Depressor de Campo Nuclear do Mulo era uma arma desajeitada e podia ser combatida. E essa foi a única novidade que ele apresentou, mesmo sendo pobre como era. Mas existe uma segunda suposição, mais sutil! Seldon supunha que a reação humana a estímulos permaneceria constante. Garantindo que a primeira suposição fosse verdadeira, *então a segunda deve ter sido quebrada*! Algum fator deve estar distorcendo e quebrando as reações emocionais dos seres humanos, ou Seldon não poderia ter falhado, e a Fundação não poderia ter caído. E qual outro fator a não ser o Mulo? Não estou certo? Existe alguma falha nesse raciocínio?

A mão gordinha de Bayta deu palmadinhas gentis na dele.

– Nenhuma falha, Ebling.

Mis estava feliz como uma criança.

– Isto e mais coisas vêm tão facilmente. Eu lhe digo que às vezes me pergunto o que acontece dentro de mim. Parece que me lembro dos tempos em que tantas coisas eram um mistério para mim e, agora, as coisas são tão claras. Os problemas inexistem. Eu me deparo com o que poderia ser um e, de algum modo, dentro de mim, vejo e compreendo. E minhas suposições, minhas teorias, sempre parecem nascer do nada. Algo me impulsiona... sempre para diante.... e não consigo parar... e não quero comer nem dormir... mas sempre seguir em frente... e em frente... e em...

Sua voz era um murmúrio; sua mão devastada, cheia de veias azuis, repousava trêmula sobre a testa. Havia um frenesi em seus olhos que desvanecia e desaparecia.

Ele disse, mais baixinho:

– Então nunca contei a vocês sobre os poderes mutantes do Mulo, não é? Mas então... você disse que já sabiam disso?

– Foi o capitão Pritcher, Ebling – disse Bayta. – Lembra?

– Ele contou a vocês? – Havia um vestígio de ultraje em seu tom de voz. – Mas como ele descobriu?

– Ele foi condicionado pelo Mulo. Ele é um coronel agora, um homem do Mulo. Veio nos aconselhar a nos rendermos ao Mulo e nos disse... o que você nos falou.

– Então o Mulo sabe que estamos aqui? Preciso correr... Onde está Magnífico? Ele não está com vocês?

– Magnífico está dormindo – Toran disse, impaciente. – Passou da meia-noite, sabe.

– É mesmo? Então... eu estava dormindo quando vocês entraram?

– Você estava – Bayta disse, decisivamente –, e não vai voltar ao trabalho, também. Vá para a cama. Vamos lá, Torie, me ajude. E pare de me empurrar, Ebling, porque você tem sorte de que não o enfio num chuveiro antes. Tire os sapatos dele, Torie, e amanhã você vai voltar aqui embaixo e arrastá-lo para céu aberto antes que ele desapareça completamente. Olhe para você, Ebling, está deixando crescer teias de aranha. Está com fome?

Ebling Mis balançou a cabeça e levantou-se de seu catre, numa confusão irritada.

– Quero que você mande Magnífico para cá amanhã – ele resmungou.

Bayta arrumou o lençol no pescoço dele.

– Você vai fazer com que *eu* desça amanhã, com roupas limpas. Vai tomar um bom banho e então sair para visitar a fazenda, para tomar um pouquinho de sol.

– Não vou, não – Mis disse, fraco. – Está me ouvindo? Estou ocupado demais.

Os cabelos esparsos dele se espalharam no travesseiro como uma franja prateada em sua cabeça. A voz era um sussurro confidencial.

– Você quer essa Segunda Fundação, não quer?

Toran virou-se rapidamente e se agachou no catre ao lado dele.

– E o que tem a Segunda Fundação, Ebling?

O psicólogo libertou um braço de debaixo do lençol e seus dedos agarraram a manga de Toran.

– As Fundações foram criadas em uma grande Convenção de Psicologia presidida por Hari Seldon. Toran, eu localizei as atas publicadas dessa Convenção. Vinte e cinco filmes enormes. Já olhei por vários sumários.

– E?

– Bem, você sabia que é muito fácil encontrar a partir delas a exata localização da Primeira Fundação, se entende alguma coisa de psico-história? Ela recebe menções frequentes, quando você entende as equações. Mas, Toran, ninguém menciona a Segunda Fundação. Não há referência a ela em parte alguma.

As sobrancelhas de Toran se franziram.

– Ela não existe?

– É claro que existe – Mis gritou, zangado. – Quem disse que não? Mas não se fala dela. Seu significado… e tudo a seu respeito… está bem escondido, bem obscurecido. Não está vendo? Ela é a mais importante das duas. Ela é a central; *a que conta*! E consegui as atas da Convenção de Seldon. O Mulo ainda não venceu…

Bayta desligou as luzes silenciosamente.

– Vá dormir!

Sem falar, Toran e Bayta subiram para seus próprios aposentos.

No dia seguinte, Ebling Mis tomou banho e se vestiu, viu o sol e sentiu o vento de Trantor pela última vez. No fim do dia, ele já estava mais uma vez submerso nos gigantescos recessos da biblioteca, de onde nunca mais saiu.

Na semana que se seguiu, a vida voltou a entrar nos eixos. O sol de Neotrantor era uma estrela tranquila e brilhante no céu noturno de Trantor. A fazenda estava ocupada com o plantio de primavera. O terreno da Universidade estava silencioso em sua desertificação. A Galáxia parecia vazia. Era como se o Mulo nunca tivesse existido.

Bayta estava pensando nisso enquanto via Toran acender cuidadosamente seu charuto e olhar para as partes de céu azul visíveis entre as espirais de metal que fechavam o horizonte.

– É um dia bonito – disse ele.

– É sim. Você colocou tudo na lista, Torie?

– Claro. Duzentos e cinquenta gramas de manteiga, uma dúzia de ovos, feijão... Está tudo aqui, Bay. Coloquei tudo certinho.

– Ótimo. E certifique-se de que os vegetais sejam da última colheita, não relíquias de museu. Você viu Magnífico em algum lugar, a propósito?

– Não, desde o café da manhã. Acho que está lá embaixo com Ebling, vendo algum livro-filme.

– Tudo bem. Não perca tempo, porque vou precisar dos ovos para o jantar.

Toran saiu, olhando pra trás para lançar um sorriso e um aceno.

Bayta se virou quando Toran saiu de vista entre os labirintos de metal. Ela hesitou perante a porta da cozinha, virou-se lentamente e entrou na coluna que levava ao elevador que ia até os recessos lá no fundo.

Ebling Mis estava lá, a cabeça abaixada sobre os visores do projetor, imóvel, um corpo congelado, questionador. Ao lado dele, Magnífico, todo enroscado numa cadeira, os olhos atentos, observando; um saco de membros desconjuntados com um nariz enfatizando o rosto magérrimo.

Bayta disse, baixinho:

– Magnífico...

Magnífico deu um pulo e ficou de pé. Sua voz era um sussurro ansioso!

– Minha dama!

– Magnífico – disse Bayta –, Toran saiu para a fazenda e vai demorar um pouco. Você pode me fazer um favor e ir atrás dele com um recado que vou escrever para você?

– Com prazer, minha dama. Meus pequenos serviços são ansiosamente seus, para as minúsculas utilidades que puder encontrar para eles.

E ela ficou a sós com Ebling Mis, que não havia se movido. Com firmeza, Bayta colocou a mão em seu ombro.

– Ebling...

O psicólogo levou um susto e deu um grito.

– O que foi? – enrugou a testa. – É você, Bayta? Onde está Magnífico?

– Mandei-o embora. Quero ficar sozinha com você um instante – ela enunciou as palavras com distinção exagerada. – Quero falar com você, Ebling.

O psicólogo fez um movimento para voltar ao projetor, mas a mão dela em seu ombro era firme. Ela sentiu nitidamente o osso sob a roupa. A carne parecia ter se derretido desde sua chegada a Trantor. O rosto dele estava fino, amarelado e tinha uma barba de meia semana. Seus ombros estavam visivelmente curvados, mesmo sentado.

– Magnífico não está incomodando você, está, Ebling? – perguntou Bayta. – Ele parece estar aqui embaixo noite e dia.

– Não, não, não! Nem um pouco. Ora, não me incomoda. Ele fica quieto e nunca me perturba. Às vezes carrega os filmes para mim; parece saber o que quero sem que eu diga. Deixe-o em paz.

– Muito bem... Mas, Ebling, ele não faz você ficar intrigado? Está me ouvindo, Ebling? Ele não intriga você?

Ela puxou uma cadeira mais perto dele e ficou encarando-o como se quisesse puxar a resposta dos olhos dele.

Ebling Mis balançou a cabeça.

– Não. O que você quer dizer?

– Quero dizer que o coronel Pritcher e você dizem que o Mulo pode condicionar as emoções dos seres humanos. Mas têm certeza disso? Será que o próprio Magnífico não é uma falha nessa teoria?

Fez-se silêncio.

Bayta suprimiu um forte desejo de sacudir o psicólogo.

– O que há de *errado* com você, Ebling? Magnífico foi o palhaço do Mulo. Por que ele não foi condicionado a sentir amor e fé? Por que ele, dentre todos os que tiveram contato com o Mulo, o odeia tanto?

– Mas… mas ele *foi* condicionado. Certamente. Bay! – Ele parecia estar reunindo suas certezas enquanto falava. – Você acha que o Mulo trata seu palhaço do jeito que trata seus generais? Ele precisa de fé e de lealdade nesses últimos, mas, em seu palhaço, só precisa de medo. Você nunca notou que o perpétuo estado de pânico de Magnífico é de natureza patológica? Você acha que é natural para um ser humano ficar tão apavorado como ele fica o tempo todo? O medo, a um ponto desses, torna-se cômico. Era provavelmente cômico para o Mulo… e também ajuda, uma vez que obscurece qualquer tipo de informação que pudéssemos ter tirado antes de Magnífico.

– Você quer dizer que as informações de Magnífico sobre o Mulo eram falsas?

– Eram enganadoras. Elas foram coloridas pelo medo patológico. O Mulo não é o gigante físico que Magnífico pensa que é. Mais provável que seja um homem comum por fora, tirando seus poderes mentais. Mas era divertido parecer um super-homem aos olhos do pobre Magnífico… – o psicólogo deu de ombros. – De qualquer maneira, as informações de Magnífico não têm mais importância.

– O que é, então?

Mas Mis se soltou e voltou ao seu projetor.

– O que é, então? – ela repetiu. – A Segunda Fundação?

Os olhos do psicólogo se voltaram para ela subitamente.

– Eu já havia lhe falado alguma coisa a esse respeito? Não me lembro de ter dito nada. Ainda não estou pronto. O que falei?

– Nada – Bayta disse, intensamente. – Ah, pela Galáxia, você não me disse nada, mas gostaria que me dissesse, porque estou tão cansada. Quando isso tudo vai acabar?

Ebling Mis olhou de relance para ela, com uma leve mágoa.

– Bem, agora, minha... minha cara, eu não queria magoá-la. Às vezes me esqueço... de quem são meus amigos. Às vezes me parece que não devo falar sobre nada disso. Há necessidade de segredo... mas para com o Mulo, não para com você, minha cara. – Ele deu umas palmadinhas fracas e gentis no ombro dela.

– E quanto à Segunda Fundação? – ela perguntou.

A voz dele era automaticamente um sussurro, fino e sibilante.

– Você sabe com que perfeição Seldon cobriu seus rastros? Os registros da Convenção de Seldon não teriam sido de muita utilidade para mim há um mês, antes desse estranho insight. Mesmo agora, ele parece... tênue. Os documentos da Convenção muitas vezes parecem não estar relacionados uns aos outros, são sempre obscuros. Mais de uma vez, eu me perguntei se os membros da Convenção sabiam tudo o que se passava na mente de Seldon. Às vezes, acho que usou a Convenção apenas como uma gigantesca fachada e construiu sozinho a estrutura...

– Das Fundações? – Bayta estava ansiosa.

– Da Segunda Fundação! Nossa Fundação foi simples. Mas a Segunda Fundação era apenas um nome. Ela foi mencionada, mas, se houve alguma elaboração, estava oculta, muito fundo dentro da matemática. Ainda há muito que nem sequer comecei a compreender, mas, por sete dias, as peças têm se juntado e começado a formar um quadro vago. A Fundação Número Um era um mundo de ciências exatas. Ela representava uma concentração da ciência moribunda da Galáxia, sob as condições necessárias para fazer com que tornasse a viver. Nenhum psicólogo foi incluído. Era uma distorção peculiar e deve ter tido um objetivo. A explicação costumeira era a de que a psico-história de Seldon funcionava melhor onde as unidades de trabalho individuais... os seres humanos... não tinham conhecimento do que estava vindo e podiam, portanto, reagir naturalmente a todas as situações. Está me entendendo até agora, minha cara?

– Sim, doutor.

– Então, escute com cuidado. A Fundação Número Dois era um mundo de ciências mentais. Era o espelho de nosso mundo. Psicologia, não física, era o que dominava – disse, triunfante. – Entendeu?

– Não.

– Mas pense, Bayta, use a cabeça. Hari Seldon sabia que sua psico-história podia prever apenas probabilidades, não certezas. Sempre havia uma margem de erro e, à medida que o tempo passa, essa margem aumenta em proporção geométrica. Seldon naturalmente se protegeu da melhor forma que pôde contra isso. Nossa Fundação era cientificamente vigorosa. Ela podia conquistar exércitos e armas. Podia jogar uma força contra outra. Mas, e o ataque mental de um mutante, como o Mulo?

– Isso seria para os psicólogos da Segunda Fundação! – Bayta sentiu a empolgação crescer.

– Sim, sim, sim. Certamente!

– Mas eles não fizeram nada, até agora.

– Como sabe que não fizeram?

Bayta parou para pensar nisso.

– Não sei. Você tem evidências de que tenham feito algo?

– Não. Existem muitos fatores que desconheço totalmente. A Segunda Fundação não poderia ter sido estabelecida por inteiro logo de cara, assim como a nossa não o foi. Nós nos desenvolvemos lentamente e nossa força foi crescendo aos poucos; com eles, deve ter sido o mesmo. Sabem lá as estrelas em que estágio a força deles está agora. São fortes o bastante para lutar contra o Mulo? Será que estão cientes do perigo, em primeiro lugar? Eles têm líderes competentes?

– Mas se seguiram o Plano Seldon, então o Mulo *deve* ser derrotado pela Segunda Fundação.

– Ah – e o rosto fino de Ebling Mis se enrugou pensativo –, isso de novo? Mas a Segunda Fundação foi um trabalho bem mais difícil do que a Primeira. Sua complexidade é imensamente maior; e, consequentemente, sua possibilidade de erro, também. E se a Segunda Fundação não puder derrotar o Mulo, é ruim... definitivamente ruim. É o fim, talvez, da raça humana como a conhecemos.

– Não.

– Sim. Se os descendentes do Mulo herdarem seus poderes mentais... está vendo? O *Homo sapiens* não conseguiria competir contra eles. Surgiria uma nova raça dominante... uma nova aristocracia... com o *Homo sapiens* rebaixado para o trabalho escravo, como uma raça inferior. Não é verdade?

– Sim, é verdade.

– E mesmo se, por algum acaso, o Mulo não estabelecesse uma dinastia, ainda assim estabeleceria um novo império distorcido, apoiado exclusivamente em seu próprio poder pessoal. Ele morreria com a sua morte. A Galáxia voltaria ao ponto em que estava antes de seu aparecimento, só que não existiriam mais Fundações ao redor das quais um Segundo Império verdadeiro e sadio pudesse se formar. Isso significaria milhares de anos de barbárie. Isso significaria nenhuma luz no fim do túnel.

– O que podemos fazer? Podemos avisar a Segunda Fundação?

– Precisamos, ou eles podem cair por ignorância, o que não podemos arriscar. Mas não há como avisá-los.

– Não há como?

– Eu não sei onde estão localizados. Eles estão "na outra extremidade da Galáxia", mas isso é tudo e existem milhões de mundos para procurar.

– Mas, Ebling, eles não dizem? – Ela apontou vagamente para os filmes que cobriam a mesa.

– Não, não dizem. Não onde eu consiga encontrar... ainda. O sigilo deve significar alguma coisa. Deve haver algum motivo... – Uma expressão intrigada voltou aos seus olhos. – Mas eu gostaria que você fosse embora. Já perdi muito tempo e ele está acabando... ele está acabando.

Ele se soltou, petulante, franzindo a testa.

Magnífico se aproximou, com seus passos suaves.

– Seu marido está em casa, minha dama.

Ebling Mis não cumprimentou o palhaço. Havia voltado ao projetor.

Naquela noite, Toran, depois de ouvir tudo, falou:

– E você acha que ele tem razão mesmo, Bay? Você não acha que ele pode estar... – hesitou.

– Ele tem razão, Torie. Está doente, eu sei. A mudança que tomou conta dele, a perda de peso, a maneira como fala... ele está doente. Mas, assim que o assunto do Mulo ou da Segunda Fundação ou qualquer coisa na qual ele esteja trabalhando aparece, você precisa ouvi-lo. Ele fica lúcido e claro como o céu do espaço exterior. Sabe do que está falando. Eu acredito nele.

– Então há esperança... – Era metade de uma pergunta.

– Eu... eu não descobri. Talvez! Talvez não! Estou carregando um desintegrador de agora em diante. – A arma de cano brilhante estava em sua mão, enquanto ela falava. – Por via das dúvidas, Torie, por via das dúvidas.

– Por via de que dúvidas?

Bayta riu com um toque de histeria.

– Deixe pra lá. Talvez eu esteja um pouco louca também… assim como Ebling Mis.

Naquele momento, Ebling Mis ainda tinha sete dias de vida e os sete dias passaram depressa, um depois do outro, silenciosamente.

Para Toran, todos eles estavam tomados por um certo estupor. Os dias quentes e o silêncio cobriam-no de letargia. Toda a vida parecia ter perdido sua qualidade de ação e se transformado num infinito mar de hibernação.

Mis era uma entidade oculta cujo trabalho de perfuração não produzia nada e não se deixava conhecer. Ele havia construído uma barricada ao redor de si mesmo. Nem Toran nem Bayta podiam vê-lo. Apenas as características de leva e traz de Magnífico eram evidência de sua existência. Magnífico, que se tornara quieto e pensativo, com as bandejas de comida levadas na ponta dos pés e seu testemunho silencioso e alerta na penumbra.

Bayta era cada vez mais uma criatura ensimesmada. A vivacidade morrera, e a competência cheia de autoestima balançava. Ela também buscava a própria companhia, preocupada e absorta; uma vez Toran a havia encontrado e ela apontara o desintegrador. Ela o colocou de lado rapidamente e forçou um sorriso.

– O que você está fazendo com isso, Bay?

– Segurando. É um crime?

– Você vai estourar sua cabeça idiota.

– Então eu estouro. Grande perda seria!

A vida de casado havia ensinado Toran a futilidade de

discutir com uma mulher de mau humor. Deu de ombros e deixou-a em paz.

No último dia, Magnífico correu sem fôlego para a presença deles. Ele os agarrou, apavorado.

– O erudito doutor chama por vocês. Ele não está bem.

E não estava bem. Estava na cama, os olhos anormalmente grandes, anormalmente brilhantes. Estava sujo e irreconhecível.

– Ebling! – gritou Bayta.

– Deixe-me falar – o psicólogo sussurrou, levantando seu peso e apoiando-o num cotovelo fino com esforço. – Deixe-me falar. Estou acabado, passo o trabalho a vocês. Não deixei anotações, destruí as cifras que escrevi. Ninguém mais pode saber. Tudo tem de ficar em suas mentes.

– Magnífico – Bayta disse com rispidez. – Vá para cima!

Com relutância, o palhaço se levantou e deu um passo para trás. Seus olhos tristes estavam voltados para Mis.

Mis fez um gesto fraco.

– Ele não importa, deixe-o ficar. Fique, Magnífico.

O palhaço voltou rapidamente a se sentar. Bayta olhou para o chão. Devagar, devagar, seu lábio inferior prendeu em seus dentes.

Mis disse, num sussurro rouco:

– Estou convencido de que a Segunda Fundação pode vencer, se não for capturada prematuramente pelo Mulo. Ela conseguiu se manter em sigilo; o sigilo precisa ser preservado; ele tem um objetivo. Vocês precisam ir até lá; suas informações são vitais… podem fazer toda a diferença. Estão me ouvindo?

Toran gritou quase em agonia:

– Sim, sim! Diga-nos como chegar até lá, Ebling! Onde fica ela?

– Eu posso lhes dizer – disse a voz fraca.

Nunca disse.

Bayta, o rosto congelado e branco, ergueu o desintegrador e disparou, com um ruído trovejante. Da cintura para cima, não restara nada de Mis e havia um buraco na parede atrás. Com os dedos entorpecidos, Bayta deixou o desintegrador cair no chão.

26.

O fim da busca

Não havia uma palavra a ser dita. Os ecos do disparo percorreram os aposentos externos e penetraram as câmaras inferiores, até virarem um sussurro rouco e moribundo. Antes de se extinguirem, abafaram o clamor agudo do desintegrador de Bayta ao cair no chão, tamparam o grito cortante de Magnífico, afogaram o rugido desarticulado de Toran.

Fez-se um silêncio de agonia.

A cabeça de Bayta estava abaixada na escuridão. Uma gota se iluminou ao cair no chão. Bayta jamais havia chorado desde a infância.

Os músculos de Toran quase estalaram com seus espasmos, mas ele não relaxou: sentia como se nunca mais fosse destrincar os dentes novamente. O rosto de Magnífico era uma máscara desvanecida e sem vida.

Finalmente, por entre dentes ainda apertados, Toran deixou escapar numa voz irreconhecível:

– Então você é uma mulher do Mulo. Ele pegou você!

Bayta levantou a cabeça, e sua boca se retorceu com uma ironia dolorida:

– Eu, mulher do Mulo? Que irônico.

Ela sorriu – com grande esforço – e jogou os cabelos para trás. Devagar, a voz voltou ao normal ou algo próximo disso.

– Está tudo acabado, Toran; agora eu posso falar. Se vou sobreviver, não sei. Mas posso começar a falar...

A tensão de Toran havia perdido parte de seu peso e se tornou flácida.

– Falar do quê, Bay? O que há para se falar?

– Da calamidade que nos acompanhou. Já falamos sobre isso antes, Torie. Você não se lembra? Como a derrota sempre mordeu nossos calcanhares e nunca conseguiu de fato nos pegar? Nós estávamos na Fundação e ela desabou enquanto os comerciantes independentes ainda lutavam... mas *nós* fugimos a tempo de ir para Refúgio. Nós estávamos em Refúgio e ele desabou enquanto os outros ainda lutavam... e mais uma vez escapamos a tempo. Fomos para Neotrantor, que agora, sem a menor dúvida, se juntou ao Mulo.

Toran parou para ouvir e balançou a cabeça.

– Não estou entendendo.

– Torie, essas coisas não acontecem na vida real. Nós somos pessoas insignificantes, não caímos de um turbilhão político para outro constantemente no espaço de um ano... a menos que levemos o turbilhão conosco. *A menos que levemos a fonte da infecção conosco!* Agora você entende?

Os lábios de Toran se apertaram. Seu olhar se fixou horrivelmente nos restos ensanguentados do que antes fora um humano e seus olhos ficaram enojados.

– Vamos sair daqui, Bay. Vamos para céu aberto.

Lá fora, o céu estava nublado. O vento soprava por eles em rajadas fracas e desarrumou os cabelos de Bayta. Magnífico havia se esgueirado atrás deles e agora estava ali, meio que flutuando nas bordas da conversa deles.

Toran disse firme:

– Você matou Ebling Mis porque acreditava que *ele* era a fonte da infecção? – Alguma coisa nos olhos dela o atingiu. Ele murmurou: – Ele era o Mulo? – Ele não podia... não queria... acreditar nas implicações de suas próprias palavras.

Bayta deu um riso agudo.

– O coitado do Ebling, o Mulo? Pela Galáxia, não! Eu não poderia tê-lo matado se ele fosse o Mulo. Ele teria detectado a emoção acompanhando o movimento e mudado para amor, devoção, adoração, terror, o que quer que o satisfizesse. Não, eu matei Ebling porque ele *não era* o Mulo. Eu o matei porque ele sabia onde estava a Segunda Fundação e, em dois segundos, teria contado ao Mulo o segredo.

– Teria contado ao Mulo o segredo – Toran repetiu estupidamente. – Teria contado ao Mulo...

E então emitiu um grito agudo e se virou para olhar horrorizado o palhaço, que parecia estar agachado ali sem a menor ideia do que havia acabado de ouvir.

– Magnífico? – Toran sussurrou a pergunta.

– Escute! – disse Bayta. – Você se lembra do que aconteceu em Neotrantor? Ah, pense por si mesmo, Torie...

Mas ele balançou a cabeça e murmurou para ela.

Ela continuou, cansada:

– Um homem morreu em Neotrantor. Um homem morreu sem que ninguém tocasse nele. Não é verdade? Magnífico tocou seu Visi-Sonor e, quando acabou, o príncipe estava morto. Isso não é estranho? Não é bizarro que uma criatura que tem medo de tudo e fica aparentemente indefesa de terror tenha a capacidade de matar à vontade?

– A música e os efeitos de luz – disse Toran – têm um profundo efeito emocional...

– Sim, um *efeito emocional*. E dos grandes. Efeitos emocionais, por acaso, são a especialidade do Mulo. Isso, suponho, pode ser considerado uma coincidência. E uma criatura que pode matar por sugestão é medonha. Bem, o Mulo mexeu com a mente dele, supostamente, então isso pode ser explicado. Mas, Toran, eu captei um pouco daquela seleção do Visi-Sonor que matou o príncipe. Só um pouco... mas foi o suficiente para me dar a mesma sensação de desespero que tive no Cofre do Tempo e em Refúgio. Não tenho como esquecer essa sensação em especial.

O rosto de Toran estava ficando sombrio.

– Eu... eu senti isso também. Eu esqueci. Nunca havia pensado...

– Foi aí que a coisa me ocorreu pela primeira vez. Era apenas uma vaga sensação... intuição, chame do que quiser. Eu não tinha nenhuma pista. E então Pritcher nos contou do Mulo e de sua mutação, e tudo ficou claro num instante. Foi o Mulo quem criou o desespero no Cofre do Tempo, foi Magnífico quem havia criado o desespero em Neotrantor. Era a mesma emoção. Logo, o Mulo e Magnífico eram a mesma pessoa. Isso não funciona direitinho, Torie? Não é exatamente como um axioma de geometria: quando duas coisas são iguais a uma terceira, são também iguais entre si?

Ela estava à beira da histeria, mas voltou com esforço à sobriedade por pura força de vontade. Continuou:

– A descoberta me matou de medo. Se Magnífico era o Mulo, ele podia saber minhas emoções... e curá-las para seus próprios objetivos. Eu ousei não deixá-lo saber. Eu o evitei. Por sorte, ele também me evitou; estava por demais interessado em Ebling Mis. Planejei matar Mis antes que ele pudesse falar. Planejei tudo em segredo... do modo mais secreto que pude... tão secreto que não ousava dizer isso nem a mim mesma. Se pudesse ter matado o Mulo... mas não podia me arriscar. Ele teria notado e eu teria perdido tudo.

Ela parecia drenada de emoções.

Toran disse duro e com objetividade:

– É impossível. Veja só essa criatura miserável. *Ele*, o Mulo? Ele não está sequer ouvindo o que estamos dizendo.

Mas quando seus olhos seguiram o dedo que apontava, Magnífico estava ereto e alerta, os olhos vívidos e emitindo um brilho escuro. Sua voz não tinha um vestígio de sotaque:

– Eu ouço, meu amigo. Ocorre simplesmente que estava sentado aqui e meditando sobre o fato de que, com toda a minha inteligência e capacidade de previsão, fui capaz de cometer um erro e de perder tanto.

Toran cambaleou para trás como se tivesse medo de que o palhaço pudesse tocá-lo, ou que a respiração dele pudesse contaminá-lo.

Magnífico assentiu e respondeu à pergunta que não fora feita.

– Eu sou o Mulo.

Ele não parecia mais uma criatura grotesca, os membros longilíneos e o nariz bicudo perderam as qualidades humorísticas. Seu medo havia desaparecido, a postura era firme.

Ele assumiu o comando da situação com a desenvoltura que nasce do hábito.

Disse, com tolerância:

– Sentem-se. Vão em frente, podem até se deitar e ficar bem à vontade. O jogo acabou e eu gostaria de lhes contar uma história. É uma fraqueza minha: quero que as pessoas me compreendam.

E seus olhos, quando olhou para Bayta, ainda eram os mesmos olhos velhos, tristes e castanhos de Magnífico, o palhaço.

– Não há nada em minha infância – ele começou, mergulhando de corpo em uma fala rápida e impaciente – que eu queira recordar. Talvez isso vocês possam compreender. Minha magreza é glandular; meu nariz, nasci com ele. Não era possível para mim levar uma infância normal. Minha mãe morreu antes de me ver. Não conheço meu pai. Cresci solto no mundo, ferido e torturado em minha mente, cheio de autopiedade e ódio pelos outros. Eu era conhecido, então, como uma criança esquisita. Todos me evitavam, a maioria por nojo; uns, por medo. Incidentes estranhos aconteciam... ora, isso não importa! Aconteceram coisas suficientes para que o capitão Pritcher, em sua investigação de minha infância, percebesse que eu era um mutante, coisa que *eu mesmo* só fui perceber depois dos vinte anos de idade.

Toran e Bayta escutavam distantes. A maré de sua voz quebrava por cima deles, sentados no chão, quase sem ser notada. O palhaço – ou o Mulo – andava diante deles com passos pequenos, falando para baixo, para os próprios braços dobrados.

– Toda a ideia de meu poder incomum parece ter brotado em mim tão devagar, de forma tão lenta. Mesmo no fim, eu não conseguia crer nisso. Para mim, as mentes dos homens são seletores, com ponteiros que indicam a emoção que prevalece naquele instante. É uma imagem pobre, mas de que outra forma eu posso explicar? Lentamente, fui percebendo que eu podia entrar naquelas mentes e girar o ponteiro para o ponto que desejasse, que eu podia travá-lo ali para sempre. E depois, levei ainda mais tempo para perceber que os outros não conseguiam fazer o mesmo. Mas a consciência do poder veio e, com ela, o desejo de compensar a posição miserável de minha vida pregressa. Talvez isso vocês possam compreender. Talvez isso vocês possam tentar compreender. Não é fácil ser uma aberração: ter uma mente, uma inteligência e ser uma aberração. Risos e crueldade! Ser diferente! Ser um *outsider*! Vocês nunca passaram por isso!

Magnífico olhou para o céu e balançou nos calcanhares, pétreo em suas reminiscências.

– Mas eu acabei aprendendo e decidi que a Galáxia e eu podíamos jogar um jogo. Ora, eles já tinham tido suas rodadas, e eu fora paciente... por vinte e dois anos. Agora era a minha vez! Era a vez de vocês me aguentarem! E as chances seriam justas o bastante para a Galáxia. De mim, apenas um. Deles, quatrilhões!

Parou para olhar rapidamente para Bayta.

– Mas eu tinha uma fraqueza. Sozinho, não era nada. Se conseguisse poder, isso só poderia acontecer por intermédio de outros. O sucesso vinha a mim por intermediários. Sempre! Era como Pritcher disse. Por meio de um pirata, obtive minha primeira base de operações em um asteroide. Por intermédio de um industrial, consegui minha primeira base em um planeta. Por intermédio de uma série de outros, terminando com o senhor da guerra de Kalgan, ganhei o próprio Kalgan e consegui uma marinha. Depois disso, foi a Fundação... e vocês dois entraram na história. A Fundação – ele disse, suavemente – foi a tarefa mais difícil que já enfrentei. Para derrotá-la, eu teria de vencer, quebrar ou inutilizar uma extraordinária proporção de sua classe dominante. Eu poderia tê-lo feito passo a passo... mas era possível usar um atalho, e procurei esse atalho. Afinal, se um homem forte consegue levantar duzentos quilos, não quer dizer que ele esteja ansioso para continuar fazendo isso para sempre. Meu controle emocional não é uma tarefa fácil, prefiro não usá-lo onde não seja inteiramente necessário. Então, aceitei aliados em meu primeiro ataque à Fundação. Como meu palhaço, procurei o agente, ou agentes, da Fundação que deviam inevitavelmente ser enviados a Kalgan para investigar meu humilde ser. Hoje sei que era Han Pritcher que eu estava procurando. Por um golpe de sorte, acabei achando vocês. Eu *sou* um telepata, mas não um telepata completo e, minha dama, você era da Fundação. Isso me desviou do caminho. Não foi fatal, já que Pritcher se juntou a nós depois, mas foi o ponto de partida de um erro que *foi* fatal.

Toran se mexeu pela primeira vez. Ele falou num tom de voz ultrajado:

– Agora espere um pouco. Você quer dizer que, quando eu enfrentei aquele tenente em Kalgan apenas com uma pistola de atordoar e o resgatei… que você havia me controlado emocionalmente para isso? – ele estava gaguejando. – Você quer dizer que mexeu comigo o tempo todo?

Um pequeno sorriso se esboçou no rosto de Magnífico.

– Por que não? Você não acha que isso era provável? Pergunte a si mesmo então… Você teria arriscado sua vida por um estranho grotesco que nunca havia visto antes, se estivesse em seu juízo perfeito? Imagino que tenha ficado surpreso com os eventos depois, com a cabeça fria.

– Sim – Bayta disse, distante. – Ele ficou. É bem claro.

– Mas, do jeito que as coisas andaram – continuou o Mulo –, Toran não sofreu perigo algum. O tenente tinha suas próprias instruções estritas de nos deixar partir. Então, nós três e Pritcher fomos para a Fundação… e vimos como minha campanha tomou corpo instantaneamente. Quando Pritcher foi levado à corte marcial e estávamos presentes, eu estava ocupado. Os juízes militares daquele julgamento, mais tarde, comandaram seus esquadrões na guerra. Eles se renderam com muita facilidade e minha marinha ganhou a batalha de Horleggor, além de outras questões menores. Por intermédio de Pritcher, conheci o dr. Mis, que me trouxe um Visi-Sonor, inteiramente por vontade própria, e simplificou imensamente minha tarefa. Só que não foi *inteiramente* por vontade própria.

Bayta interrompeu:

– Aqueles concertos! Eu estive tentando encaixá-los. Agora compreendo.

– Sim – disse Magnífico. – O Visi-Sonor age como um dispositivo de foco. De certa forma, ele já é mesmo um dispositivo primitivo para controle emocional. Com ele, posso lidar com pessoas em quantidade, e mais intensamente com indivíduos. Os concertos que dei em Terminus antes de sua queda e em Refúgio antes que *ele* caísse contribuíram para o derrotismo generalizado. Eu podia ter feito o príncipe de Neotrantor ficar muito doente sem o Visi-Sonor, mas não poderia tê-lo matado. Vocês entendem? Mas foi Ebling Mis a minha descoberta mais importante. Ele poderia ter sido... – Magnífico disse isso com desgosto, mas depois se apressou. – Há uma faceta especial no controle emocional que vocês não conhecem. Intuição, insight ou tendência a descobrir pistas, seja lá como vocês queiram chamar isso, pode ser tratada como uma emoção. Pelo menos eu posso tratá-la assim. Vocês não estão entendendo, estão?

Ele não esperou uma negativa.

– A mente humana trabalha em um nível baixo de eficiência. Vinte por cento é o número normalmente dado. Quando, por um momento, existe um flash de um poder maior, isso é denominado palpite, insight ou intuição. Descobri cedo que podia induzir um uso contínuo de alta eficiência cerebral. É um processo letal para a pessoa afetada, mas é útil... o Depressor de Campo Nuclear que usei na guerra contra a Fundação foi o resultado de fazer uma alta pressão num técnico de Kalgan. Mais uma vez, trabalhei por intermédio de outros. Ebling Mis foi na mosca. Suas potencialidades eram altas e eu precisava dele. Mesmo antes que minha guerra com a Fundação tivesse começado, já havia enviado delegados para negociar com o Império. Foi nessa época que comecei minha busca pela Segunda Fundação. Naturalmente, não a encontrei. Naturalmente, sabia que devia encontrá-la... e Ebling Mis era a resposta. Com sua mente em alta eficiência, ele poderia ter reproduzido o trabalho de Hari Seldon. Em parte, foi o que ele fez. Eu o levei até o limite extremo. O processo foi impiedoso, mas tinha de ser completado. No fim, ele estava morrendo, mas viveu... – Mais uma vez a tristeza o interrompeu. – Ele *teria vivido* o bastante. Juntos, nós três poderíamos ter ido em frente até a Segunda Fundação. Teria sido a última batalha... a não ser por um erro meu.

Toran conseguiu levantar a voz rouca.

– Por que você está estendendo tanto isso? Qual foi o seu erro, e... e acabe logo o seu discurso.

– Ora, sua mulher foi o erro. Sua esposa era uma pessoa incomum. Eu nunca havia encontrado ninguém como ela em minha vida. Eu... eu... – subitamente, a voz de Magnífico parou. Ele custou muito a se recuperar. Continuou com a voz amarga. – Ela gostou de mim sem que eu precisasse ter mexido com as emoções dela. Ela não se sentiu repelida nem se divertiu às minhas custas. Ela *gostou* de mim! Não entendem? Não conseguem ver o que isso significava para mim? Nunca antes alguém havia... Bem, eu... Gostei disso. Minhas próprias emoções me traíram, embora fosse senhor de todas as outras. Fiquei fora da mente dela, entendem? Não mexi com ela. Eu gostava demais da sensação *natural*. Foi meu erro... o primeiro. Você, Toran, estava sob controle. Nunca suspeitou de mim, nunca me questionou, nunca viu nada de peculiar ou estranho a meu respeito. Como, por exemplo, quando a nave "filiana" nos parou. Eles sabiam nossa localização, a propósito, porque eu estava em comunicação com eles, assim como permaneci em comunicação com meus generais o tempo todo. Quando eles nos detiveram, fui levado a bordo para ajustar Han Pritcher, que estava ali como prisioneiro. Quando parti, ele era coronel, um homem do Mulo e no comando. Todo o procedimento foi aberto demais até mesmo para você, Toran. Mas você aceitou minha explicação do assunto, que estava cheia de falácias. Entende o que digo?

Toran deu um sorriso amargo e o desafiou.

– Como você conseguiu conservar as comunicações com seus generais?

– Não havia dificuldade para isso. Transmissores de hiperonda são fáceis de lidar e eminentemente portáteis. Tampouco eu poderia ser detectado de maneira real! Qualquer um que me pegasse no ato ficaria com uma fatia a menos de sua memória. Já aconteceu antes. Em Neotrantor, minhas próprias emoções me traíram novamente. Bayta não estava sob meu controle, mas mesmo assim jamais teria suspeitado de mim se eu tivesse mantido a cabeça fria em relação ao príncipe. As intenções dele para com Bayta… me irritaram. Eu o matei. Foi um gesto tolo. Uma simples fuga teria servido. E ainda suas suspeitas não teriam sido certezas, se eu tivesse detido Pritcher em seu balbuciar bem-intencionado ou prestado menos atenção a Mis e mais a você... – Deu de ombros.

– Acabou? – perguntou Bayta.

– Acabei.

– E agora?

– Vou continuar com meu programa. Duvido muito que encontre alguém tão bem treinado e tão inteligente quanto Ebling Mis nesses dias degenerados. Terei de buscar a Segunda Fundação de outro jeito. De certa forma, você me derrotou.

E agora Bayta está em pé, triunfante.

– De certa forma? Somente de certa forma? Nós derrotamos você *totalmente*! Todas as suas vitórias fora da Fundação não valem de nada, já que a Galáxia é um vácuo de barbárie agora. A Fundação propriamente dita é apenas uma pequena vitória, já que ela não foi criada para impedir uma crise do seu tipo. É a Segunda Fundação que você deve derrubar... a *Segunda Fundação*... e é a Segunda Fundação que irá derrotá-lo. Sua única chance era localizá-la e derrotá-la antes que ela estivesse preparada. Você não fará isso agora. A cada minuto de agora em diante, eles estarão cada vez mais prontos para você. Neste momento, *neste exato momento*, o maquinário já pode ter começado a funcionar. Você saberá: quando o atingir, seu curto intervalo de poder terá acabado, e você será apenas mais um conquistador barato, cujo governo não terá passado de um relâmpago no rosto ensanguentado da história.

Ela estava respirando com dificuldade, quase perdendo o fôlego de tanta veemência.

– E nós derrotamos você, Toran e eu. Estou satisfeita em morrer.

Mas os olhos castanhos e tristes do Mulo eram os olhos castanhos, tristes e amorosos de Magnífico.

– Eu não a matarei, nem a seu marido. Afinal de contas, é impossível que me firam mais, e matá-los não trará Ebling Mis de volta. Meus erros foram só meus e assumo a responsabilidade por eles. Você e seu marido podem partir! Vão em paz, pelo que chamo de... amizade.

Então, com um toque súbito de orgulho:

– E, enquanto isso, ainda sou o Mulo, o homem mais poderoso da Galáxia, e *ainda* derrotarei a Segunda Fundação.

E Bayta disparou sua última flechada com uma certeza firme e calma:

– Não vai! Eu ainda tenho fé na sabedoria de Seldon. Você será o último governante de sua dinastia, bem como o primeiro.

Alguma coisa atingiu Magnífico.

– De minha dinastia? Sim, eu já havia pensado nisso, com frequência. Que poderia estabelecer uma dinastia. Que poderia ter uma consorte adequada.

Bayta subitamente compreendeu o significado da expressão nos olhos dele e ficou paralisada de horror.

Magnífico balançou a cabeça.

– Eu sinto sua repulsa, mas isso é uma bobagem. Se as coisas fossem diferentes, poderia fazê-la feliz com muita facilidade. Seria um êxtase artificial, mas não haveria diferença entre ele e a emoção genuína. Mas as coisas *não são* diferentes. Eu me chamo Mulo… mas não por causa de minha força… obviamente…

Ele os deixou, sem jamais olhar para trás.

TIPOLOGIA: Minion Pro Regular [texto]
Titania [títulos]
Base 900 Sans [subtítulos]

PAPEL: Pólen Soft 80 g/m^2 [miolo]
Supremo 250 g/m^2 [capa]

IMPRESSÃO: Gráfica Santa Marta [março de 2021]

1ª EDIÇÃO: Abril de 2009 [17 reimpressões]
2ª EDIÇÃO: Agosto de 2020 [1 reimpressão]